春生夏长

王兆屹 著

河南文艺出版社

·郑州·

图书在版编目（CIP）数据

春生夏长/王兆屹著. —郑州：河南文艺出版社，
2020.4（2022.5 重印）

ISBN 978-7-5559-0938-5

Ⅰ.①春… Ⅱ.①王… Ⅲ.①长篇小说-中国-当
代 Ⅳ.①I247.5

中国版本图书馆 CIP 数据核字（2020）第 007760 号

出版发行　河南文艺出版社
本社地址　郑州市郑东新区祥盛街 27 号 C 座 5 楼
邮政编码　450018
承印单位　河南龙华印务有限公司
经销单位　新华书店
纸张规格　890 毫米×1240 毫米　1/32
印　　张　9
字　　数　201 000
版　　次　2020 年 4 月第 1 版
印　　次　2022 年 5 月第 2 次印刷
定　　价　50.00 元

目录

第一章 南大街危机重重 石顺诚以善惩恶

遒劲的西北风，挟着刺骨的冰冷，掠过宽阔的黄河和绵延的邙山，横扫豫州大地。坐在轿车后排的张建邦，手脚冰凉。

"您瞧瞧，该响的不响，不该响的乱响。"司机李戈冲着右手呵了两口热气，抱怨道，"张书记，换辆车吧？"

精神萎靡的张建邦叹道："村里穷得叮当响，食品厂又陷入了困境，哪儿有钱买新车。"

年长张建邦八九岁的李戈接道："这和穷人家过日子一样，该花的钱还是要花的。"

"修修空调和车窗，凑合着再跑两年吧。"张建邦把羽绒服上的帽子戴在头上，两手揣进衣袖，懒洋洋地说道，"我迷糊一会儿，到了厂里你叫我。"

走进利群食品厂温暖的会议室，张建邦接连打了几个喷嚏。

"张书记，辛苦啦。"厂长许承志笑眯眯地迎上来。张建邦满脸阴霾，随手拉了把椅子坐下："谈谈食品厂的情况吧。"

"董厂长，去拿点红糖和姜片……"许承志扭头吩咐。张建邦不耐烦地一摆手："算啦，你们抓紧时间，我还有事。"

1

十几天来，张建邦马不停蹄地跑了洛阳、太原、石家庄、济南、徐州等地，走访客户，调研市场，寻找食品厂脱困增效的途径。但事与愿违，此行收获更多的是沮丧。刚过开封，张建邦就打电话通知许承志准备汇报工作。

许承志脑子灵活，口才好，谈经营，讲生产，找原因，说措施，一气呵成。但是摆成绩比较多，谈问题比较少，尤其回避了产品质量问题。

"……总之，春都、双汇和康健食品集团等这些大企业，它们财大气粗，先是生产火腿肠，后又上马低温肉制品，对咱们传统卤制食品的冲击很大。我当厂长这一年多来，销售量虽然有所下降，但下降幅度远远低于前两年，这都是受大环境的影响。"

"说完啦？"张建邦显然不满。

许承志眼珠转了转，补充道："咱们利群食品是老品牌，市场影响力还在，前景也比较乐观。我相信，在张书记和石主任的领导下，利群食品厂一定能够走出困境，再展宏图……"

"再展宏图？做梦！还是多谈谈困境吧。"张建邦比许承志小五六岁，平时说话比较客气，今天实在是难抑火气，"你们遏制销量下降的措施在哪里？你们脱困增效的措施在哪里？你们打算就这么一直亏损下去吗？"

"我们一直在想办法，已经召开了好几次研讨会。"许承志赔着笑脸说道，"冰冻三尺非一日之寒，脱困不是一朝一夕……"

"你？"解决食品厂经营不善的难题，张建邦既没有经验也没有办法，只好抓住质量问题，以退为进："算了，还是先说说退货的情况吧。"

"我们一贯重视产品质量，大会讲，小会说，天天都在抓。"许承志不以为然地说，"生产经营肉类食品，退货是常事。最近退货确实多了一点，我们正在查找原因。你们说呢，董厂长和陈厂长？"

　　董振东比张建邦年轻几岁，是负责产品质量的副厂长。他是全村唯一的大学生。察觉到气氛不对，董振东胆怯地点点头。

　　"多了一点？"张建邦气得满脸通红，大声斥责道，"实际情况，比你说的严重十倍！一路上，我都没弄明白，你们为什么只报喜不报忧，黄粱美梦想做到哪一天？"

　　正眯着眼打瞌睡的陈广明被惊醒了，他睁开眼瞥了瞥张建邦，又眯上眼睛。

　　"好吧，今天倒过来，我给你们汇报汇报。"张建邦将桌子拍得震山响，"一是品种少，只有牛腱、牛腩、牛筋和猪蹄、猪耳、猪肚六个单品；二是风味少，只一个五香系列；三是包装落伍，没有时代感。尤其是质量存在严重问题，质检不合格率竟高达百分之十。"

　　严把质量关，是董振东的职责。此时他脸颊羞红，脑袋低垂。

　　"你们知道经销商说得多难听吗？'张书记，我们是卖商品的，不是收废品的。''张书记，产品做成这样，你们不停产不倒闭，利润到底有多大？'有些经销商要求终止合同并让赔偿损失，这些情况你们难道不知道？"

　　对此，许承志早已心知肚明。他无奈地耷拉着眉，哭丧着脸。

　　"瞧瞧你们，一个个无精打采的，企业怎能不走下坡路？"张建邦愤然起身，"陈厂长，你负责生产，产品做成这样，你就没有什么要说的？"

"我，我怎么了？"对于张建邦的突然发问，陈广明一点心理准备都没有，"工艺没有变，配方也没有变，以前怎么做，现在还是怎样做，我有什么办法？"

陈广明四十多岁，是负责生产的副厂长。他瞧不起年纪轻经验少的张建邦，更看不惯他的指手画脚。

"现在市场上，新品层出不穷，竞争十分激烈。而且消费者的口味全变了，他们喜欢尝新、尝鲜，老掉牙的传统食品早过时了。可是，咱们有钱吗？不说生产西式低温肉制品，就是生产火腿肠，一套几百万元的设备咱们也买不起呀。"

"照你的说法，没辙了，没路了，只剩下砸锅卖铁关门这一条道啦？"张建邦气哼哼地说，"关门了，一百多个村民干什么？关门了，你们仨干什么？领导，领导，就是解决困难的。解决不了困难，要咱们干什么？"

"刚才许厂长不是说了嘛，我们一直在想办法解决问题。产品质量不稳定，退货越来越多，我们能不着急。大半晌了，我们还没吃中午饭。批评，批评，总是批评管什么用。"

"怎么，"张建邦急了，"产品做成这样，你还有理了，我就不能说几句？"

"谁不让你说了。"陈广明也急了，讥讽道，"你是大书记，你说产品质量怎样提高，我们照你的要求做，总行了吧？！"

"你有什么好委屈的？"张建邦一拍桌子，愤然道，"你守着这个灶，就要烧好这口锅。自己的事，自己做好；自己的屁股，自己擦干净。"

谁的事谁负责，无可辩驳。陈广明蔫了，叹了口气，不再争辩。

"这次我出去调研感觉非常不好，食品厂已经到了生死存亡的紧要关头，谁也不能掉以轻心。"沉默片刻，张建邦加重语气说道，"许厂长，围绕产品质量的问题，你们继续研究，拿出切实措施，然后向村两委做专题汇报。"

"哎哟！"一个急急上楼的女人差点和匆匆下楼的张建邦撞个满怀，然后口气强硬地说道，"张书记，我找你有事！"

"肖玫瑰，啥事？"

"盖房！"

"盖房找杨主任，找我干吗？"

"你不签字，她不盖章。"肖玫瑰挤出笑容，好声恳求，"求您高抬贵手，回头我请您吃饭……"

"盖房不是小事，你让陈海波改天找我。"

"哎哟，什么年代了，女人就不能当家做主呀……"

"就这样吧，我还有急事。"

"百合，你怎么不吭声呢？"

张建邦这才瞧见肖玫瑰身后站着的肖百合。

肖百合是张建邦的初恋，人长得漂亮，额头饱满光亮，眼睛潭水般清澈，话不出口酒窝先笑起来，三十多岁已生儿育女的人，身材依然凹凸分明。当初，由于双方父母的反对，热恋四年的两人无奈分手。

"张书记，百合咱仨是校友，咱俩还是同班同学，我这点小事请您多多帮忙。"

这话有讲头，现在社会上流行"初恋找初恋办事，必办；同学找同学办事，好办；美女找男人办事，能办……"所以，她强拉来百合帮忙说情。

“我那几间破房子，刮风四处土，下雨八方漏。既然折腾一回，我和您哥打算加盖一层，麻烦您签个字盖个章。”

从前年秋天起，老城区政府就要求停止审批宅基用地，严格控制翻修改建房舍，严禁超标准建造新房和加盖楼层。按居住人口和建筑面积测算，肖玫瑰家的住房已经超标。

“你是说二山叔的房子？”张建邦明知故问，“那三间北屋有些年头啦，是该翻修了。”

“海波他爹的房子没有翻修价值，也没有钱翻修。百合最清楚，我多存一些货，人就下不去脚，急需加盖一层。”

“你们家的两层小楼是前年春天建的，已经超标了。”

“只要村里盖个章就行，我自己去找乡里和区里的领导。”唯恐对方把话说绝，肖玫瑰急忙说道。

张建邦瞧了瞧肖百合，婉言道：“这事难办，等等再说。”

“这有什么难办的？就算难办，也不是不能办呀。张书记，您不是常说，有困难找村委嘛，何况您是村支书，是村两委的一把手……”

肖百合扯扯肖玫瑰的衣角，提醒她不要为难张建邦。

“村支书怎么啦？村支书也要按规矩来。你说的事，我看……”瞥见肖百合一脸的尴尬，张建邦随即转言道，“这样吧，你找杨主任谈谈。”

话音未落，肖玫瑰已经怒气满面：“您是说杨素娥，哼！我找过她，脸拉得老长，嘴噘得老高，‘不行就是不行，说什么也不行’。一句话就把我打发了。老……”她伸伸脖子，咽下了到嘴边的骂人话。

肖玫瑰的强词夺理和胡搅蛮缠，张建邦上学时亲眼所见，后来常有所闻，人送绰号"刺蒺藜"，所以对她的印象一直不好。此时，肖百合在场，发脾气不妥，吵起架来更不好看。

"好啦。"张建邦换了口气，"我找杨主任谈谈吧。"

"那太好啦，老同学，我是明白人，肯定有情后补。"肖玫瑰瞬间笑成一朵花，又加重语气说，"百合最讲仁义，您不看僧面看佛面，无论如何要帮忙啊。百合，你说呢？"

肖百合没有帮腔，只是冲着张建邦莞尔一笑。

今天是老书记的百天忌日。

老书记病入膏肓之际，叫来村党支部和村委会成员开了最后一次两委会。他推荐年龄最小、文化程度最高的张建邦接任村党支部书记。随后他颤抖着举起右手，村主任石顺诚跟着举起右手，村两委成员也跟着举起右手表决，一致同意，没人反对。

"该说的，该办的，我都交代过了。"老书记拉着张建邦和石顺诚的手，情深意长地说道，"建邦，从今天起，我把全村一千一百三十二名村民交给你啦。顺诚，我也把建邦托付给你和大家啦。"

两天后，一九九七年八月二十七日，村党员大会全票通过，年仅三十五岁的张建邦正式走马上任。

从村里建立党支部之日起，老书记就担此重任，一干三十多年。从来没人掂量过这副担子的重量，张建邦是亲身体验的第一人。仅仅半年，这副担子就压得他疲惫不堪，尤其是这次考察的结果，几乎摧垮他濒临崩溃的神经。

张建邦一日驱车四百余公里，急匆匆地赶回来，就是想和老书记聊聊天，只有老书记才能听懂他的心思啊。

"这一千多口人，吃喝拉撒睡的大事，油盐酱醋茶的小事，多如牛毛，劳心费神。日复一日，年复一年，您是怎么熬过来的？

"老书记，一砖一瓦都凝聚着您心血的食品厂，看来是熬不下去啦，快保不住啦。我没有您那种顶天立地的本事，我辜负了您的嘱托和期望……

"村支书这副担子重如千斤，您为什么要交给我呢？我挑不动啦，真是挑不动了。老书记，求您告诉我，我该把它交给谁呢？"

披着村支书的鲜亮外衣，人前不得不挺起胸膛、假装坚强的张建邦，在老书记的墓前却哭得像个孩子一样。

时间静静地流淌，倾泻完苦水，张建邦的心情好了很多，他起身返回南大街村。

南大街村，地处豫州市老城区中心地带，一条主街道，十几条小巷，上百栋房屋，两千多口人，是个典型的都市村庄。

主街道南大街，宽二三十米。道路两侧多是二三层的小楼，店铺林立，车辆川流不息。

此刻南大街上，两个年轻人正鬼鬼祟祟地跟在张建邦身后。

来到街角转弯处，张建邦停下脚步，他用手搓了搓脸颊，弯腰掸了掸身上的泥土。就在他直起身的刹那间，那两个年轻人快步上前，架起张建邦的双臂，把他拖进路边的面包车里。张建邦双臂发力，挣脱束缚，迎面一拳打在一人的脸上。被打之人发疯般地拼命下压，还狠狠地了了张建邦两巴掌。

"不准打他！孬蛋，按住就行。"

这沙哑的嗓音好像在哪儿听见过，但实在想不起是谁——我刚当选村支书不久，按说不会得罪什么人啊？既使无意中得罪了谁，也闹不到绑架人的地步……

百思不得其解，张建邦放弃了反抗，走一步算一步吧。车一进县城，他立刻就明白了，原来是因为饲料厂欠款的事。

此事说起来话长。

前年初夏，一个细雨蒙蒙的早上，在南大街村的公共厕所的坑位上，老书记和许承志商定了一件大事。

许承志从小志向远大，自认为精明过人，总想着干大事。

当听说有人低价转让全套饲料生产设备，他兴奋得一夜未眠。比价格，查工艺，看市场，算产量，测成本，估利润，最终得出结果：项目符合国家政策，养殖业前景广阔，市场需求大；按三班生产、百分之七十的产量和低于市场百分之五的销售价格测算，两年内可收回成本，绝对是一个赚大钱的好机会。

许承志的提议正中老书记下怀。这几年村集体经济下滑严重，老书记一直想上一个大项目，试图再创辉煌。因此，老书记一拍光溜溜的屁股，说了声："干。"

但事关重大，老书记还得征求村主任石顺诚的意见。石顺诚百分之百地信任老书记，而且凭他的水平和能力也看不出是否有风险。在村两委会上，更是没出现一个反对的声音。

老书记虑事长远，慧眼识人，他认定张建邦是一个有事业心、有胆识、有魄力的人，多年来有意识地重点培养。因此，项目洽谈、工厂建设、投产等一系列过程，张建邦都有参与。

项目洽谈得很顺利，历时两星期，三五个回合，双方成交。

工程建设迅速，历时五个月，试车一次成功，全面投产。

工厂的生命很短暂，历时八个月，实在难以维系，不得不关停。

利群饲料加工厂关停的原因很简单，就是销路不畅。销路不畅，生产的饲料卖不出去，企业不断亏损，最终不得不关停。村集体多年来积下的老底儿，最终耗费殆尽，还欠下设备款一百二十万元。一个项目，一千多万元打了水漂。

老书记指着鼻子把许承志的祖宗三代全点了名。许承志佝偻着瘦长的身子畏缩在沙发里，像条落水狗般狼狈不堪。此后，老书记一病不起。

在冬天的一场漫天大雪中，老书记去世了，年仅六十五岁。村民们知道心高气盛爱面子的老书记是被气死的，是被许承志的"厕所工程"气死的。于是，一些村民便把"必杀死"的绰号"授"给了许承志。

这伙绑架者的头目姓杜，名瑞生，五十多岁，矮小壮实，秃顶。安排人看管好张建邦后，杜瑞生便出去了。他边走边盘算着如何通知南大街的村委会带钱赎人。突然，"嘭"的一声，他被人撞了一个趔趄，等他站稳脚跟，但见两个小伙子匆匆从他旁边冲过。

"什么狗东西……"

骂声未落，他忽觉手里多了一张字条，展开一瞧，只见上面用粗笔写了两行大字：人在你手中，善待；你在我手中，哀哉。

杜瑞生顿时冷汗直冒。他慌忙抬头望去，那两个小伙子已了无踪影。如果这不是一封信，而是一把刀呢？越想越怕，杜

10

瑞生在路边小店随便买了点吃的，便一路小跑儿地回到宾馆。

宾馆二楼的客房里，张建邦老实地躺在床上，闭目养神。此时，他正在盘算着如何摆脱困境。

杜瑞生这样做肯定是犯法的，会受到法律的制裁。但欠人家的钱总是要还的，一百二十万元，对于千疮百孔的南大街村来说，就是一座难以逾越的大山。

饲料加工厂关停后，宾馆、食品厂等其他村办企业的经营情况也不乐观。食品厂连年亏损，宾馆等村办企业保本微利。如果此时再拿出一百二十万元还账，定会加速食品厂的倒闭。什么时候才能还清这一百二十万元欠款？张建邦心里没底。如果食品厂能够扭亏转盈，兴许能够慢慢把欠款还上。可现在，杜瑞生你既然胆大妄为，绑人逼债，那可就不能怪别人不还钱了。看你能把我一个大活人怎么办。

想明白了这一点后，张建邦便放下了心，悠然地躺在床上，时不时调侃孬蛋几句寻开心。

孬蛋坐在沙发上。他的左眼昨晚被张建邦打得肿成了一条细缝儿，只能用一只右眼狠狠地瞪着张建邦。

杜瑞生急匆匆地进了房间，探头瞧瞧外边动静，立刻锁好房门，而后"扑通"一声，跪在张建邦的面前。

张建邦惊得翻身坐起。从杜瑞生时断时续的诉说中，他基本搞清了事情的来龙去脉。

杜瑞生原是一个普通农民，五岁丧父。他自幼聪明又肯吃苦，干过木匠、水电工。

二十世纪八十年代中期，他抓住改革开放的机遇，先是开办木材加工作坊，后来又开办了森旺板材加工厂，短短几年工夫便脱贫致富，在县城买了房子，过上了令人羡慕的日子。

二十世纪六七十年代，政府号召种植泡桐树，以治风治沙。这种树数量有限，越伐越少，"森旺"变成了失望。杜瑞生果断地关停板材加工厂，开办禽丰饲料厂。可此时养殖业尚未兴盛，他又果断地卖掉饲料加工设备，投资开办了瑞彩包装公司，专门生产食品包装袋。

世事难料，印刷行业竞争日趋激烈，他的包装公司也不景气。越是挣钱难，越是厄运连连。去年夏天，他妻子患了食管癌；去年冬天，他母亲车祸受了重伤，肇事车逃逸。如今，他也欠了一屁股的债，如果收不回这笔欠款，就只能卖房子了。

他不是不懂法，而是觉得打官司花钱、耗时、费力，即使赢了官司也难以及时收回欠款。于是，他策划了这起绑架。他希望张建邦能理解他的处境和困难，保证拿到欠款后立马放人。

张建邦相信杜瑞生所说的情况。一个五十多岁的男人冲着他下跪痛哭，一定是遇到天大的困难了。他本想就此耍赖，拖延还款的时间，但看到杜瑞生如此憔悴不堪，实在于心不忍。

张建邦拿着那张写给杜瑞生的字条，字条上的字既熟悉又亲切，这是石顺诚的笔迹。张建邦从心底荡起感激的浪花，但随即又被忧虑的大浪扑灭。

县城的夜晚，似乎比市里来得更早，更黑，要不是饭店门口的霓虹灯，站在窗口向外望的石顺诚几乎认不出匆匆而来的杜瑞生。

石顺诚高中毕业回村务农，但从未正儿八经地摸过锄头把儿，他记工分，干保管，当司机，做销售，搞管理，见的人多，经的事稠，深知生存之道。他总结出一套"更字诀"，据说很受某大学公共关系学教授的青睐。

他是老书记的左膀右臂，深得老书记的赏识和信任，但老书记认为他缺乏远见，魄力不足，属于将才。

张建邦被人拖上面包车时，刚好被一村民瞧见。接到那个村民的告急电话，石顺诚立刻请市刑警队的朋友出警拦截，虽然最后没有截住但也无妨，因为石顺诚在这个县城有许多朋友，杜瑞生一个外来户，宛如一条小泥鳅翻不起大浪。可欠债还钱天经地义，南大街村绝不能背负"赖皮"的恶名。

"海阔天空，鹰燕各行，遇事留一条退路，对人更要放一条生路"是"更字诀"的原则之一。所以，石顺诚既不会派人硬抢把事弄绝，更不会让警察介入把事闹大。

"来啦，坐——吧。"石顺诚的语气不热不冷，"你迟到了三分钟。宾馆到这儿，不就是隔条马路嘛。"

"你怎么知道？"杜瑞生颇为惊讶。

"需要我报房间号吗？杜瑞生，你这个名字，许多人都不认识，找你费了我不少时间。"

"石主任……"杜瑞生颇为不解。

"你住在光彩路的一座七层小楼里，我没有记错的话，是三单元四楼西户，一百三十平方米的房子。呃，住得真够宽敞啊。"

"是谁告诉你的？"杜瑞生颇为不安。

"你的厂子好像不小呀，生意过去很红火，最近好像不景气。"

"谁，这都是谁说的……"杜瑞生颇为心慌。

"你怎么不开着你的奥迪去南大街兜兜风，让我开开眼界呢。哦，瞧我这记性，你春节前卖掉啦。"

无事不晓，了如指掌，杜瑞生胆战心惊。

"什么时候放人，今夜还是明早？"石顺诚漫不经心地说，"我的事很多，没时间耗在这里。"

"石主任，我非常敬重老书记。"杜瑞生话里软中带硬，"要说，生意往来欠款属于正常情况，可是我遇到了大难题……"

"闲话不说为好。"石顺诚蘸着茶水在桌子上写了个名字，"要不，让这个人来拆洗咱们的事儿，如何？"

"拆洗"是豫东黑道上调解矛盾的说法，那个人是豫东县出了名的地痞无赖，正当的生意人避之唯恐不及，杜瑞生目瞪口呆。

"要不，你结识一下这个人。"石顺诚蘸着茶水又写了个名字，还重重一点，"他讲仁义，既管吃又管住。"

"不，不！"

那是本县鼎鼎大名的刑警队长。杜瑞生可不想蹲大狱，自己进了大牢，年迈的母亲和患病的妻子谁来照顾？自己辛辛苦苦攒下来的家业谁来管理？

"那你想怎样？如果我做事像你一样不计后果，此刻你就不是站在这里了。"

"石主任，你听我解释……"

"我让你说话了？我当面说话给你听，你的面子已经不小了。对聪明人来说，我是一个心慈手软的人，不是一个赖账耍滑的人。你算是聪明人吗？"

怎能如此不讲理！杜瑞生颇为气愤。

"明天先还给你二十万元。一个月内再还给你三十万元，剩下的欠款三个月内还清。你必须现在就放人。"

"不可能！"杜瑞生一口回绝，"收不到全部欠款，我绝不放人。"

"看来，你是不听劝了。"石顺诚神色一变，高声怒斥，"趁我现在心情好，你还是赶紧答应。"

"石主任，你是个明白人。"杜瑞生竭力反驳："人放了，你们不还我钱，我找谁要去？"

"我这人最讨厌别人怀疑我，那二十万元改在放人后三天内还。"

"你这是欺负人……"杜瑞生气愤异常。

"我这人最讨厌别人怀疑我，那接下来的三十万元改在放人后四十五天内还。"

"你这是欺人太甚……"

"我这人最讨厌跟不聪明的人聊天。嘿嘿，你养着他更好，谅你也翻不出如来佛的手心。"

"我养着就养着，如今谁家还没有几口余粮……"

"可惜，我的时间太宝贵了。"

看到石顺诚拿出手机拨打电话，杜瑞生惊问："你，你找谁？"

"我的事，你管得着吗？"石顺诚讥讽道。手机通了，石顺诚立马换了一副面孔，低声下气地说："詹队，您好。我的一个朋友，家里缺吃缺住，想找你帮帮忙。呃，你让他接电话？中。"

"接吧，今天的大老板，明天的阶下囚。"石顺诚又换了一副面孔，"杜老板，你应该感谢我，是我给你提供了一个自首的机会，起码少蹲一年的黑屋，少出一年的臭汗。"

"石主任，有事好商量，啥事都好商量。"脚下是悬崖，迈出这一步将会身败名裂，杜瑞生不傻。他立马央求道："人，我放，我放。"

"那好吧。"石顺诚满脸无奈，挂了电话，"杜老板，你真的考虑好了？"

"算我倒霉。你写个字据，我放人。"

"没有字据。"石顺诚轻轻敲了敲桌子，"我这个人说话向来算数。信得过我，咱们是朋友；信不过我，你我立马分道扬镳。"

一番较量，明白自己不是石顺诚的对手，杜瑞生长叹一声。

来到宾馆，推开房门，两人大吃一惊，张建邦不见了。

原来，张建邦认为杜瑞生也是迫不得已，同时又担心石顺诚报警，毁了杜瑞生的人生。于是，趁孬蛋酣睡之际，他逃出了宾馆。

"顺诚哥，我看杜瑞生不是坏人。"张建邦提提精神，"欠他的钱不还，不太合适吧？"

"钱，肯定要还。"石顺诚打了个哈欠，"他的处境确实也够惨的。"

"可怎么还呢？"张建邦有些发愁，"还了杜瑞生的钱，食品厂可就真的完啦。"

"车到山前自有路，活人哪儿能让尿憋死。"石顺诚劝慰道，"建邦，你不要有太大的压力。"

张建邦叹了口气，望着黑乎乎的窗外发呆。

"这样吧,"沉思了一会儿,石顺诚说道,"村里的账上还有十几万元,再搜搜村里几家企业的家底,先凑齐二十万元还给他应急。另一笔三十万元,我去找林老板借。"

　　林老板是温州乐清人,现租赁石顺诚岳父的房子开店。

　　"咱找私人借钱还账,合适吗?"张建邦担心违规。

　　石顺诚说:"借私人的钱还公家的账,可以;用公家的钱还私人的账,不行。"

　　"你说行就行吧。"张建邦还是愁容满面,"剩下的七十万元呢?"

　　"也找林老板借。"石顺诚已经想好了,"今后企业效益好了,再还他的借款,给他利息。如果效益不好,他租的房子就抵押给他,不够抵账算他倒霉。"

　　"嫂子……"石顺诚的妻子脾气火暴,她岂能同意!张建邦大吃一惊。

　　"建邦,你的想法是对的。食品厂的那点资金不敢动也不能动。"石顺诚神色严峻,"不救活领头的食品厂,咱们村的集体经济可能会像西大街村一样,随着啤酒厂的倒闭,其他村办小企业全部完蛋。"

　　"这是我最担心的一点。"张建邦忧心忡忡地说,"如果真到那一步,我就是南大街村的罪人。"

　　"哈哈,你放心吧,绝对不会。"石顺诚朗声笑道,"如果真到了那一步,我陪你跳黄河。"

　　经石顺诚这样一说,张建邦也嘿嘿地笑了起来,但这笑声里夹杂了许多的苦涩。

第二章　张建邦一怒堵路　寻生机论天道地

　　豫州市的老城区不算大，建于明末清初，方方正正一周夯土城墙卫护，东西南北四条大街在城区中心交会。正在街口执勤的杨继昌，瞥见无精打采的张建邦，连忙低头整理了一下臂上的红袖章。

　　南大街口正中矗着一块牌子，上书硕大红字：除应急和私家车辆，其他车辆一律绕行，违者罚款。

　　这是张建邦一气之下做的决定。

　　前天上午，从旭日东升一直等到烈日当空，才等来负责创建卫生城市工作的一群官员。带队的是区长助理、区政府办公室齐主任，比张建邦大不了几岁。他盛气凌人，瞧见什么都不顺眼，而且说话带把儿。

　　"大小不一，高低不齐，你瞧瞧，他妈的乱成什么样子了。"齐主任指着临街店铺的招牌，怒气冲冲地说道，"全部拆掉。三天之内，全部换成蓝底黄字的招牌，字体、字号要一样。"

　　张建邦十分不满。这是商业街，既不是军事禁区也不是监狱牢房，把银行、肉食店、麦当劳、肯德基的招牌，换成同一颜色同一字体的，你——他妈的真能想得出来。

"你瞧瞧，路面破成啥样了。"齐主任使劲跺着一块塌陷的路面，又怒气冲冲地说道，"他妈的，这哪儿是人走的路。给你十天时间，最多二十天，全部修补好。"

"齐主任，你可能不了解情况。南大街属于公共道路，归市政部门管。"张建邦不耐烦地说道，"凭什么让我们村修？"

"谁修不一样？"齐主任大声斥责道，"路在你们村，走路最多的是你们，你不修，让谁修？他妈的……"

"你他妈的不讲理嘛。"脏话听多了传染，张建邦脱口而出。

"你骂我？"齐主任大声吼道，"你骂谁他妈的？我活这么大，第一次有人敢骂我。"

张建邦年轻气盛，哪里吃这一套，高声叫道："骂的就是你！"接着又狠狠地跺了一脚路面。

张建邦突然发威，齐主任被惊呆了。

"兔孙儿，骂的就是你。"围观多时的杨继昌，第一个跳出来助威，"你他妈的算个什么玩意！"

"从哪儿蹦出来的蚂蚱，敢在南大街撒野？！"村民们都看不下去，一拥而上，围着齐主任痛骂，"骂你是轻的，惹急了打你一个他妈的！"

随行人员见势不妙，护着齐主任灰溜溜地走了。

下午，区创建办的人送来一面黄旗。张建邦恼羞成怒，当即派人在南北路口设卡，不准公车通行。这一来苦了区委和区政府的工作人员，他们不得不绕行。

"继昌叔，你好像对封路有意见？"

"张书记，咋能呢？乡亲们都说你的招儿解气，都说早该教训一下这帮狗眼看人低的兔孙子了。"

"不对吧，你好像躲着我？"

"哪儿能呢，我没瞧见你。"

近两个月，村里人都知道张建邦内外交困，怒火攻心，没有人愿意当出气筒，人人避而远之。

"吵架了吗？"张建邦没好气地追问道。

"吵啦，按你的意思，扯着喉咙叫唤。"杨继昌顿时兴奋起来，"昨天吵了四场，瞧热闹的人越多，俺们的嗓门越高。这单子上的车，今儿没胆儿再来碰钉子。"

执勤桌旁边插着一面黄旗，上书：创建卫生城市警示旗。

张建邦打量一番，咬咬嘴唇，皱皱眉头。

"张书记，都是按你的意思办的。"杨继昌赶紧说道，"俺们照原样做了一面，挂在南面路口。"

这时，瞧见肖百合远远地向他招手，张建邦急忙赶过去。原来，昨晚肖玫瑰指桑骂槐，大发牢骚。为了解决盖房子的问题，她不得不来找张建邦。

回到办公室，张建邦想了一会儿，拨通利群宾馆的电话。在电话中，他告诉了肖百合一个解决问题的办法。

"咚，咚，咚……"传来一阵敲门声。

"俺，俺能进来吗？"杨继昌唯唯诺诺，"俺来替儿子求你一件事，不知道中不中？"

二十世纪六十年代初，杨继昌随父母逃荒来到豫州老城，后来就在这里落了户。儿子杨帆高中毕业回到村里，现在是食品厂杀菌工段的代班长。

杨帆喜欢上本厂一个姑娘，叫童玲。童玲是产品计量装袋工段的质检组长，工作勤奋，敢做敢当。童玲也喜欢他，说是喜欢他那双炯炯有神的大眼睛。

童玲的父母也相中了杨帆，但提出一个条件：他们不计较彩礼多少，只要求杨帆办理城市户口。

杨继昌夫妇在豫州老城生活了几十年，但同城不同命，因为是农村户口，处处低人一等。国家政策规定，儿女户口随父母，因此儿子杨帆也是农村户口。

恋爱的时钟走得飞快，眨眼间，就指向男婚女嫁的时间，钟声惊醒了被幸福包围着的两人，也惊醒了童玲的父母。

大年初一的餐桌上，童玲和家人达成协议：五一劳动节前，杨帆如果解决不了城市户口，他们就分手。

杨帆已二十六岁，属大龄青年，婚事不能再拖了。半年来，杨继昌成了最忙碌的人，能找的关系跑遍了，客没少请，钱没少花，可户口问题至今没能解决。

今天，童玲的哥哥打电话提醒杨帆，五一快到了，如果再解决不了城市户口，希望他不要再纠缠童玲。杨帆一听急了，扔下工作，找父亲商量对策。

"俺能想的办法都想了，能找的人找遍了，不是眼瞅着弄不成嘛。"杨继昌满腹委屈，"孩儿，咱就是土里刨食的命，想变凤凰也长不出翅膀，你想开一点吧。"

父亲说的是实话，杨帆无以言对。

"认命吧，孩儿。"杨继昌无奈地叹口气，"要怨，只能怨你自己的命不好，不该来俺杨家。咱杨家祖祖辈辈都是扒拉土坷垃的。"

这是实情，杨帆垂头丧气。

"孩儿，听俺一句劝吧。"杨继昌悲愤地说，"童玲是个好闺女，可惜命里不是咱杨家的媳妇。孩儿，咱不缺胳膊不缺腿，俺就不信，你找不到媳妇！"

"我不。"杨帆倔强地跺了一下脚。

"不？又能咋办。"杨继昌不耐烦了，生气道，"劝了你半天，咋就这么不识好歹呢。"

"不，我就不。"杨帆转身走了，"我就是不死心！"

兔子急了会踹鹰，脾气倔强又爱面子的人，最容易办傻事惹大事。杨继昌越想越不对劲，他抱着最后的希望来恳求张建邦帮忙。

杨继昌那渴盼哀求的眼神，那无助绝望的神情，那在眼眶里打转的泪珠，不断地折磨着张建邦的神经。

张建邦深知城市户口难办，但又不敢断然拒绝。张建邦十分清楚，这个外表看似坚强的汉子，现在内心已经脆弱到极致，不要说是拒绝的话，就是模棱两可的话，都可能击倒他。

"继昌叔，你放心，我来办。"张建邦从来没有像现在这样郑重，"你耐心地等一等，行吗？"

张建邦把希望寄托在石顺诚身上。

两天后的傍晚，石顺诚拉着行李箱进来了。

"哟，你怎么没先回家？"张建邦起身相迎。石顺诚随区第三产业考察团去外地考察，一下车就听说了南大街路口设置路障的事，便急急忙忙来找他。

石顺诚详述了这次考察的见闻，张建邦也述说了近期南大

22

街村的情况。两人决定召开两委会，商讨食品厂的解决办法。关于杨帆的城市户口，既然张建邦开了口，石顺诚也不好回绝，答应帮忙解决。

"顺诚哥，还有一件事，你看可行不？"张建邦提了提精神，"我打算辞去村支书的职务。"

"什么？"石顺诚惊得瞪大眼睛，"胡闹。"

"这是我深思熟虑后的想法。"张建邦神色诚恳认真，"过去我一直分管党团和工会工作，与企业接触少，缺乏群众工作经验，不符合当村支书的条件。"

"建邦啊，老书记非常器重你。"石顺诚耐着性子劝说，"我非常相信老书记看人的眼光。他认为你有远见，有魄力，有抱负，磨炼几年一定能成大事。"

"他老人家只知表儿不知里儿呀。"张建邦叹口气，沉闷地说道，"我连干好基本工作的能力都没有，哪儿来的远见和魄力。自从当上村支书，我夜夜睡不好觉，总担心干不好，毁了南大街村几十年辛辛苦苦攒下的产业。"

"建邦，万事开头难……"

"顺诚哥，你的心意我领了。"张建邦打断石顺诚的话，毅然道，"你再劝也没有用，我已经拿定了主意。"

话不投机，两个人闷着头抽烟。

"好吧。"石顺诚道，"那你准备交给谁？"

"我想来想去，斟酌再三，认为全村只有一个人合适。"张建邦抬起头，认真地说，"只有你最合适。"

"我？"石顺诚被气得说不出话来。他猛地站起身来，扔掉手中的烟头，愤然道："张建邦，我告诉你：你如果现在辞职，一是对不起九泉之下的老书记，二是对不起南大街村的二十三名党员，三是对不起对你寄予厚望的南大街村村民，四是对不起生你养你的父母。"

石顺诚生气的架势，惊得张建邦目瞪口呆。

"你现在辞职，有何颜面活在南大街村的土地上。"石顺诚越说越激动，点着手指，怒吼道，"老书记尸骨未寒，你竟敢撂挑子不干？你，你会后悔一辈子！"

说完，石顺诚便摔门走了。

今天村两委会，张建邦、石顺诚二人不像往常那样肩并肩坐在一起。农村开会不讲究座次，这一反常的举动并没有引起他人的注意。

南大街村两委干部一共九人，村支书张建邦，副支书李佩珍，村主任石顺诚，副主任杨素娥，委员李文康、张良弼、许承志、马景福、陈广明。

会上，许承志和陈广明分别作了汇报。食品厂实施重罚制度后，不仅没有解决产品的质量问题，反而使产品的不合格率升高了，退货率也不降反升。问题到底出在哪儿？是技术还是工艺？是管理还是制度？二人实在是搞不明白。

石顺诚没搞过食品生产，不懂生产技术，因此他从管理的角度发表了两点看法：一是产品既然是人生产出来的，人的积极性必须调动起来，群策群力解决问题。二是食品厂到了关键时期，解决产品质量问题要争分夺秒。他建议请专家来查找原因。

张建邦先是批评许承志、陈广明管理不善，接着让大家围绕三个方面各抒己见：一是产品质量问题的根源在哪儿，如何解决；二是生产管理混乱，如何整顿；三是如何改革创新，重塑企业形象。

密集的雨点敲打着茂盛的槐叶，沙沙作响。会议室内寂静异常，大家的心神都被大雨勾走了。

"我是个门外汉。"如此沉默下去不是办法，石顺诚以恭敬的口气点将道，"文康叔，您是食品厂的老厂长，经验丰富，请您老谈谈看法。"

"中，我就开门见山，直说了。"李文康六十有三，高个子，身体硬朗，嗓门响亮，"建邦，顺诚，我当初为什么辞去厂长的职务？唉，人老了，力不从心了。我今天为什么来参加会议？就是想告诉你们一声，我该退出村委会了。"

"文康老哥说得对，人老了，应该有自知之明。麦子一黄，我也六十了。这两年体衰多病，干的没有歇的多，总能占着茅坑不拉屎呀。"瘦弱的张良弼，一阵咳嗽过后，慢声细语地说道，"我转业回来后，跟着老书记打了三十多年的江山，今后是扛不动枪了。想当年，我在西藏……"

张良弼参加过对印作战，退伍后正逢国家经济困难，毅然响应组织号召回乡务农。他说话向来啰唆，但大家敬重他，不忍打断他。

"我也辞职，这活儿不能再干啦。"陈广明突然发难，瞅着张建邦气冲冲地说，"拉磨挨磨杠的活儿，谁有能耐，谁上。"

"你年纪轻轻的，撂什么挑子，凑什么热闹？"李文康急了。陈广明是他看着长大的，也是他一手培养的干部。"臭小子，厂里正缺人，你跑得了和尚跑得了庙？你不干，乡亲们就是不打你，骂也会骂死你……"

"骂死也比受窝囊气强。"陈广明脖颈一硬，眼睛一瞪，"不干就是不干，您老要是愿意，您老接着干。"

产品一再出问题本来就让人窝火，张建邦的批评则是火上浇油。当领导的不懂不要紧，难道不会鼓鼓劲儿？知情不报，报给你有什么用？管理不善，你懂什么是企业管理？今天一张嘴就是批评，除了推卸责任还会干什么？陈广明憋了一肚子的气，要不是李文康在，他早就和张建邦吵起来了。

"臭小子，住嘴！"李文康猛然起身，举起拐棍，"你再敢多说一句，我今儿就替你爹敲断你的腿！"

陈广明不敢再吱声，气哼哼地垂下头。

"好啦，文康叔，您老坐下消消气。"石顺诚劝说道，"今天开的是研讨会，不是辞职会，辞职的事以后再说嘛。"

"你们想辞职，还有地方说，我——"满腹委屈的张建邦刚说了半句，立刻被石顺诚的凌厉眼神盯了回去，只好转言道，"大家还是接着说工作吧。"

这时，杨素娥把一张纸轻推给张建邦，原来是她的辞职申请。

回家的路上，张建邦听说杨帆和童玲私奔了。两人分别留给各自父母一封信，内容一样。

敬爱的爸爸、妈妈：

你们好！

当你们看到这封信的时候，我们已经在火车上了。我们彼此相爱，生死相依，任何力量也阻挡不了！我们珍爱父母，珍爱生命，珍爱生活，不会做出任何傻事，这一点请你们放心。明年新春佳节来临之际，我们一定回家，与你们团聚。

前天傍晚，公园的一棵松树下，两人相对而坐，愁容满面。

童玲平静地说道："事已至此，说什么也没用了，咱们走吧。"

杨帆迷惑地问道："刚来这儿，又去哪儿？"

童玲平稳地答道："咱们去温州打工，我三叔那儿。"

杨帆惊讶地问道："打工？"

童玲平淡地说道："明天上午，你带上户口本，在民政局婚姻登记处等我。"

杨帆惶然道："偷户口本？私奔？我爹会打断我的腿。"

童玲不以为然地说道："你的腿断了，明天就不用去了。"

"这……"

"腿断了，你还能接上；情断了，你接得上吗？"

童玲凄然一瞥，走了。

五一国际劳动节的晚上，张建邦接到石顺诚的电话后便匆匆忙忙地出去了。

原来，收到两批欠款后，杜瑞生非常敬佩石顺诚的为人，非常感谢南大街村领导的体贴，在得知南大街村的困难后，就一心想帮点忙。两个多月来，他四处奔波，终于找到了饲料生产设备的买家。

买家是山东东源县大自然家禽发展有限责任公司，老板姓郭。由于杜瑞生的从中斡旋，况且郭老板也是个内行人，在了解了设备的使用时间和总产量后，没有过多纠缠价格，双方拍板成交，郭老板还热情邀请张建邦、石顺诚、杜瑞生参观他的养殖场。

"郭老板，您经验丰富，办事果断，一瞧就是行家里手。"张建邦既敬佩又好奇，"您原来是干什么工作的？"

"你猜？"郭老板幽默一问，随后爽朗答道，"农民。"

张建邦一愣。

"我当过三年兵，在部队里入了党，转业回来后继续种地，干过五六年的村主任。二十世纪八十年代初，我寻思干点副业，于是就干起了养殖业。后来，我干脆辞了村里工作，专心搞养殖。"

石顺诚赞道："郭老板不仅有魄力，而且有眼力。"

"当初，政府要求党员立足本地，率先脱贫，带动村民致富，我是先走一步试试。挣了点钱后，就想干点大的，可是当着村干部干着私活，于理于情都不合，我和妻子一合计，认为还是辞了的好。"

如此高的思想境界，让张建邦连连点头。

"我先建孵化场卖雏鸡，为了保证种蛋质量就又建鸡场，后来又建饲料厂。现在，我还为村里的养殖户提供养殖技术和防疫服务，周边村民喂养的鸡、鸡蛋都由我负责购销。嘿嘿，当不当村干部都一样，有钱大家赚嘛。"

石顺诚又赞道："好一个有钱大家赚，实在令人佩服。"

"郭老板，你们村的棒劳力真多呀，处处都能见到年轻人。"

"哦，大多不是我们村的人。村里的年轻人都去北京、天津等大城市打工了，为了解决技术工人不足的问题，我同省农业大学联合开办了一个培训基地。"

"呃？"

"这些年轻人，大多是省农业大学畜牧专业的学生，半年轮训一次，他们劳动，我发工资。那两个头发花白的老先生是省农业大学的退休教授，一个负责饲料配方和质量，一个负责家禽防疫和养殖技术服务。"

张建邦关切地询问："你是老高中生吧，现在是什么文凭？"

"说出来不怕你们笑话。小时候家里穷，读了三年书就回家放羊啦，后来自学了一些东西，一瓶子不满半瓶子晃荡，应付不了大事。"

"瞧你这管理井井有条，瞧你这公司生机勃勃，你不可能没有文化，更不可能不懂管理。"

"你高看我了。"郭老板扯着西装衣角晃悠几下，大笑道，"要不是你们来，我现在和他们一样四处忙活呢。"

听郭老板这么一说，张建邦、石顺诚、杜瑞生都哈哈大笑起来。

"至于企业管理，我真是一窍不通。"郭老板说道，"没本事又想干成事，只能'借脑'和'借力'呗。"

"借脑""借力"这四个字像一把重锤直叩人心，张建邦和石顺诚四目相交。

"呃，我只顾王婆卖瓜自卖自夸啦。"郭老板问道，"听说你们村开办有食品加工厂，产量还不小，销路还不错，需要鸡肉和鸡蛋吗？"

"我们主要生产牛肉和……"张建邦话说了一半就被石顺

29

诚接了过去："下一步需要大量的鸡肉和鸡蛋。"

"太好啦，那咱们可以合作嘛。"郭老板高兴地拍着胸脯，"鸡肉和鸡蛋的质量你们尽管放心，价格更不必担心，保证物美价廉。"

"今天合同一签，咱们就是好朋友了。"石顺诚也高兴地拍着胸脯，"作为好朋友，我们一定优先考虑'大自然'的鸡蛋和鸡肉。"

张建邦瞬间明白了。郭老板邀请他们参观他的养殖场，不是为了炫耀，而是为了开拓销售渠道。而石顺诚的大包大揽，是为了保证饲料生产设备转让顺利进行。张建邦暗自长叹：自己的社会经验真的是太少了。

"杜老板，"石顺诚转身问紧跟在身后的杜瑞生，"你们厂生产的彩袋，听说质量还不错，价格如何？"

"我们是小厂，人少，成本低，应该比你们用的包装袋便宜。"杜瑞生回答道。石顺诚一听，高兴地说道："杜老板，麻烦你回去后发点样品过来。如果质量好，今后我们利群食品厂全部用你的彩袋。"

"真的？"杜瑞生大喜过望。

"好朋友之间只有真的没有假的。"石顺诚诚挚地说道，"普通的朋友图利多，真正的朋友互惠多，我们最喜欢结交像郭总和你这样的好朋友。"

"对。"郭老板赞同道，"好朋友之间就应该互惠互利嘛。"

赶往泰安市的路上，张建邦与石顺诚聊起郭老板赞不绝口。

"郭老板对鸡肉和鸡蛋销售的事，好像很当一回事呀。"

"他来运设备的时候，买些烧鸡卤鸡，撕掉外面的包装，就说是咱们的新产品，让他尝尝。"

"这，这合适吗？"

"这次来山东，才知道如今养殖业发展这么快。我想试试生产卤鸡肉和卤鸡蛋。如果能行，倒是解决了产品单一的问题。"

"对呀……"张建邦立刻来了精神。正想和石顺诚好好聊聊，手机铃声突然响起。

"……百合，你好好劝劝她。对，就按我说的办法。"

半个多月前，接到张建邦的电话后，肖百合就去找了肖玫瑰，说自己有个好主意，可以解决盖房子的问题。肖玫瑰可不傻，一听就知道张建邦不同意签字，大骂了一场。

盖房手续办不下来，肖玫瑰就趁五一假期抢建房屋，然后再去村委会补办手续。可是，被人举报了，城建管理执法队随即赶来，要强行拉走她的建筑材料并罚款。肖玫瑰一边守住建筑材料，一边打电话找熟识的区领导干部。但是，领导之间不可能为一点小事闹矛盾，纷纷一推了事。

肖玫瑰冷静下来后，细想之下发觉肖百合的建议确有一定道理：翻修公婆的房屋，总的建筑面积远超自己加盖的面积，拆迁时得到的补偿更多。更主要的是，肖百合答应找张建邦签字，自己可以省去许多麻烦。

傍晚时分，杜瑞生先行返回，张建邦、石顺诚则留宿泰安，准备次日爬泰山。吃罢晚饭，张建邦、石顺诚二人便驱车去了泰山南麓的岱庙。

岱庙始建于汉代，城堞高筑，殿阁巍峨，宫阙重叠，气象万千。夕阳灿烂的光辉，把气势宏伟的岱庙古建筑群装点得金碧辉煌。

仰望耸立云霄的泰山，张建邦默不作声。其实，石顺诚完全可以自己决定饲料加工设备转让的事宜，而他一再提议游览泰山，肯定是有事相商。

果然，石顺诚情绪激昂，话语如开了闸的洪水般滔滔不绝：

"泰山，虽是地孕的峰峦，实是天育的灵山。试想，如果不是上天的恩赐和眷顾，哪来的万木葱茏、奇花异草、溪水潺潺。再试想，如果没有上天的恩赐和眷顾，岂不是巉岩孤峰、恶涧枯潭、虫鸟难觅。世间万物，哪个不是上天的恩赐和眷顾？

"南大街村同样需要上天的恩赐和眷顾。那么，谁是咱们的天呢？怎样才能获得上天的恩赐和眷顾呢？"

张建邦闻之一震，心情不觉沉重了几分。

自从上次与石顺诚闹翻之后，张建邦的情绪一落千丈，睡难眠，食难咽。今日，石顺诚放下身段，如此煞费苦心地与他谈心，令张建邦十分感动。

石顺诚望了一眼色彩斑斓的天空，接着说道：

"什么是天呢？我认为天是由光、风、雨、水和云、雾、雷、电八个要素组成，每一个人头上都有一片天。只是人所处的地位、层次、环境不同，对天的理解也不相同。

"咱们南大街村，说好听点，它是一块待开垦的处女地；说不好听点，它就是城市中的一片蛮荒之地。城市建设夺走了咱们赖以生存的光、风、雨、水，留给咱们的是云、雾、雷、电。现在的南大街村已成为上天无暇顾及的角落。

"就拿征兵指标来说，咱们老城区有十五个村，去年仅分配了十个指标，而新城区的一个街道办事处就分配了二十个指标。再看企业环保标准，郊区村办企业的环保要求很是宽松，而咱们却要执行与国有企业相同的标准。但国企有专项补助，咱们只能自己解决。再看银行贷款，国企私企都能贷到款，但咱们却不行，因为村委会不具备贷款资格，享受不到国家的优惠政策，只能自己缓慢发展。

"天的八个要素指的是什么呢？我的体会是：光指的是国家政策，雨指的是党委政府，风指的是行政部门，水指的是挚友真朋。以上四个要素是咱们南大街村要极力争取的，是生存之本。云指的是内外矛盾，雾指的是刁难，雷指的是歧视，电指的是自生自灭。以上四个要素是咱们南大街村要竭力避免的，是毁灭之源。

"谁是咱们的天呢？没有政策的帮扶，没有政府的支持，没有管理部门的理解，没有朋友的提携，南大街村的上空就难有一片天，南大街村的经济就不会搞上去，南大街村的百姓就不会过上小康生活。所以，作为南大街村的村干部，我们要会争阳光、呼顺风、唤春雨、广积水，给百姓们撑出一片蓝天。

"怎样才能获得上天的恩赐和眷顾呢？等，是等不来的；求，是没有用的。要靠咱们自己主动争取，要从别人嘴里抢！这好比过独木桥，左晃要往城市的优惠政策上靠，右摆要向农村的优惠政策上靠。咱们既然是城中村，就要在'城'字和'村'字上多动脑筋。"

听了石顺诚的一番话，张建邦思路顿开。天色渐晚，明日还要早起登泰山，二人便结束了谈话，回去休息了。

月夜，泰山之巅，二人凭栏而立。

"举目望去，透过层峦叠嶂，我仿佛看到泰山脚下灯火璀璨的泰安城，我又仿佛看到南大街村的星火点点。"石顺诚心情激动地说道。

"老支书当了四十多年的村干部。为了撑起南大街村的天，他没日没夜地操劳、奔波。无论大事小事，他都尽心尽力地去办。"

说起老支记，张建邦热血沸腾。

"正因为如此，几十年来，再苦，南大街村的村民没有饿死一人；再穷，南大街村的村民没有一人衣不遮体；再难，两百多名逃荒的灾民相继落户南大街村。尤其是改革开放以后，开宾馆、办工厂、搞运输，南大街村不断发展壮大，村民收入甚至超过城里人，南大街村成了远近闻名的富裕村，外村的大姑娘争着往咱们南大街村嫁。因此，在村民的眼里，老支书就是他们的天。"

石顺诚轻声问道："建邦，我这样评价老支书，不过头吧？"

"你说得很对。"张建邦深有体会，"八四年我回村工作，每月工资六十多元，比政府职员的工资都高，许多人都羡慕咱们呢。"

"如今，老支书走啦，南大街村的天塌啦。放眼整个南大街村，谁有老支书的威望？谁有老支书的能力？你和我都没有！"

张建邦长长地叹了口气。

"咱们一个人不行，两个人不行。"石顺诚话锋一转，语气坚定地说道，"但只要咱们南大街村的人团结起来，准行。凝真心，集智慧，合力量，咱们一定能像老支书那样撑起南大街村的这片蓝天，耕耘好这块土地。"

"对，人心齐，泰山移，总会有办法摆脱眼前的困境。"激情荡漾的张建邦再也憋不住了，一拍栏杆，"顺诚哥，直说吧，怎么办！"

"狭路相逢勇者胜。"石顺诚一拳砸在栏杆上，"横竖都是死，只有杀出一条血路，南大街村才有生的希望。"

"说得好。"张建邦热血沸腾，"顺诚哥，你就说怎么干吧。"

"砸烂坛坛罐罐。"石顺诚咬着牙说道，"当断不断，反受其乱。先从村两委动手，凡是请求辞职的全部批准。把有闯劲、有想法的年轻人招进班子，重组村委会。"

"我同意。"张建邦早就对此不满了。

"人人头上顶'孝帽'。"石顺诚信心十足地说道，"大方向由你来定，我具体落实。村两委只留一人负责党政事务，其余人员一律到企业任职，办事机构只保留财务室，其余统统裁撤。咱们要从根本上改变人浮于事的现状。"

张建邦心头一亮，他终于找到了工作效率低下的症结。

"只要结果，不问过程。"石顺诚斩钉截铁地说道，"除投资决策权和利润分配权，其余如人事任免权、经营管理权、奖励惩罚权等全部下放给企业。咱们只盯着利润，让他们八仙过海各显其能，谁能完成指标，谁就是神仙。咱俩要从繁杂的事务中解脱出来，跑政府，要优惠，给南大街村创造一个阳光普照、风调雨顺的好环境。"

责权利相结合，才能调动干部的积极性。张建邦连连点头。

夜已深了，泰山上的风湿冷刺骨，一会儿工夫两人便被冻得手脚冰凉。"顺诚哥，我带了瓶酒，咱俩边喝边聊。"

"如今，村里的人能走的都走了，剩下的不是一门心思地跑户口，就是想着混日子，形势严峻啊。"石顺成说。

"是呀，现在村里剩下的不是老的，就是小的。其实最根本的原因还是村企业的效益不好，留不住人。"张建邦肯定地说道，"不过，我相信这些问题一定能够逐一解决。"

"建邦，要想早日摆脱困境，单靠村里人肯定不行。咱们应该借鉴郭老板的经验，借脑，借力，拜师，学艺。"

"行。"张建邦挥舞着拳头，大声道。

二人围绕着班子人选、体制改革、建章立制、经营管理、利润指标等一系列问题，畅所欲言，斟酌规划。时间在不知不觉间过去，眨眼间就到了观日出的美好时刻，彻夜长谈的两人，一齐登上玉皇顶。

观赏完日出，二人便乘坐索道下山，而后驱车直奔济南。这次旅程，石顺诚考虑周密，泰山上谈天论地，大明湖畔评说鱼水之情……他深信，经过这次畅谈，张建邦将会有质的变化，今后一定能成为南大街村的顶梁柱。

中午时分，路上车很少。在距离济南不到十公里的地方，一个满脸血污的年轻人，疯狂地挥舞着双手，路过的车都避让而过。凭着多年跑车的经验，石顺诚意识到出了车祸，随即减速停车。

车祸现场惨不忍睹。一辆黑色奥迪车侧翻在路旁的排水沟里，两个五十岁左右的男人躺在路边昏迷不醒。原来，他们也是豫州市人，是去青岛参加产品展销会，路上出了事故，汽车冲出了道路。

年轻司机带的钱不够缴纳医疗费，张建邦他们拿出了全部路费。看着重伤者被推进手术室，石顺诚决定立刻起程，返会豫州市。

突发的情况，打乱了石顺诚的计划。在以后的工作中，二人也没有结伴而行过，这也成了石顺诚终生最大的遗憾。

第三章　严词铭心滴水恩　打破陈规觅人才

乌云滚滚，雷声渐近。张建邦、石顺诚正带人忙着装车，他们要抢在暴雨到来之前撤掉路障。

这时，张建邦接到电话："张书记，牛区长让你马上去区政府。"领导"问罪"如同这鬼天气般来得实在是太快了，石顺诚执意陪同张建邦前往。

老城区区政府，始建于二十世纪五十年代中期，几栋三层青砖蓝瓦的小楼。区长正在开会，魏秘书斟上茶，交代几句就走了。

第一次承蒙区长"召见"，张建邦显得局促不安，哪知牛区长一进来就给他们来了一个下马威——

"呃，张建邦，区政府的土地爷。"

"嗬，石顺诚，擒拿绑匪的大侠。"

两人瞠目结舌。

"两位厉害，上来就断了我老牛的路。如果各村都像你们这样闹腾，我岂不成了瓮中之鳖。"

两人既尴尬又忐忑。

把笔记本放到办公桌上，牛区长同两人握握手，脸上浮起一层笑容，稍稍客气地说道："请坐，咱们好好商量一下。"

从谭秘书口中获知，牛区长不仅是新任的政府一把手，还是区委副书记，性格直爽，办事干脆，上任没几天就撤了市政管理科科长。

不难看出，牛区长久经沙场，是个软硬不吃的厉害角色。听牛区长如此说，石顺诚只好硬着头皮说道：

"牛区长，实在对不起。我们考虑问题不周，给您添麻烦啦。设在南大街街口的路障，我们正在拆除……"

"拆什么拆，我看既醒目又提神！你们再摆上半个月，让我再瞧瞧哪位官老爷还没有睡醒？"牛区长个头不高，腰杆笔挺，手势较多。他先是右手手掌下翻，又手指朝天一指，"不少人说你们翻天啦，我看翻得力度还不够，应该禁止任何车辆通行。我告诫他们，你们要是再不醒，早晚有一天，比这还要大的牌子，会堵住区政府的大门。"

张建邦认为这话解气，但石顺诚可不这么认为，他知道这是领导故意说给他们听的。

"牛区长，您千万不要生气。"石顺诚小心翼翼地说道，"不管怎么说，这样堵路影响不好。"

"哟，看来石主任很开明嘛，这事就好商量啦。"牛区长微微一笑，"原来准备给齐主任一个警告处分，后来不少人求情，我又是初来乍到，二位既然如此开明，得饶人处且饶人吧。"

"对，对。区长，您说得很对。"石顺诚急忙表态。张建邦也有点不好意思："都是为了工作，没必要，没必要。"

"呃，二位不像传说的那样难缠嘛。"牛区长诧异地说道，

39

"这样好不好，我叫齐主任给你们赔礼道歉，行不行啊？"

二人惊得一跃而起，连声劝阻。

"既然二位也为他求情，那只有我这恶人当到底啦。"牛区长态度一转，严肃地说道，"魏秘书，通知齐主任在大会上做检讨，顺带告诉他，要是在部队，我关他七天禁闭。做人，学什么不好，非要说话带'把儿'。"

第一次见到如此严肃认真的领导，石顺诚顿生敬意。

"这两天，我在南大街村转了转，走了整条大街，进了十二条辅路。哦，就是那些小巷子。"区政府一把手视察，一定是前呼后拥啊，怎么都不知道呢？张建邦、石顺诚二人感到很是意外。"环境卫生确实比较差，都什么年代了，还是几个又脏又臭的旱厕。"

两人认真地听着，不敢多半句嘴。

"区政府研究决定，要彻底改变城中村脏乱差的现状，拿你们南大街村做试点。"牛区长喝了口水，接着说道，"为了改善村民的居住环境，区里计划把村内的主干道全部改为柏油马路，巷道也都改为水泥路，主道路更换大口径的下水管道，巷道埋设下水道管网。公共旱厕也要改造，同时还要新建多座公厕。这样一来，老百姓的生活环境会好上很多。"

"太好了。"张建邦高兴地说道，"真能这样，我带着乡亲们，敲锣打鼓，来给区政府送匾。"

"我不喜欢那一套，你要是送匾，就不拿你们南大街村做试点了。"牛区长一口否定，"这是惠民工程，有什么好感谢的？"

新区长性格耿直，办事认真，设置路障的事怎能轻易放过？凭直觉石顺诚有点担心，他不无忧虑地瞧了瞧笑逐颜开的张建邦。

"这件事就这样定了。"果然,牛区长的语气突然一变,"咱们,再聊聊别的吧。"

张建邦也嗅出了辣味,连忙正襟危坐。

"该表扬的表扬过啦,该批评的还是要批评。堵路的事,市政科长被撤了职,齐主任要公开检讨,你俩不挨板子,既不合理也不合情,更难以服众!"或许是初次见面,牛区长说话比较婉转,"二位都是共产党员吧?"

张建邦、石顺诚赶紧点头。

"既然是党员,就要牢牢记住:必须严格遵守党的纪律,任何时候不能头脑发热,蛮干胡来。"虽然牛区长的脸色依旧,嗓门依旧,但语气严厉了很多。

"张建邦,你设置路障的做法非常不妥,影响很坏。念你刚担任村支书不久,区政府研究决定从轻处理。我代表区委区政府郑重地予以口头警告:张建邦同志,如再敢目无党纪任意胡来,一定从严处理,决不宽恕。"

原本以为要挨一顿臭骂,甚至留党察看的处分,没想到只是一次口头警告,张建邦悬着的一颗心稍稍落了下来。石顺诚也放下心来。

张建邦在大事上还是分得清轻重的。其实,在石顺诚的劝导下,他已经认识到自己的错误。

牛区长严肃地问道:"张建邦同志,你有什么话要说吗?"

张建邦认真地回答:"牛区长,请您放心,今后如若再犯,您就撤我的职。"

看着与自己年龄相仿的牛区长,石顺诚心里感触颇深。人们常说："姜还是老的辣。"事实上姜辣不辣，年龄是次要的，阅历才是关键。

"好啦，这件事就到此为止，能够吸取教训就行。"牛区长和蔼地说道，"区政府决定干部包村，我包的是你们村，今后咱们打交道的时候多了。"

"真的？"两人喜出望外，"太好了。"

"好什么好，有什么好的？"牛区长又恢复了诙谐风趣，"不少人，说你们两个是有名的刺儿头，没人愿意去南大街村蹲点。我初来乍到，大家就把南大街村这个烫手的山芋扔给了我。"

两人不好意思地一笑。

"咱们说定，如果政府干部工作作风有问题，工作方法不合适，你们可以来找我，也可以去纪委反映。"牛区长犹如川剧中的变脸，"但是，你们不准打着我的旗号欺负人，必须支持区政府的工作。"

张建邦连忙点头，石顺诚赔着笑脸。

牛区长身体一正，眉毛一扬，说道："临街店铺的整改，除了'蓝底黄字、字体一致'外，其余的按齐主任说的做。如果完不成任务，看我怎么收拾你们。"说完，牛区长指了指茶几上的烟。

牛区长自己是不抽烟的。看到区长让他们抽烟，二人以为区长下了逐客令，慌忙告辞。

"嗬，你们胆子够大啊！我不说走，从来没有人敢走。"牛区长的手掌又把两人"压"回到沙发上，"今天下午，我不干其他的事，专门接待你们二位。咱们主要谈两点：第一点是讲讲你们村委会的困难以及今后的发展思路；第二点是讲讲南大街村村民的需求以及对政府的要求。"

在谈到村民的需求时，石顺诚有意讲了杨帆和童玲私奔之事。牛区长闻听后，立刻打电话给区公安分局，对方答应尽快解决。

翌日，张建邦、石顺诚正在办公室商谈工作，一阵清脆的敲门声响起。

一老一少推门而入，年长者是康健食品集团的领导，济南车祸中受伤的岳副厂长；年轻者是那天在路中间求救的司机，他手拿一面锦旗，上面写着：见义勇为济困救难，携手并肩共同发展。

"岳厂长，你这话越说越重了。"面对连声的感谢，张建邦道，"救人于危难之间，助人于情急之中，是做人的本分，你就不要再客气啦。"

"那好，那我就直奔主题。"岳厂长倒也爽快，随即说道，"这次登门拜访，除了表达我们的谢意，还想谈谈有关利群食品厂的事。就是不知道合适不合适？"

石顺诚一听，高兴地说道："我们求之不得，还请岳厂长直言不讳。"

岳副厂长，五十岁左右，鬓角斑白，脸庞清瘦。只见他拿出厚厚的一叠纸，都是关于利群食品厂的考察报告。

从利群食品厂的地理位置、管理力量、技术配置、员工人数、设备名称、数量性能等基本情况，到产品种类、工艺流程、技术参数、生产水平、现场管理、品质控制、产量产值等生产情况，再到目标市场、营销措施、批零价格、销售数量、品牌效应、市场占有率等销售分析，最后是领导问题、质量问题、技术问题、销售问题、管理问题等不足之处，真可谓论证扎实，数据翔实，面面俱到，对企业现状不仅了解得多而且准，对存在问题不仅分析得细而且透。

面对如此详尽的考察报告，张建邦、石顺诚二人心潮起伏，同时也在暗暗自责。

"其实利群食品厂是我们的竞争对手，在做这份考察报告前，我们专门开会研究，并征求了我们厂长的意见。"

"岳厂长，你真够朋友，我先谢谢你。"石顺诚诚恳地说道。张建邦不明白石顺诚话里的意思，只好跟着致谢："非常感谢你们对利群食品厂的帮助。"

"黄厂长听了我的汇报后说，我们都是从农村出来的，要想方设法帮助利群食品厂走出困境。对手也是朋友，竞争才能创新，应该共同发展，共同富裕。"

第一次感受他人送来的温暖，张建邦、石顺诚二人感到十分欣慰。

"实在是太感谢了！"张建邦激动地说道，"对手也是朋友，竞争才能创新，这话说得好。"

"经过多次调查研究，我们最终形成了两条思路，一条是康健食品集团兼并利群食品厂，好处是：我们科研、技术、生产、管控等专业人才快速进入，大量资金及时跟进，产品种类可以迅速扩展到三大类四十个单品，而且产品可以走我们的销售渠道，短时间内就可以使利群食品厂摆脱困境。"岳厂长稍作停顿，喝了一口水。

"不足是：你们将失去创建多年的品牌，失去自主经营权。

说白了，利群食品厂不再是南大街村的企业。"

张建邦担心地瞧了瞧石顺诚。

"另一条思路是康健食品集团助力利群食品厂脱困。好处是：利群食品厂仍是南大街村的企业。届时，我们会对利群食品厂的员工进行短期培训，我们会无偿提供技术支持，产品也可以走我们的销售渠道。"岳厂长再次停下来，喝了一口水。

"不足是：我们不会为你们提供资金，而且我们的技术人员也不会长期驻守在利群食品厂，只能依靠你们自己的力量摆脱困境。这样一来，利群食品厂要想摆脱困境，可能会需要很长的时间。"

各有利弊，两人陷入深思，难以抉择。

"你们不用急于决定。"岳厂长谦虚地说道，"我谈谈个人的看法，仅供你们参考。"

两人正左右为难，听岳厂长如此一说，不约而同地点了点头。

"兼并是许多中小企业梦寐以求的，可以使企业快速摆脱困境，立马见到效益。但是，我认为这种急功近利的做法，会损伤村民对村干部的感情，不利于村集体经济的长远发展。"

岳厂长言之有理，两人十分赞同。

"利群食品厂所面临的困难只是暂时的，质量差和品种少都是可以解决的，还没有到陷入绝境的那一步。所以，与其被兼并，还不如自己谋发展。虽然困难多一点，时间长一点，但从长远来看，利大于弊。"

瞧见石顺诚"是否开会研究再作答复"的字条，张建邦立刻回复四个字"泰山，借力"。石顺诚表示同意。

"岳厂长，这件事我们已经有了决断。"张建邦严肃认真地说道，"我们采纳第二条思路。"

临走前，岳厂长递给张建邦一个信封和一个文件袋。

"其实，在我来之前，我们黄厂长就预料到了你们的决定。他向你们推荐了一个叫宋祺祥的人，此人曾在温州一家知名食品企业工作，是一个难得的人才。如果得此人相助，你们一定会渡过难关。"

文件袋里，装着一百多页的资料，大到企业认证，小到班组生产管理，细到单品生产工序操作规范和质量检测标准，涵盖企业购销调存产、工资福利和奖励处罚等方方面面。不难看出，温州这家食品企业的老板与黄厂长交情深厚。

宋祺祥，一九七四年参加工作，一九七八年参加高考，大学毕业后分配到洛州市食品公司下属的卤肉加工厂，历任生产股长、副厂长、厂长等职。二十世纪八十年代后期的一场风波，彻底改变了他的人生轨迹。

那年夏末，为了保证中秋和国庆的食品供应，工厂加班加点生产。当时的生产车间低矮简陋，只有几个通风的窗口。砖砌的半地下灶台，足有半间房大小，一行排列十余个。钢质的卤锅有半人多高，直径两米有余，每锅可以卤数百斤肉。锅水烧开后，热浪逼人，车间宛如澡堂，人人挥汗如雨。

带班生产的宋祺祥和工人们一样，穿着一条大短裤，系着一条皮围裙，足蹬长筒胶靴，手持长柄钩、耙、铲、勺，围着卤锅挑、搅、翻、拨着沸水中的肉块。

突然，一个工人脚下一滑，一头栽进卤锅中。人从左面进去，从右边被拉出来，经医院抢救无效死亡。

这是建厂以来第一起死亡事故，宋祺祥万分自责。此时，有人趁机"落井下石"，告发宋祺祥与保管员合伙贪污。贪污，那可是惊天大事，专案组很快进厂调查。

保管员是五十多岁的老职工，从未听说过手脚不干净，但他不识字。不识字，如何记账？宋祺祥为自己的疏忽叫苦不迭。专案组调查了二十余天，结论出人意料：账目清楚，经审核无误。

一个目不识丁的工人，如何做到笔笔清楚、斤两无误？宋祺祥不得其解，于是他把保管员请到家里吃饭——两个小菜，两碗捞面条，搞清了事情的原委。

保管员黑瘦驼背，满脸皱纹，是食品厂里的"冤大头"，脏活、累活、没人愿意干的活都是他的，而且随叫随到。前任厂长看他年纪大了，而且诚实肯干，就安排他当了保管员。

他深知责任重大，摸索出了一套独特的记账办法。例如品质合格的猪肉画一个四腿站立的猪，病死的猪画一个四腿朝上的猪。还在图的旁边，标注数量、生产班次、加工日期等。他不仅账记得好而且保管得好，各色纸张记载的资料装满几大箱。因此，专案组来查账，账目清楚，斤两不差。

本来是皆大欢喜的结果，但最终的调查结论却让宋祺祥勃然大怒。原来，根据公司一位副经理意见，调查结论上增加了一行文字：鉴于日趋重要和日渐繁杂的统计工作需要，责成食品厂调整保管员的工作岗位。

宋祺祥认为这很不公，愤然提出辞职。虽然公司领导最终去掉了调查结论上的这行文字，但他依然离开了食品厂。

人有大志在，何处不翻飞。离开食品厂后，宋祺祥先后去了深圳、广州，后来又去了温州，在一家民营企业担任总经理。

天有不测风云，人有旦夕祸福。父亲的突然病重，再次改变了宋祺祥的人生轨迹。接到电报，他立即起程，先是乘坐长途汽车到杭州，而后连夜乘坐火车到郑州，再坐长途汽车到白云山下，恰逢大雪封山又徒步走了一天。当他疲惫不堪地迈进院门时，屋内哭声骤起，老父亲去世了！

宋祺祥有四个姐姐，他是家里唯一的儿子。为了能见上儿子最后一面，父亲受尽了病痛的折磨，可是，最终却未能如愿。父亲已与他阴阳两相隔，相逢只能在梦中。他抱怨老天无情，悔恨自己长年在外，不能常常陪侍在父亲身边。

安葬父亲后，宋祺祥毅然回绝温州老板的盛情相邀，留在家乡侍奉母亲。

翌日，张建邦一行人来到宋家，家里只有宋母一人。

原来，去年夏天，宋祺祥的小儿子考上了上海的大学，他的妻子也跟着一起去了上海，在儿子学校附近租了一间店面，同人合伙经销白云山土特产品。而宋祺祥则在乡政府所在地，开了一家熟食店。在电话中，颇费了一番口舌，宋祺祥才答应次日上午与张建邦一行人见面。

第二天上午，一见面张建邦便详述了利群食品厂所面临的困难，希望宋祺祥能助一臂之力。张建邦说得口干舌燥，可宋祺祥就是不吭声。

"……食品厂是我们南大街村的希望，在这生死存亡的紧要关头，我们真心邀请宋先生出山相帮。"张建邦情真意切地说道，"宋先生，你到底是咋想的？"

"看得出来，张书记，你是一个志向远大、敢想敢干的人。我很钦佩你的为人。"宋祺祥话锋一转，"但张书记，实在对不起，我不能帮忙。"

如此直接地拒绝，令张建邦、许承志、董振东为之愕然。

"我已经有了一个遗憾，决不能再有第二个了。算了，不提了。"宋祺祥眉头一拧，紧接着说道，"我现在就想经营好自己的小店，既不闲着又能照顾老母亲。"

"宋先生，有些事不能……"

"张书记，听我把话说完。"宋祺祥摆了摆手，示意张建邦先听他说，"武器的优劣，不仅仅在武器本身，更在于使用武器的人。所以你们一定要利用好康健食品集团所提供的帮助。但这不能从根本上解决利群食品厂的问题，也救不活利群食品厂。"

"此话怎讲？"张建邦不解地问道。

"举例来说，康健食品集团帮助你们研发新品种，其主要配方和制作工艺并不神秘。但同样的原料，同样的制作工艺，生产出来的食品有的好吃有的难吃，有的畅销有的滞销，为什么呢？"

这话更让张建邦三人迷惑，难以理解。

"岳厂长给你们的资料，都是企业的机密，十分珍贵，但里面的管理制度并不适合利群食品厂。民营企业的工人大多是外来务工者，管理可以简单化，小错罚款，大错结账走人。你们敢这样做吗？！"

这话有道理，许承志连连点头。

"再举例说，你们生产的卤制食品与那家温州企业生产的卤制食品完全是两码事，二者的风味、配方、制作工艺完全不同。他们之所以敢给你们技术资料，就是因为这对你们来说就是一堆废纸。"

食品生产竟然如此复杂，张建邦大吃一惊。

"产品不在种类的多与少，关键要有特色，要让消费者认可。一家企业，必须有自己的拳头产品。拳头产品的创造过程十分复杂：研发、试产、试销、定型、推广、完善、畅销、技术再改进、品质再提升、再试产、再试销，周而复始，永无止境。"

不要说张建邦，就连许承志、董振东都是越听越迷茫。

"每前进一步，都要各个部门全力配合，而且要有制度和资金作为保障。所以，每家企业都有自己的企业文化，绝不能照抄照搬他人的所谓成功经验。"

看到三人迷惑不解，宋祺祥只好耐心地解释。

"比方说，你们现在要盖房子，别人送给你们大量的建筑资料，但盖什么结构、什么样式的呢？这就需要你们自己来把关。否则，东拼西凑盖出来的房子，夏不遮雨，冬不避风，既不经济，又不美观，还不实用。是不是这个道理呢？"

这话说得明白，张建邦点了点头。

"张书记，借脑和借力的想法是对的，但不可完全依靠外力。拜师，一个人学艺出师需要很长的时间，利群食品厂有可能等不到那一天。至于偷艺，学到的只是皮毛，永远改变不了事物的本质，甚至是东施效颦，极可能弄巧成拙。你们一定要慎行。"

宋祺祥的一番话，令张建邦茅塞顿开。如此说来，鲁西大自然家禽养殖公司的郭老板，不仅是个懂行的人，而且是个精明的组织者。直到此时，张建邦才明白利群食品厂的病灶，就是缺少一个专业的设计者和组织者。

　但这个宋祺祥油盐不吃，如何才能请他出山呢？人都有弱点，宋祺祥的弱点在哪里呢？

　正在这时，宋祺祥的手机突然响起。"你们稍等一会儿，我去去就来。"接完电话，宋祺祥打个声招呼就匆匆地离开了。

　原来是宋祺祥的母亲来了。

　"碾子（宋祺祥的乳名），见到客人啦？"

　"见啦，他们请我帮忙。你放心，被我回绝啦。我会在家陪着您的……"

　"你娘我已经是半截入土的人了，你陪着我干啥？"

　"娘，你咋能这样说呢……"

　"虽然儿大不由娘，但我还是要说你几句，听不听由你。"宋母稍显激动地说道，"我和你爹盼星星盼月亮，盼来你个男孩儿。宋家有后了，娘也安心了。后来你考上大学，成为十里八乡的第一个大学生，娘也在人前抬起了头。你爹高兴得喝得大醉，睡了两天两夜。那顿酒，他念叨了半辈子。"

　宋祺祥把茶杯递到母亲的手里，站在母亲身前静静地听着。

　"你爹临死前，念叨最多的是生了一个争气的儿子，儿子又生了两个争气的孙子。他很是知足，他说这辈子没白活。"

　宋母激动得双手微微颤抖。

　"你回来了，不走啦，我寻思着是不是山外边的事不好干？唉，吃人家的饭给人家干事，确实难啊。不走就不走吧，反正现在的生活好啦，不愁吃不愁穿，何必在外边发愁作难呢。"

"娘，我……"

"你听我说完。我儿子有一身本事，是干大事的人！今天我来，就想问你一句话：你窝在家里干啥呢？"

"今年收完玉米，你老就该做八十大寿了。"宋祺祥小心翼翼地说道，"我是你唯一的儿子。我不在，那邻居们不说闲话。"

"难道你窝在家里就是为了给我尽孝？你娘我活了七十多年，该吃的饭也吃够啦，该看的日头也看腻啦，用不着你天天陪着我……"

"娘，爹去世后，我就落下一块心病……"宋祺祥还想解释，宋母根本不听："我想明白啦，我死了就一了百了了，省得拖累你们。"

"娘！"宋祺祥吓得"扑通"一声跪在地上。

"人活一辈子，什么最宝贵？脸面！"宋母大声指责道，"你读了十几年的书，树活一层皮，人活一张脸，这个道理你不懂？"

宋祺祥又羞又怯，连连点头。

"你知道吗，你窝在家里，闲言碎语就像锥子一样扎你娘的心窝！邻居们的好意，就像麦芒一样刺你娘的老脸！你知道吗，你在家的这一年多，你娘的心就没舒坦过，你娘的头就没抬起过。"

"娘，你老不要生气。你怎么说，我怎么做还不行吗？"

"给我站起来！碾子，一个男人，直起身要像座山，躺下来要像条川，活在世上就要干大事，挑大梁。你看看，谁家青壮年还窝在屋里，就连大姑娘小媳妇也都出山干事业去了。你倒好，晃荡一圈又回来啦，你叫娘的脸往哪儿搁……"

宋祺祥羞愧难当，满腹委屈。

"娘，不要再说了，儿子也不是糊涂人。可是我实在不忍你一个人留在家里。我可不想像爹走时那样，连说最后一句话的机会都没有。即使我答应你再出去，可是我的心还在家里，再大的事业，想干好也难呀。娘，你要理解儿子啊。"

宋祺祥热泪盈眶，宋母眼角也流出了眼泪。唉，忠孝自古难两全。

宋母拄着拐棍，颤颤巍巍地站起来。

"你过来。看着娘的眼睛，给娘说实话。"

宋祺祥盯着母亲的眼睛一动也不动。

"娘是累赘吗？"

"不是，绝对不是。"

"你愿意带着娘一起吗？"

"啊？"宋祺祥惊讶万分，连声劝阻，"娘，城市里无山无水，少树缺草，人生地不熟，言语听不懂，你老住不习惯。"

"我只问你，愿意带着娘一起吗？"

"我这一辈子，都想和娘在一起。"

"那好。你去告诉客人，我同你一起去。"

宋祺祥感动不已，两行热泪夺眶而出……

第四章　烈火铸就质量魂　改革创新脱困境

　　自从宋祺祥担任利群食品厂厂长以来，张建邦、石顺诚便再也没有来过食品厂。二人之所以不来厂，一是对宋祺祥的信任，二是为了不影响其工作，使其能够放开手脚，大胆改革。如今，在宋祺祥的管理下，食品厂变化甚大。今天一大早，接到宋祺祥的电话后，张建邦、石顺诚便匆匆赶来。

　　宋祺祥的办公室，与许承志在任时没有太大变化，只是墙上多了一幅字，屋角多了一盆翠竹，原来空荡荡的书架里装满了书。

　　面对两位领导的称赞，宋祺祥谦虚地一笑。他认真地汇报食品厂的近况，最后说道："机遇所赐，天助我也，我只是乘势而为。"

　　原来，南方发生水灾之初，利群食品厂的订单有所增加，宋祺祥敏锐地捕捉到了商机，他立刻派人大量采购原材料。由于抓住了机遇，才取得了当前喜人的成绩。

　　今天，宋祺祥找来张建邦、石顺诚二人，是有两件事要与他们商量。第一件事是提拔张建强和童玲为厂长助理。宋祺祥的这种提拔法，令二人闻之一惊。

"建强刚进厂两个多月，就提拔为厂长助理，不太合适吧。童玲年龄小，经验少，是否先让她干质检科的科长？"

陈广明辞去厂长后，为了加强销售力量，张建邦劝说弟弟张建强回来帮忙。论经验、论能力，他当厂长助理没问题，但人言可畏。

受老书记的影响，张建邦认为应该从本村人中选拔干部。童玲是外村人，似乎有点不妥。但宋祺祥也是外地人，所以他不便明言反对。

"建强有近十年的业务经验，熟悉客户，我同意提拔他为厂长助理。至于童玲嘛，最好是再培养几年。"

童玲是自己介绍进厂的，如果进了领导班子，将是厂里最年轻的，确实应该慎重，因此石顺诚表示反对。

遇到两个外行，三言两语很难讲清质检工作的重要作用，宋祺祥只能劝说道："让童玲独当一面确实有些勉为其难，我这是瘸子里面挑将军，无奈之举啊。"

但两位领导一再表示反对，宋祺祥只得退让。

商量的第二件事是烧掉冷库中储存的价值五十多万元的退货。宋祺祥的这种做法，令二人闻之胆战。

张建邦、石顺诚均认为：如果销毁全部退货，造成的影响将不可想象。

宋祺祥则认为：凡事都有利有弊，处理得当则利大于弊，能够提升消费者的信赖度。

"退货中还有保质期内的产品，能不能挑拣出来，搞个促销？"

"为时已晚。"宋祺祥惋惜地说道,"现在已经交叉感染,一旦出现食物中毒,将得不偿失。"

"回锅加工,重新包装,再上市销售,也是常用的办法呀。"

"这种做法只会降低产品的质量,而且国家也已明令禁止。"停顿了一下,宋祺祥一语道破天机,"近几年,利群食品厂的产品质量越来越差,退货量越来越大,我分析这是主要原因。"

"嗯,"石顺诚点头,"质量不好导致退货多,退的货又回锅再加工,这又造成更多的质量问题,我明白了。"

"看来,这就是产品质量一直提高不上去的根源。"张建邦也明白了,但是又不甘心,"但销毁那么多的产品,实在是太可惜了。"

"你们也看到了。连年积压,好的坏的混在一起,说不好听点就是臭肉一堆。"宋祺祥停顿了一下,接着又说道,"如果被人举报,不仅要销毁,还会受到处罚,而且企业声誉和形象会受到严重伤害。"

"分批逐步销毁呢?"

"张书记,我直说了吧。"宋祺祥抬高了嗓门,"处理越早,对你、对石主任、对我越好,对食品厂越有利。"

"为什么?"

"我算是明白了。"石顺诚接过话,"这些退货与咱仨没有任何关系。如果迟迟不销毁,积攒到最后,咱仨有理也说不清,而且还要承担全部责任。"

"石主任,说得对。"宋祺祥点头。

"那好,我听两位老大哥的。"看石顺诚也同意了,张建邦也不再表示反对,"眼下是销售的旺季,销毁工作就放在秋后吧。"

"我看可以，已经放了这么长时间，不在乎再等几个月。"石顺诚说，"宋厂长，这事就这样办吧。"

"我可能还没有说清楚。企业进入销售旺季，咱们更应该注重产品的质量。尤其是当前生产的大多数产品都是用于抗洪救灾第一线，咱们必须慎之又慎，一百个小心，确保每一袋食品的质量都达标，绝不能出现任何质量问题。"大事面前不能让步，宋祺祥坚持己见。

"担任利群食品厂的厂长以来，我是如履薄冰，寝食难安啊。"宋祺祥激动地说道，"为了提高企业的形象，咱们应该尽快销毁这些退货。"

艳阳高照，热浪逼人。利群食品厂的工人们，五个一群儿、十个人一伙儿地站在一起。

望着厂房上悬挂的"保质量，促产量，支援抗洪抢险誓师动员大会"的红色横幅，人人神情凝重；瞧着面前一箱箱待销毁的退货，个个羞愧难当；听着宋祺祥慷慨激昂的讲话，大家心情激荡。

三天来，张建邦、石顺诚二人一直忐忑不安，此刻才意识到宋祺祥的做法是多么的明智，决策是多么的正确。

"人是第一生产要素，只有解决好人的问题，产品质量才能提高，才有销售市场，企业才能生存"。

张建邦、石顺诚二人依次发言。他们紧扣质量问题，大力支持宋祺祥的工作。发言完毕，随着宋祺祥一声令下，一辆辆满载退货的车辆，缓缓驶向锅炉房。退货被一箱箱地扔进熊熊燃烧的火焰中。

这把火烧出了利群食品厂的新气象，员工埋头苦干，规范操作，质检人员严查严管，产品质量直线提升。

利群食品厂生产十万余件援灾食品，没有发生一起质量事件。多年以后，老员工每每谈起此事都感触颇深，常常以此事例教育新职工，一再叮嘱：质量在你我心中，质量在你我手中，质量是企业的生命。

当天晚上，张建邦破例喝了一杯酒。自当上村支书以来，他第一次感到如此畅快，销毁退货这件大事办对了，办得实在是太好了。

销毁退货后，张建邦、石顺诚、宋祺祥三人又开了一次会，会上通过了两项决议：一是同意童玲出任厂长助理，负责质量管理工作；二是授予宋祺祥充分的人事权，可以自主决定食品厂人事任免。

利群宾馆，楼高八层，拥有大小客房三百五十间，建于二十世纪八十年代中期，是老城区的地标性建筑，虽然现在看起来有些老旧，但耸立在一片低矮老旧的建筑物中，倒也有几分鹤立鸡群的威风。

第一次光临利群宾馆的宋祺祥，顾不上仔细参观宾馆的样貌就匆匆上楼了。

实行绩效考核制度，是利群宾馆新领导班子实施的重大改革措施。可是，随着试行期的结束，有心人算了一笔账，无论你怎样努力工作，每月都增加不了几个钱。赶上生病休息几天，每月的工资就更少了。于是，老职工开始指桑骂槐，新员工也开始抱怨。

待经理张建胜汇报了宾馆的基本情况、新提拔的副经理肖百合和李戈作了补充发言后，会议室内一时陷入沉寂，大家都不知该如何解决这锅"夹生饭"。

"宋厂长，你见多识广，有没有办法？"

面对张建邦的发问，正在翻看《工资与效益挂钩考核办法》的宋祺祥，无奈地说道："要是有办法，我早就说了。"

宋祺祥非常乐意帮助兄弟企业渡过难关，可惜他也不懂酒店管理，是个门外汉。

"你们的考核办法，是借鉴其他宾馆的管理经验？"

"是的。"张建胜说道，"是我托熟人搞的内部资料。"

"定的基数是不是过高，员工是不是难以完成？"

"手脚麻利的人半天可以完成，手脚慢点的也用不了一天。"肖百合说道，"我试过多次，不算太高。"

"你们预估的客房利用率是多少？"

张建胜脱口而出："全年百分之七十。"

"每月呢？"

"每月也是百分之七十。"

"这几个月的实际利用率是多少？"

张建胜扭头瞧瞧肖百合。

"六月份百分之五十八点九，七月份百分之六十二点一，这个月预计百分之六十一左右，都高于去年同期的水平。"

"去年平均利用率是多少？哪个月的利用率最高？"

"年均利用率是百分之五十七点三。"肖百合思忖一下，接着说道，"去年最高的月份是十二月，大概是百分之九十三。"

"就是说，经营最好的月份在冬季，其次是春季和秋季？"

这话问得外行，因为人们都知道，冬季、春季和秋季的会议比较多。

"宋厂长，你的看法是……？"张建邦急切地询问。宋祺祥客气地说："我说话比较直，想到哪儿就说到哪儿，说错了请诸位多担待。"

"你随便说，不用客气。"张建胜赶紧表态。

"问题可能出在推行绩效考核制度的时机上。六七八三个月，是住宿率最低的时期，员工想干活但没活可干，奖金自然也就拿不到。而且，你们又招了一批新员工，僧多粥少，老职工的收入降低了，新员工的收入也不理想。"

肖百合点了点头，说道："我也给张书记和石主任提过，推行绩效考核制度，最好在旺季，因为员工只有获得了回报，才能反过来支持我们。"

这话是说过，但当时张建邦没有听明白。

宋祺祥接着说道："作为领导，要掌控绩效考核的尺度，使企业利润与员工收入同步增长。无论是旺季还是淡季，都要保证企业和员工的收益，这才是实施绩效考核制度的最终目的。"

食品厂销售暴增后，宋祺祥便果断实行绩效考核制度，员工尝到了甜头，也就支持后续的一系列改革措施。当生产力提升后，宋祺祥又增加了销售力量，拓展新市场，这也避免了绩效考核制度半途而废。

"还有一点，我们也不能忽视。企业效益最小化，员工收益最大化，领导可能是当败家子；企业效益最大化，员工收益最小化，领导岂不成了资本家？"

这话有道理，肖百合急忙记下。

"你们所借鉴的管理制度，确实很好。但对于利群宾馆来说，有些做法并不适用。我估计，人家宾馆的客房利用率全年差别不大。因此，我建议，咱们可以根据不同季节制定不同的提成比例，等客房利用率趋稳时，再对提成比例作调整。"

张建胜心里"咯噔"一下，他终于意识到了问题症结所在。

"还有，惩罚措施不易太严厉。例如这一条：与客人相遇，主动让路，恭敬站立，鞠躬七十五度，微笑并向客人问好，否则罚款一百元。我们的员工能做到吗？我猜不能。"

确实不能，张建胜点了点头。

"而且，我认为罚款不能超过员工工资的百分之五，一旦超过这个数，员工肯定心生不满，轻则在心里咒骂，重则会破坏宾馆的设施。刚才我经过宾馆大堂时，听见有员工念叨'你罚我二十元，我拿你一桶油'，这恐怕就是惩罚过严带来的负面效应。"

李戈点了点头。怪不得最近宾馆厨房经常丢失食用油，而且据肖百合反映，最近客房里的马桶也有过堵塞。

"企业管理，核心是人的管理。管理不能千篇一律，照本宣科，必须因人而异，因事而异，因时而异，因势而异。再好的经验和办法，都不能简单地照搬照用，要联系实际。"

"那利群宾馆的问题，应该怎样解决呢？"张建邦急忙问道。宋祺祥想了想，回答道："错了就改吧。"

"改？"张建胜激动地说道，"这时改，肯定出乱子，肯定会骂声一片，宾馆领导班子的威信也就彻底没了。"

"是啊，一定会大乱。"李戈也不同意，"我担心那些老员工……"

石顺诚抬手示意打断李戈的话，说道："宋厂长，你看能不能在现行绩效考核的基础上，进行调整和完善呢？"

"当然可以。"宋祺祥肯定地说道，"业绩考评的大方向必须坚持。"

"宋厂长，你可不能这样吓人啊。"张建胜擦了擦额头上的汗，"宋老兄，你能不能把话说得快一点。再这样下去，你的话没说完，我都被你急死了。"

哄的一声，大家都笑了。

"我对宾馆的业务不熟，只能是一边想一边说，实在对不住大家。"宋祺祥自己也笑了。

张建邦催促道："我的宋大厂长，你还是赶紧说说你的办法吧。不然，大家都要被你急死。"

"实行绩效考核的三个月，客房平均利用率达到百分之六十，是不是比去年同期有所增长？"这话是问肖百合。

肖百合回答道："增长了不到百分之十五。"

"毛利润呢？"

"增长了百分之四十四。"

"这就好办了。"

宋祺祥顿时来了精神，一口气讲了自己的办法。大家听后思路大开，各抒己见，最终拿出了一个整改方案：

一是算细账，树信心。召开员工大会讲变化，讲成效，讲增长，用事实说明绩效考核的制度是正确的，坚定员工的信心。

二是发补助，树威信。完善绩效考核制度，合理调整淡季提成比例，拿出部分利润，以试行期发放补助的名义，按劳分配给员工。

三是退罚款，求民心。修改处罚条款，退还已收取的不合理罚款，做到有错即改，坦诚相待。

事实证明，这些新举措深受员工的拥护。利群宾馆顺利渡过难关，发展步入快车道，成为周边同行业的楷模。

利群美食大世界，属于南大街村的骨干企业之一，地处南大街南口路东，隔壁就是城市南北主干道——春晖路。方方正正的大院里，四周是美食店，中间空地上有序地排列着近百个小吃摊，热气腾腾。

正在研究市场改造升级工作的张建邦，接到区委宣传部的通知：市报社的两名记者要来采访张建邦，了解"双创"情况，牛区长要求张建邦认真接待。

"张书记，我们是慕名而来。"记者部的汪主任见面就直奔主题，"我们正在撰写党建专题，因此想请您介绍一下南大街村的'双创'情况及经验。"

张建邦谦虚地笑了笑，说道："情况可以谈谈，经验没有。"

这是实话。这半年多来，南大街村的党建工作主要由李佩珍负责，张建邦很少过问，因此在党建方面确实没有拿得出手的新举措。

"怎么会呢？您可是牛区长推荐的人啊。"汪主任半信半疑地说道，"牛区长说，改革之风席卷南大街村，党员发挥着领头羊的作用，村办企业发生了天翻地覆般的变化。这难道不是真的？"

"变化是有一些，但谈不上天翻地覆。"张建邦进一步解释道，"再说，党员带领群众脱贫致富是很正常的，没什么可宣扬的。"

"张书记，那咱们今天就不谈'双创'了。"汪主任不愧是资深记者，立刻转变了切入点，"咱们聊聊南大街村，好吗？"

一提到南大街村，张建邦来了兴致，便不再推辞。张建邦侃侃而谈，从南大街村的历史一直讲到最近的企业改革。眼看到中午了，张建邦遂邀请汪主任二人一起吃午饭。

午饭期间，汪主任说回社后他会向社长反映，派记者来南大街村驻点。

国庆长假后，市报刊登了汪主任第一署名的长篇通讯，标题很醒目：我们幸福地生活在这片热土之上，岂能忘记无私付出的农民兄弟。副题很简明：南大街村党支部书记张建邦访谈录。

这篇洋洋洒洒近万字的通讯，不惜笔墨，不吝感情，倾吐农民对土地的热爱和眷恋，对城市生活的向往和憧憬，对未来的信心和期盼。

张建邦至今记得文章的开篇和结尾。

开篇感情真挚：

昔日，南大街村拥有良田四千余亩、硝滩一千余亩。自1954年起，城市建设步伐加快，南大街村的良田和荒地上，耸立起高楼大厦。这片热土之上，有政府机关，有工厂学校，有科研单位……大量的土地被无偿划拨出去，失去土地的南大街村却被日益壮大的城市所淡忘。全村两千余口人为了生存，为了尊严，为了幸福，为了明天，改革创新，不屈不挠，奋力拼搏。

结尾发人深省：

　　你我，城市的主人。当你喜迎着朝霞，走在宽阔的街道上，步入工作岗位，开创未来时，当你沐浴着晚霞，散步公园小径，回到温馨的小家，安然入睡时，可曾想到，我们应该为这片热土的昔日主人——农民兄弟，做点什么？哪怕是一个温馨真挚的眼神！

　　这篇通讯发表后的第二天，市报又整版刊登多篇文章专题报道南大街村，通栏大标题是：村民看改革，党员看党建。副题：南大街村改革拼搏脱贫致富实录。

　　第三天，市报再次推出专题报道，通栏大标题：市民看村民，机关干部看城中村建设。副题：心系失地农民，共建美好家园论坛。

　　一系列报道，感情真挚，在读者中产生了巨大的影响。南大街村，第一次被推上城市的中心舞台，成为街谈巷议的话题。

　　南大街村出名了！来这里参观的、考察的人络绎不绝，南大街两侧商铺的生意一片兴隆，利群宾馆、美食大世界、利群大酒店宾朋满座，利群食品厂的销量再创新高。南大街村第一次被来自城市的热情所包围，各项优惠政策接踵而来。

　　张建邦出名了！次年春，他当选区人大代表，石顺诚当选区政协委员。张建邦没有被冲昏头脑，他清醒地意识到应尽快提高个人素质，他采纳肖百合的建议，报了国内知名学府的企业家研究生班。

第五章　大拆迁企业历险　宋祺祥睿智攻坚

二〇〇年一月十五日上午，南大街村村两委在利群宾馆大会议室召开表彰大会，总结工作，布置任务，表彰先进。

利群食品厂以全年实现利润260余万元，力压群雄，被评为标兵企业；利群宾馆和美食大世界以超额完成年度利润的喜人成绩，被评为先进集体；利群大酒店等七家企业的效益均好于往年。南大街村村办企业无一亏损。

表彰大会临近尾声，石顺诚递给张建邦一张字条，张建邦看后便与石顺诚一起匆匆离席而去。二人驱车赶往区政府。

来到区政府会议室，刚获任命的牛书记与李区长、齐副区长已等候在此，这可把两人吓了一跳。

见二人进来，牛书记便说道："你们还记得那句话吗——'可曾想到，我们应该为这片热土的昔日主人——农民兄弟，做点什么？哪怕是一个温馨真挚的眼神！'"

这是市报汪主任写的那边通讯的结束语，牛书记今日为何突然提起这句话？两人颇感惊讶。

"你们不应该忘记呀？"牛书记面容严肃地说道，"建邦，南大街村村民的最大愿望是什么？"

张建邦小心地回答道："成为真正的城里人呗。"

"这么说，你还没有忘记那篇通讯嘛。"牛书记微微一笑，"可是你的口气，比较悲观嘛。"

"见报以后，议论多了，我也想明白了。"不是兴师问罪，张建邦就放心了，说话也放开了，"人出了娘胎，身份就定了。要想改变身份需要付出很多，而且这种付出不一定有回报。"

"有个盼头总比没盼头好。"察觉不对头，石顺诚赶紧说道，"人，有盼头才更有干劲。"

"不要乱用'更'字。"牛书记白了他一眼，说道，"叫你们过来，是想告诉你们一些好消息。其中之一就是南大街村村民将全部转为非农业人口，就是你们常说的城里人……"

啊，这个全村人几十年心心念念的愿望，终于实现了！张建邦和石顺诚禁不住连声叫好。

"不要高兴得太早。"牛书记敲了两下桌子，接着说道，"市委市政府决定加快老城区改造升级的步伐，具体方案请李区长传达。"

欢天喜地的两个人，根本不在意牛书记的提醒，直到李区长提到南大街村才静下心来。

"……第六，老城区的城中村全部拆除。南大街的名称取消，保留南大街村的建制；撤销乡级政府，改设街道办事处。"

老百姓早就盼着这一天，太好了！两人高兴得眉飞色舞。

"第七，利群食品厂和利群美食大世界所占用的土地，由政府按现行政策有偿征用，建设商务区和居民小区。"

"啊！"利群食品厂和利群美食大世界就这样说没就没有

了？张建邦惊得大叫一声。

"为什么？"石顺诚不解地问道，"利群食品厂距离南大街较远，根本不影响城市建设。"

李区长解释道："市委市政府决定，老城区所有企业一律外迁。"说完，瞧了瞧齐区长。

"还有一点，"齐区长补充道，"你们村的调味品厂、模具厂等小型企业也在拆迁之列。"

这么说，南大街村只剩下宾馆和酒店了？张建邦欲言又止。经过两年的磨炼，他成熟稳重了很多，再也不像过去那样脑子一热就愤然而起。

"李区长，你继续讲。"石顺诚满脸愁容地说道。

"老城区拆迁改造工程，会分批进行。启动时间为二月十五日，还有一个月的时间。居民搬迁时间预定为五月初，正是春暖花开的季节。六月底，务必完成拆迁安置工作。"

"李区长，我问一句。"石顺诚插话道，"村民的安置问题，怎么解决？"

"考虑老城区居民的特殊性，市委市政府决定给予特殊照顾。村民全部回迁至原居住地新建的居民小区。"

"南大街村的公共土地怎么办？"

"按照市委市政府制定的土地征用办法执行。"

"村属企业的房产、设备等附属物呢？"

"这些，在拆迁补偿办法中都有具体的补偿标准。企业的生产设备，你们要的，给予搬迁费用补助；你们不要的，评估作价后给予经济补偿。"

"房屋的补偿标准呢？"

"房屋补偿款、拆迁补助费、安置过渡费等均高于以往，随后会以正式文件的方式下达各村。"

"嘿——"石顺诚干笑一声，起身说道，"总体看，市领导考虑得挺全面，处处为群众利益着想。可企业都拆了，群众吃什么？"

"顺诚，你站着说话不腰疼吗？"牛书记右手一伸，两指一夹。

"什么？"石顺诚不解地问道。

齐区长提示道："香烟。"

"这，牛书记，你不是不抽烟吗？"说是这么说，领导要烟那不敢不给，石顺诚赶紧敬烟，张建邦连忙点烟。

"抽支烟，提提神醒醒脑。"牛书记惬意地吸口烟，"建邦，瞧你眉头皱得像个老头，也抽一支嘛。"

如此大事，牛书记不可能不做指示。石顺诚给张建邦使了个眼色，暗示张建邦决不能同意拆掉食品厂。

"建邦，顺诚，这次拆迁，南大街村涉及的面积最大，尤其是要拆掉领头的利群食品厂，不要说是你们，就是我也感到压力很大。前车之鉴，西大街村的教训发人深省啊。"

牛书记把大半截香烟按灭在烟灰缸里。

"我强调两点：一是南大街村是市委市政府确定的试点村，市领导相信你们能够担此重任，为其他村做出表率。二是你们不用盘算什么对策，也不要寻找什么理由，利群食品厂是必须拆除的。"

看来根本没有商量的余地，石顺诚在心里暗暗叫苦。

"一个是南大街村的长远发展，一个是南大街村的眼前利益，孰重孰轻？你们头脑冷静了，自然就明白了。你们都是响鼓，响鼓何须重槌？所以，我也就不讲大道理了。接下来说说你们的意见吧。"

话已说到这种地步，两人还能有什么意见呢。

"我问你们话呢。"牛书记有点不耐烦了，"少给我装深沉。"

"牛书记，能不能给点时间。"张建邦可怜兮兮地说道，"这么大的事，我们回去商量一下，再向您汇报，行吗？"

"需要多长时间？"牛书记问道。熟知牛书记的牛脾气，张建邦赶紧答道："我们回去就商量，哪怕是连夜召集村两委开会，明天一定向您做汇报。"

"那好。"牛书记微微一笑，"为了搞好这次拆迁改造，区委区政府成立了一个专门的工作小组，我任组长，李区长任副组长，齐区长任指挥长，我们一定会支持你们的工作，把好事办好。"

"宋厂长，这儿太冷了，我们去你办公室谈吧。"

"会议室的暖气坏了，听你这么一讲，倒省得修了。"两年相处下来，张建邦、宋祺祥二人早没了当初的那种拘谨客套，"不是天冷，是你心冷。"

"哎哟，你这办公室真暖和呀。你说你，为啥非得让我们待在会议室那座冰窖里？"

"这不是你通知在会议室开会吗？"宋祺祥伸手夺过石顺诚的保温杯，"给你换杯热茶。"

"把最好的茶叶拿出来。"石顺诚不客气地说道，"多放点儿。"

宋祺祥的办公室内温度适中，茶香扑鼻，大家纷纷脱去外衣。

"咱们先商量出一个意见，再拿到两委会上讨论。老规矩，还是你先说。"张建邦点将，宋祺祥早已习以为常："这事猛一听，让人心里恼火，有点难以接受。可仔细一想，对南大街村来说倒不失为一个好时机。真可谓机不可失时不再来！"

"怎么机不可失？"美食大世界经理马景福往前拉了拉椅子。

"企业就像是咱们的孩子。十月怀胎何等辛苦，等孩子长大了，突然被人抢走了，舍得吗？"

是啊，美食大世界虽然不像食品厂那样跌宕起伏，但也是经历了千辛万苦才有今日的兴旺景象，论感情，马景福当然不舍。

"机不可失，实质上也就是两个字：利益。政府与咱南大街村相比，谁的利益大，谁服从谁？我想不用我说，大家都明白。"

胳膊扭不过大腿，张建邦轻轻叹了口气。

"我只说对咱们的有利处。食品厂目前的状况是厂房老旧，设备老化。消费者对食品质量的要求越来越高，国家对企业的管理越来越严，我估计用不了三五年，咱们就可能被淘汰。"

发展趋势确实如此，石顺诚微微点了点头。

"短期来看，食品厂拆迁，丰厚的收益没了，南大街村失去了最大的经济依靠。但长远来看，食品厂重建，涅槃重生，一个现代化的食品厂，必将生机勃勃，收益肯定更加丰厚。"

想到日后食品厂的兴盛，张建邦心头一亮。

"事关南大街村村民的利益，咱们应该跳出感情的圈子，冷静分析，通盘考虑，找到合理维护咱们利益的方法。"

考虑如此深远，马景福叹服。

"那么，怎样才能使南大街村在这次拆迁中所获的利益最大化呢？第一，从现在开始，咱们就要为筹建新厂做准备，同时尽量推迟老厂的拆迁时间，做到新厂与老厂无缝对接。第二，让政府提前支付拆迁补偿款，以弥补新厂建设资金的匮乏。第三，新厂的选址，交通一定要便利。近些年城市发展得太快，遇到第二次拆迁怎么办？第四，尽可能多争取一些土地，市场经济条件下，土地肯定越来越值钱。"

茅塞顿开，石顺诚露出一丝微笑。

"这次拆迁意义重大，南大街村第一个拆迁，大有讲究。"宋祺祥微微一笑，"据我判断，区委区政府极有可能是想扶持咱们南大街村。"

此话何意？张建邦"呃"了一声。

"作为豫州市有史以来拆除的第一个城中村，南大街村必将受到万众瞩目。因此，咱们要高度重视，按期完成拆迁工作。这是获取利益最大化的前提。"

此话怎讲？石顺诚投来疑惑的目光。

"城中村的状况大同小异，南大街村第一个拆迁，政策上肯定会有倾斜，这也是为其他待拆迁的城中村做榜样。牛书记不是说'我们一定会支持你们的工作，把好事办好'吗，我看这是大实话。"

恍然大悟，张建邦和石顺诚相视一笑。

"这次大拆迁，市委市政府为什么会下这么大的决心？因为这既顺应了城市的发展规律，又是老百姓所迫切需求的，合乎民意，肯定会获得人民的高度拥护。基于此，我认为拆迁已是大势所趋，任何人都阻挡不了的。"

此事被宋祺祥分析得如此透彻，令张建邦、石顺诚二人心悦诚服。

"既是大拆迁，也是大机遇，咱们应该顺势而行，借势而为。拆迁后，利群宾馆将地处十字街东南口，那么好的位置，必将成为南大街村新的经济增长点。"

"没了？"马景福问道。

宋祺祥答道："没了。"

"我的妈呀，快憋死我啦。"在大家的一片笑声里，马景福感叹道，"天大的难事，你说出来如同家常琐事，真是厉害。"

"是啊。"石顺诚也感叹道，"你这一番话，清晰透彻，彻底打开了我的思路。"

"是啊。"张建邦高兴地一拍大腿，问石顺诚，"接下来，我们怎么办？"

"我想办法去搞一份城市建设总体规划图。建邦，你去找齐区长，看是否能给咱一份外迁企业安置图或者土地规划图……"

翌日下午，张建邦、石顺诚、宋祺祥一行三人来到区政府。

"你们谁先说？"牛书记问道。看见张建邦站起身来，牛书记又笑着说道："呵呵，一把手亲自上阵，看来今天不会吵架。"

今天参加会议的人较多，大家都跟着笑起来，消散了紧张的气氛。

"各位领导，老城区拆迁改造工程不仅能带动区域经济发展，也是广大群众期盼已久的……"张建邦照着事先准备好的稿子念了几句，感觉有点呆板，索性丢了纸稿。

对此，牛书记没啥反应。

"作为第一个拆迁的城中村，我们准备采取以下措施。一是过完正月十五，我们就召开拆迁动员会，向群众宣传旧城改造的重大意义。二是干部带头，党员带头，团员带头，率先签订拆迁协议，率先搬迁，率先拆除房屋。通过三带头和三率先，树立正气，带动其他村民。"

思路出人意料，李区长有点惊讶。

"三是做好沿街店铺和租户的工作，协助他们做好搬迁工作。四是干部、党员和骨干，分工包干，责任到家到户，确保按期搬迁。五是提前摸清困难户和潜在问题户的情况，由我和石主任做思想工作。"

措施环环相扣，李区长很是欣慰。

"六是四月中旬完成拆迁安置补偿协议签订工作，于五月初开始搬迁，五月底全部搬完。七是对于提前搬迁的村民，村委会按人头奖励一千元。八是村委会负责调配车辆，承担运输费。"

步骤清晰可行，李区长很是高兴。

"我们的目标是：让政府放心，让村民顺心，一户不少，一人不留，完成搬迁工作。"张建邦激情迸射，一气呵成，"下面，由石主任汇报我们的意见。"

"各位领导，下午好。"石顺诚站起身来，"从解决群众的实际困难出发，村民的灶房、厕所、存储粮食和农具的简易棚屋，能否折半计算为房屋面积，或者适当予以经济补偿。我的汇报完毕。"

"什么，这就完了？"牛书记一拍桌子，大声问道，"企业呢？"

石顺诚答道："企业的事不急，当务之急是做好群众的思想工作，确保按期完成搬迁。至于企业如何搬迁，何时搬迁，不过是一句话的事情。"说完，悠然地端起茶杯。

"此话当真？"牛书记轻轻一拍桌子。

"牛书记，这种天大的事，怎敢敷衍您。"接着，石顺诚又补充道，"我们骗谁，也不敢骗您啊。"

牛书记阴沉着脸，一言不发。

眼看不好，张建邦赶紧说道："牛书记，您放心。我们所说，句句属实。"

"真的？"牛书记将信将疑，转头对李区长说道，"李区长，你怎么看？"

"嘿嘿，他们不敢在您面前说假话。"

"是吗？"牛书记夸张地挠挠头，"但愿如此。"

"他们的措施条条可以量化考核，应该不假。企业拆迁，也确实在他们的掌控之中。如果假话说到这种水平，他们后面必有高手谋划，你我就要小心啦。"

"一夜光景……"牛书记沉思片刻，"建邦，事关南大街村两千六百多村民的切身利益，你们要谨慎务实啊。"

张建邦提醒道："呃，牛书记，南大街村现有村民两千四百九十二人。"

"两千四百九十二人？如果全部提前搬出，光奖励就得两百多万元。"

"是二百一十五万元。其实用不了这么多，不可能所有的村民都愿意搬。我们作了分析，估计也就是一百二十万元左右。"

牛书记一点桌面："这笔钱，你们从哪里来？"

"村委会现有资金垫支，土地补偿款到后，再冲抵这笔费用。"

牛书记一敲桌子："你们舍得花掉一百多万？"

"旧城改造，利国利民。"张建邦语气坚定地说道，"我们村两委已统一了意见，为顺利完成这次大拆迁任务，再大代价，也在所不惜。"

"冲着'利国利民'这四个字，我信啦。"牛书记瞬间笑容满面，"不要说提前一个月，只要能按时完成拆迁，我就去市政府为你们请功。"

李区长也笑逐颜开："如果真能做到，确实应该重奖。"

精心策划的第一步已经成功，张建邦、石顺诚、宋祺祥三人暗暗松了口气。

"好吧，咱们就拭目以待吧。"牛书记接着说道，"你们是想现在就谈企业的拆迁安置工作，还是以后再说。"

"企业完全在他们掌控之中。"李区长站起身来说道，"改日再议不迟。"

"那好。"牛书记也站起身，"那咱们改日再议，散会。"

改日再议？眼看精心策划的计划就要夭折，张建邦"急忙"站起来。

"怎么啦？"牛书记眉毛一扬，嘴角一挑，"你们的拆迁安置方案很好，我完全赞同。建邦，你怎么满脸的不快？"

"嘿嘿。"石顺诚赶紧站起来,"这么多领导百忙之中专门来听我们汇报工作,尤其是牛书记和李区长,令我们感动。"

石顺诚满脸堆笑,耍赖般地说道:"牛书记,李区长,不如坐下,再听听我们对企业拆迁安置的想法。嘿嘿!"

"顺诚这话儿,我爱听,顺耳,舒服。李区长,要不再听听?"牛书记一笑,李区长跟着一笑:"顺诚这脸色,我爱看,诚恳,真挚。不如休息十分钟,让他们好好准备一下。"

会议继续进行。

"你们谁先说?"牛书记问道。瞧见宋祺祥站起来,牛书记又说道:"老李,看样子今天下班早不了。"

"各位领导曾多次莅临利群食品厂,企业的情况,我就不再详细介绍了,现在只谈谈政府拆迁要求与企业产销之间的矛盾。"

牛书记的眼睛盯着茶杯。

"利群食品厂如今已开办了二百一十家门店,畅销六省二十余座城市。肉类食品不同于其他产品,保质期短,因此不能大批量生产。如果按照市政府规定的拆迁时间,利群食品就会出现断档的情况。"

牛书记抬头瞥了一眼。

"一旦断档,我们就要面临三大难题:一是承担违约责任,赔偿违约金;二是竞争对手趁虚而入,争夺市场;三是新厂建成后,重新开辟市场的难度非常大,需要投入大量的人力、物力和财力。这种结局……"

"你们产品的保质期是多少?"

"真空包装类肉制品的保质期为六个月，高温灌肠类肉制品的保质期为三个月。"

"你们的月产量是多少？"

"旺季约一千吨，淡季约七百吨。"

牛书记扫了一眼主抓工业的副区长，见对方点头表示正确后，这才关切地问道："宋厂长，说说你的想法。"

"新厂建设，保守估计最少需要六个月。"

"六个月，能建成吗？"牛书记问道。

石顺诚插话道："七个月应该有把握，六个月有难度。"

宋祺祥喝了口水，接着说道："如果能尽快确定新厂的厂址，春节前后做好厂区规划、建筑设计、施工单位招标等前期工作，三月初即可开工建设。但是，仍不能按政府的要求六月底搬迁。按照旧城改造规划，老厂所在地今后将建设商务区，分别为36、37、38号地。36号地是以前的饲料厂，现在处于闲置状态，可以按时拆迁。希望区领导体谅我们的难处，放缓对37号、38号地块的拆迁进度。"

"嗬，无事不知啊。不是老李就是老齐，开了小灶。"牛书记详细察看了老城区改造规划图后，同李区长交换了一下眼色，说道，"好吧，37号、38号地块可以先缓一缓。"

"牛书记，我说几句。"张建邦插话道，"政府准备用来给我们建新厂的那块地，我们不想要了，能不能……"

"什么，不要？"牛书记脸色大变，"张建邦，你是不是想学那些败家子，只图眼前痛快潇洒。我警告你，你敢卖地，我现在就撤了你的职！"

"牛书记，消消气，消消气。"李区长劝解道。牛书记恨铁不成钢地说道："土地是农民的命根子！我听见农村干部不要土地就来气。"

"我们不是不要，而是想要另一块地……"张建邦解释道。牛书记愤然打断道："不要？没有！张建邦，还有那个石大侠，你们今天一开口，我就知道你们心怀鬼胎。"

"建邦，102号地块，面积大，位置好，牛书记特意交代非南大街村莫属。"李区长语重心长地说道。

张建邦瞧了瞧石顺诚，石顺诚碰了碰宋祺祥的胳膊。

宋祺祥只好站起身来，说道："102号地块，交通便利，是很不错。但美中不足的是它的南面一公里处有座化工厂，会影响产品的质量。如果有可能，能不能把311号地给我们食品厂，请各位领导考虑。"

气氛紧张，宋祺祥字斟句酌。

"宋厂长，届时化工厂将迁往远郊。"李区长又说，"311号地块，虽然面积也比较大，但那里原来是沙岗，沙被挖光后，留下满地的大坑，而且交通也不太便利。"

"宋厂长，还有什么理由？"牛书记一脸不悦地问道。

这下坏了，实话不能说，假话不会说，宋祺祥只好信口而言："偏僻荒凉的地方没人愿意要，正好食品厂……"察觉这个理由实在是太幼稚，宋祺祥立刻停住。可为时已晚，牛书记等听后哈哈大笑。

"你说五年前的张建邦，我可能会相信三分；你说今天的张建邦，我肯定一百个不相信。"牛书记好不容易止住了笑，"宋厂长，有什么就说什么，我老牛不会发脾气。"

骑虎难下，不说不行，宋祺祥只好实话实说。

"虽然102号地块的条件比较好，但是企业发展的空间小。城市扩张的步伐越来越快，如果几年后再次拆迁将得不偿失。虽然311号地块的条件较差，但是面积大，符合企业发展战略的需要。"

　　企业发展战略不在商定的"理由"之内，张建邦听得头皮发麻。

　　"我们选择311号地块的主要原因：一是三环路南段工程将于年底动工，今后那里的交通将更加便利。二是热气管道南线将经过311号土地的南侧，这为我们解决蒸汽杀菌问题提供了便利。三是主城区日后必将限制燃煤锅炉的使用，我们这也是未雨绸缪。"

　　李区长迎着牛书记询问的目光摇了摇头。

　　"各位领导，食品行业是朝阳产业，市场前景好，发展前途广阔。在豫州市同行业中，利群食品厂无论是生产规模、产品品质，还是品牌效应、市场占用率，都已稳坐第二把交椅，而排名第一的康健食品集团已经转为研制高温灌肠类和低温肉制品类的食品企业。"

　　张建邦紧张地聆听着。

　　"我们有一个大胆设想，即抓住这次拆迁改造的机遇，建成一个现代化的食品厂，创品牌，上规模，增效益。三年，争取市场拓展至十二个省份，效益翻一番，拿到省优质产品称号。六年，争取市场拓展至二十个省份，效益再翻一番，拿到国家优质产品称号。"

　　这个前景比较诱人，张建邦舒心一笑。

　　"你笑什么？"牛书记的脸上乌云密布，"是不是还有什么招数？”

“我们打算，一是根据市场发展需要，成立利群实业（集团）有限公司，加强企业管理，增强企业竞争力。二是利用利群宾馆旁闲置的三十亩土地，打造一个新的经济增长点。三是为了加快利群食品新厂的建设速度，需要市政府提前支付拆迁补偿款……”

“等一等，”牛书记疑惑地问道，“利群宾馆旁边的那三十亩土地，你们准备干怎么用？”

“我们准备在那里建设利群服装商城和小百货商城……”

突听，咣当一声，齐区长不小心碰翻了茶杯。李区长随即插话道：“想法不错，但为什么不叫百货服装批发市场？”

“我们琢磨着，‘商城’二字的时代感比较强。”石顺诚解释道。

牛书记厉声打断：“想法很不错。张建邦，这是你们自己的主意，还是有人在幕后为你们策划？”

“这，这……”张建邦紧张地望向石顺诚。

“牛书记，是这么回事。”石顺诚又挤出一脸笑容，赶紧说道，“为了提高南大街村村民的生活水平，我和建邦经常琢磨一些发展经济的门路。”

“你俩没那个本事。”牛书记断然否定，“张大书记，我只要你一句实话。”

“是我出的主意。”眼看就要陷入了僵局，宋祺祥慌忙站起来说道。

“我说他俩也没这个本事。”牛书记的脸上瞬间云消雾散，笑着说道，“宋厂长，你先坐下。既然是宋厂长的主意，那311

号地块，就给你们了。你们的新项目，就叫利群小商品城吧。补偿款也可以分期拨付给你们，你们还有什么要求吗？”

“改、改天向你请示。”张建邦依然底气不足，说话吞吞吐吐起来。

牛书记严肃地说道：“有要求现在就提，不用等到以后。”

“拆迁后，村两委没了办公地，能不能把14号地块给我们南大街村……”

“什么？还想要……”牛书记被气乐了，转头对李区长说道，“整个一无赖嘛。”

李区长笑道：“建邦，一口吃不了胖子，村两委可以在利群宾馆办公嘛。”

张建邦不敢再说什么，噘了噘嘴。石顺诚和宋祺祥也无奈地叹了口气。

夜色苍茫，石顺诚出门散步，恰巧碰见神色匆匆的齐区长。

石顺诚打招呼道：“齐区长，您这才下班啊？”

齐区长边走边回答：“下班？早着呢。没看见我拿着夜宵吗？”

石顺诚疑惑地问：“咋了，区里又有新任务了？”

齐区长顺口说：“重新制定南三环周边土地……哎哟，石大侠，你就饶了我吧，不要再套我话了。你们今天可害苦我了……”

看着齐区长匆匆忙忙地走了，石顺诚若有所思。

第六章　事与愿违人心散　忍辱负重求致富

大拆迁已经过去近两年了，利群实业（集团）有限公司及利群小商品城相继成立和开业，村民也已搬进新居，真可谓皆大欢喜。

这一日，张建邦坐在办公桌前，翻看着刚刚召开的群众座谈会记录。几十页的记录，竟然没有一句表扬村两委的，最好听的莫过于"这两年村两委也干了不少工作"。"坏话"却比比皆是，什么"我们都是城市人了，南大街村还算什么"，什么"我的衣服是从旧货市场淘来的，人家问我是哪里人，我说是西大街的"，等等。张建邦啪的一声把记录本摔在桌子上，气呼呼地去找石顺诚了。

"建邦，没必要生气，做到问心无愧就行啦。这份记录我也看过，我还专门找了几个企业的负责人，他们说的话更难听，都没有做记录。"

"什么，还有更难听的话？这，这不可能吧？"

"这有什么不可能。他们说我老婆、儿子在事业单位上班，不愁吃不愁穿。说你老婆做生意挣的钱花不完，鸡鸭鱼肉吃腻了。你还想听吗？比这难听的话还多着呢。"

"啊？！"

"人家当面不说难听话，就是没有忘记你和我的苦劳，已经够给面子了。但是，那是苦劳不是功劳。正儿八经的群众，谁会见面就夸奖和感激村干部？我是没见过这样的人。"

"呃？"

"回想这一年多来，群众的思想变化很大。大拆迁带来的喜悦早已散去，悲观情绪弥漫，职工另攀高枝，群众失去了信心，人心散了，南大街村的前景堪忧啊。"

"唉——"

大拆迁拆掉半数以上的村企业，虽然职员被分流到剩余的企业，但僧多粥少，收入明显下降。食品厂离家远，仿佛不再是南大街村的企业。各类批发市场如雨后春笋般出现，利群小商品城能否收回投资令人担忧。

对于南大街村的前景，许多村民都不看好。守着大都市何必苦熬，于是，辞职和不辞而别的"晚潮"涌动，卷走了最后一批还算年轻、还算有点文化、还算有点本事的人。

最典型的是利群食品新厂投产之时，只有二十几个村民和老员工报到。从此之后的十年间，南大街村的村民几乎没有人看得上村办企业。

"随着社会的发展，群众的需求越来越高。群众有所求，干部就要有所应，如何提高群众的生活水平，才是咱们应该关注的头等大事啊。"

"嗯。"

"这次座谈会安排得很好，让我们知道了群众的思想变化。

咱们俩好好琢磨琢磨，再找宋总商量商量，看看有什么好办法能够稳定群众的情绪，再找找致富的门路。"

利群实业（集团）有限公司成立时，借鉴了时下时髦的做法，张建邦兼任董事长，石顺诚兼任总经理。食品厂的厂长也改称总经理，科改称部，科长改称部长。宋祺祥既是集团副总经理，又是食品厂的总经理。

"我同意你俩的意见，春节前给群众发放生活补助。但是，咱们还欠着两百多万元的工程款，两千元的标准有点高，每人发一千元比较合适。"

既然一把手表了态，争论多时的石顺诚和宋祺祥便不再多说，点头表示同意。

"咱们要一手抓思想，一手抓效益，既务虚又务实。务虚，就是加强村民的思想教育工作。通过摆事实，讲道理，比过去，看未来，把人心凝聚到改革发展脱贫致富上来，齐心协力，克服困难，勒紧腰带苦干三五年，人人抱个金娃娃享福。"

石顺诚、宋祺祥被张建邦的豪言壮语惊呆了。

"务实，就是发展集体经济，提高村民收入，增加企业利润，这是捧回金娃娃的基础。光靠现有的这几家企业远远不行，不要说是金娃娃，就是金戒指也赚不回来。我的想法是拿下14号、27号地，上两个大项目，实现快速发展、高速创效、早日致富的目标。"

按照南大街村现在的经济实力，拿下14号、27号地上大项目，简直是街头乞丐娶电影明星，纯属痴心妄想。

"你俩盯着我干吗？"张建邦抬手擦了擦脸，"咱们只有采取这种发展大举措，南大街村才能发生翻天覆地的变化，才能满足群众日益增长的需求。你们看中不中啊？"

"不中！"石顺诚反对。宋祺祥也反对："咱们现在穷得叮当响，拿什么买下14号、27号地上大项目？"

张建邦笑眯眯地拿出图纸，指指点点地说道：

"14号地，即原来的利群美食大世界，政府规划建一座26层的商业大厦。27号地在利群宾馆的对面，政府规划建一座大型商场，这两块地都是难得的金角。"

"建商场我能理解，建大楼干什么呢？"宋祺祥问道。

"实话实说，我现在最想拿的是14号地。如果我们在这里建一座利群大厦，时髦叫法是商务写字楼，我们把利群实业（集团）总部搬到这里，还可以租赁创效。这座地标性的建筑一旦建成，一定会对振奋精神，凝聚人心，发展集体经济，起到积极的作用。"

"你这灵感出自老书记吧？"石顺诚听明白了。

"是啊。"张建邦解释道，"改革开放初期，村里积累了七八百万元。当时村民们对集体经济失去了信心，要求分钱单干。老书记不同意分，有干部提议开办饮料厂和化工厂。最后，老书记力排众议，建了利群宾馆。利群宾馆开业时，整个老城区都轰动了，南大街村村民终于扬眉吐气，发展集体经济的信心大增。"

"听你这么一讲，我明白了。老书记思维超前，布局长远，不仅项目选得好，而且时机也选得好。"肯定是肯定，担心是担心，宋祺祥提醒道，"这两个项目的前景是好，但南大街村现在不具备建大楼和搞商场的实力呀。"

"发展就要抓住机遇。"张建邦说道，"等南大街村有实力了，14号、27号地早就是人家的了。"

"理是这么个理。"石顺诚也担心地说道，"这两个项目单就建设资金哪个不需要一个多亿。这钱从哪儿来？"

"资金不是问题。我有两个同学，一个是工商银行的副行长，一个是中国银行信贷部的主任。我已经向他们咨询过，他们表示会全力支持。现在银行有大量的闲置资金，信贷额度根本用不完。说不好听点，现在不是咱们求他们，而是他们求咱们。"

"听你这么说，我就放心了。"有钱，宋祺祥就有信心，"这两个项目都属于第三产业，发展前景比较乐观，经济效益肯定差不了，又符合国家产业政策，尤其是顺应旧城改造的大趋势，应该不存在什么大问题。石总你怎么看？"

"我的意见是先拿下14号地，集中精力和财力建商务楼。"

"那咱就从14号地入手。"张建邦眉飞色舞地说道，"我明天就去区政府。"

"三天来，我天天去找李区长，可是他支支吾吾就是不表态。李区长是知识分子出身，不像牛书记那样敢说敢做。"

"齐区长呢？"

"唉，还不是两年前那事闹的，齐区长见了我除了客气还是客气，要个实话，难啊。"

"照你这么说，拿下14号地难度不小呀。"石顺诚愁上眉头。

宋祺祥却笑逐颜开地说道："李区长没有明确拒绝，就有希望。"

"这几天，我又想了想。这事咱们要分三步走：土地、规划和报批。"石顺诚接着说道，"第一步是要土地的事，问题的焦点是咱们能不能按规划建成！李区长需要找人研究，也需要寻求政策的支持。何况这种大事，新来的书记不同意也办不成。所以，李区长在犹豫。不知我说得对不对？"

张、宋两人点头表示赞同。

"因此，第一，咱们要主动帮助李区长找到给咱们土地的理由。我建议递交一份材料，详细汇报南大街村土地流失的情况、面临的经济困难、生产自救的措施和壮大集体经济的设想，最后提出发展的大举措，希望得到政府的理解和支持。"

两人点头表示同意。

"第二，咱们去找牛书记。他不仅了解城市建设的相关政策，而且熟悉政府工作的流程，免得咱们盲人摸象走弯路。第三，新来的区委书记咱们还没见过，听说他生病住院了，能不能找个熟识的领导引见一下，加深感情，顺便汇报工作。第四，建邦可以让你那两个同学出具一份资金支持的意向函。这份东西，银行不承担责任，但对李区长等领导来说，可以解除他们的顾虑，让他们相信咱们有能力建成项目。"

两人会心一笑。

"过去这些年，南大街村有近二千六百亩的土地被无偿划拨走，有近一千三百多亩土地给予了少量补偿后被征收走。从这个角度上讲，现在卖给咱们区区几十亩土地，是对咱们的补偿。"

"是这么个理。"张建邦一拍脑门，"如果咱们的胃口再大一点，让政府把14号、27号地无偿给咱们使用，也是应该的。

这样一来，咱们就可以省下一大笔资金。"

"是啊，我怎么就没有想到这一点呢。"石顺诚兴奋地说道，"肉放到碗里才放心，咱们应该把两块地一起拿到手。"

神情愤懑的张建邦推门而入，一屁股"砸"在沙发上，把正伏案工作的宋祺祥吓了一跳。

"怎么了？脸色这么难看。"

"贷款没希望了。"

"啊！为什么？"

"咱们资格不够。"张建邦气馁地说道。

……前一段，张建邦以利群实业集团的名义分别向工行和中行提交了贷款申请。今天上午，两家银行同时通知他不能放贷。他一听急了，立即找老同学郝副行长询问情况。

"老同学，不是我说你，你咋不告诉我实情呢？搞得我差点下不来台。"郝副行长埋怨道。

原来，收到张建邦的贷款申请后，郝副行长就把资料交给了信贷部的经理。信贷部经理刚履新不久，认为是副行长介绍的客户，自然不会有错，就没有再审核贷款资格，直接把资料提交了上去。最后行长看了资料，把信贷部经理臭骂了一顿。

"老同学，先不说村委会不具备贷款资格，就说你们利群实业集团，要营业收入，没有，要现金流，也没有。好在我知道你们还有宾馆、酒店、食品厂和小商品城，不然肯定会怀疑你的人品。你不要嫌我说话难听，不知道的人，就会像我们行长那样，认为你是一个皮包公司的老板！"

张建邦是真不知道贷款所需要的条件。下属各子公司成立在前是独立法人，集团公司成立在后也是独立法人。下属子公司采取自主经营、自负盈亏、照章纳税和利润承包的管理办法，没必要合并财务报表。集团公司不搞经营，所以申请贷款的材料中，资产状况、经营收入、纳税情况等极不理想。

"老同学，利群宾馆、食品厂和小商品城的经营情况你是知道的，我们南大街村有多少资产你也清楚。而且，我们没有一分钱的外债，肯定有能力偿还你们的贷款。说实话，我们比有些国企都好得多。你再想想办法，帮我们一把。"

"我一百个相信你，一百个愿意帮你，可银行的制度不允许啊。老同学，爱莫能助啊，希望你多多谅解。"

郝副行长站起身，摆出一副送客的架势。

"老同学，您比我年长，是我的大哥。老弟我已经山穷水尽，走投无路了，恳求大哥您无论如何帮我一把……"

"张董事长，你怎么就听不明白？"郝副行长无奈地说道，"无论你怎么变，你都变不了村支书的身份；无论你怎样改，你都改不了村办企业的性质。所以，即使你跑遍全市的大小银行，谁也不会贷款给你。明白了吧？"

郝副行长的最后几句话，彻底浇灭了张建邦的希望，也击溃了他的意志，他已记不清是如何离开的工行大厦。

在回去的路上，他接到了另外一位老同学的电话。中行的老同学没有埋怨他，而是婉转地说银行贷款额度有限，没办法帮忙。

其实他提交的贷款资料，他那老同学根本就没有递交上去。

"张总，接下来我们怎么办？就这样放弃吗？"

"继续干吧，没钱。不干吧，如何向区领导，向南大街村的村民交代？"

"你这话，不是等于白说嘛。"宋祺祥烦躁地问道，"石主任知道吗？"

"他正在区里开政协会，马上赶过来。"

"那就等他来了再议吧。"

为了拿到这两块地，张建邦、石顺诚二人绞尽脑汁，为此还专门跑到一百多公里外的许州市，找在此担任副市长的牛书记寻求帮助。

牛市长肯定了他们的发展思路，称赞他们精神可嘉，希望他们脚踏实地搞好集体经济，而对他们的寻求帮助却避而不答。

"牛市长，您是我们的老领导……"石顺诚刚一开口，话就被打断了："你是豫州的石大侠，又不是许州的老百姓，称什么市长，俗气。"

"对，还是老称呼亲切。牛书记，您对南大街村的情况最了解，对我们最关心，最支持，所以我们遇见难题首先想到您。希望您帮我们出出主意，最好能帮我们美言几句。"

"哦？我就知道，你们看望我是假，来给我添麻烦是真。"

石顺诚赶紧赔个笑脸。

"你们的材料写得很好，理由充分，我没什么意见。大举措，要土地，发展经济，脱贫致富，是宋厂长的主意吧？宋厂长的主意多，难得的是好主意多，你俩多学学，学会了，南大街村就有希望了。"

"牛书记，你高看我了，这次是张总的思路。"宋祺祥忙说道。张建邦急急地说："这件事要想成功，离不了牛书记您的鼎力支持。"

"看来不多说几句,你这个土地爷就该骂我了。两点建议:一是要相信区委区政府,只要不违反原则,他们一定会支持你们南大街村的发展。二是你们要积极争取,等是等不来的,天上不会掉下馅饼。"

意见中肯,三人连连点头。

"至于我嘛,鞭长莫及,帮不上什么忙。"牛书记的表态直白,推辞得更快,"你们难得来一趟,我叫了本市的几个企业家,中午陪你们一起吃饭。大家都是搞企业的,相互交流有好处。"

张建邦一听急了:"新来的书记您不便多说,李区长那里应该没问题……"宋祺祥急忙拉他坐下。

石顺诚赶紧笑着说道:"牛书记介绍的朋友,一定是响当当的企业家。"可惜,还是没阻住牛书记的脸色一变。

"建邦,那咱们就聊聊你的大举措。你知道大举措落实的关键在哪儿吗?在成功。不成功,南大街村的信誉就会荡然无存,你和顺诚还怎么在村民面前抬得起头。你知道大举措成功的关键在哪儿吗?在资金。这不仅是我,也是区委区政府最关心的问题。半截子工程,烂尾楼,丢脸最大的不是你们,而是给你们土地的区政府。这些,你想过吗?我一再提醒你们要脚踏实地,不要好高骛远。"

语重心长,三人如坐针毡。

"我以为大举措是宋厂长的主意。一听说是你的想法,我就担心,怕你脑子一热,胡干蛮干。后来想想,既然你们三个意见一致,而且思路清晰,项目的利弊考虑比较全面,我就认为可以一试,兴许能闯出一条发展的新路。"

语轻言重，张建邦满面羞红。

"我问你们，这两个项目有成功的把握吗？"牛书记轻点一下桌面，"说老实话。"

"有。"三人同时答道。

牛书记又轻点了一下桌面，问道："建设资金，有把握吗？"

"有。"张建邦答道。石顺诚帮腔道："工行和中行管信贷的领导是建邦的同学，已经沟通过了，贷款没有问题。"

"经营你们比我有经验，我就不再多问了。"牛书记脸色缓和过来，"但愿没有搅了你们喝酒的兴致。"

"建邦，难道你没有听出来？"石顺诚一出门就埋怨张建邦道，"牛书记已经想好了帮咱们的办法，你非要逼他说出来。白挨了一顿骂吧？"

"我不是心急嘛。"

"心急吃不了热豆腐。"宋祺祥说道，"牛书记称呼你土地爷，这就表示他有办法帮咱们，我看这事有门。"

"张总，想什么呢？"看见张建邦两眼无神地盯着天花板发呆，宋祺祥说道，"问你呢？"

张建邦少气无力地回答道："在想牛书记的话，还有李区长的叮嘱。唉，再也无颜相见了。"张建邦长长地叹了口气。

"这事往下怎么办，想明白了吗？"

"脑子里像糨糊，哪里想得明白。"

"商务大厦已经建到第十一层，不继续下去可不行啊。"宋祺祥劝导一番，最后建议道，"能不能请贺总帮忙，利息高一点也行呀……"

"找他？"张建邦站起身来，破口大骂道，"他就是个薄情寡义的小人，利欲熏心的奸商！"

张建邦的这一突然举动，吓了宋祺祥一跳。

贺总既是张建邦读研究生班的同学，又是商务大厦承建公司的老板，还是第一个赞同"大举措"的村外人，张建邦一直把他视为"挚友"。

银行贷款成了泡影，张建邦立刻就去找贺总。

"没有，没有，我一分钱也拿不出来。"贺总的脑袋摇得像拨浪鼓一样。

"老兄，你想想办法嘛。如果成了烂尾楼，对谁都不好啊。"

"老弟，如果筹不来钱，烂了就烂了。"

"烂了，你垫资的钱怎么办？"

"项目烂了，土地还在。你卖地还账不就完事啦。"

"卖地？不可能，等有钱了我再接着盖。"张建邦脸色一沉。贺总笑起来："嘿嘿，法官总不能闲着不干活呀。"

原来早就想好后手了，气得张建邦都有了打人的冲动。

"不瞒你说，那两块地是风水宝地。我早就找人看过了，最少价值三千多万元。"贺总笑眯眯地开导道，"老同学，你是公家的事儿，我是个人的活儿，你总不能让老兄我卖房卖车替公家还账吧？你放心，我这里永远给你留着副总的位置。"

"我哪儿也不去，就是死也要死在南大街村。"张建邦冷笑一声，怪声怪气地说道，"今天，你让我明白了什么是老板，什么是利益；也让我明白了什么是同学，什么是朋友……"

"瞧你说的，多难听。"贺总皮笑肉不笑地说道，"老弟，不是我不帮你，实在是心有余而力不足啊。现在借私人的钱，月息高达一分五，还借不来呢。你再想想办法，大厦建成，你我脸上都有光嘛。"

原来如此！难怪张建邦会暴跳如雷。宋祺祥长叹一声，不再言语。赶来的石顺诚听了情况后，愁眉苦脸，不断唉声叹气。

"我说几句吧。"一直这样坐下去也不是办法，宋祺祥犹豫了一下说道，"商务大厦的项目必须进行下去，现在我们只能集中资金，舍小保大，在北京、上海等大城市开办超市的计划先放一放，我再做做供应商的工作，争取原料款往后拖一拖，估计可以挤出五六百万元来。"

"抽出三分之一的流动资金，食品厂还转得动吗？"张建邦担心道。

"谁的难谁作，你不用操心。"宋祺祥无奈地笑了笑。

"等等，贺总的那句话启发了我，咱们是否可以借力？集资是一个不错的办法，咱们把月息定为一分，不愁筹不到钱。"

"社会集资，不是叫停了吗？"宋祺祥担心地说道。张建邦也担心地说道："一些村民的钱到现在还没要回来，天天去区政府闹，区政府都被闹怕了。"

石顺诚解释道："不是搞社会集资，咱搞的是内部集资。"

宋祺祥劝阻道："内部集资，好像也不允许呀。"

石顺诚戏谑道："咱们是农村，没事。"

宋祺祥担心道："群众愿意吗？"

"咱们是集资建房，没有风险。我估计，集个一两千万元，没有问题。"

"宋总，你看呢？"张建邦心动了。

"我？我不是怕承担责任，而是怕你们不好向区政府交代。石总一会儿农村，一会儿城市，搅得我糊里糊涂的。但是，只要能救活项目，我就同意。"

"这是石总的'更字诀'，好比过独木桥，左晃要往城市的优惠政策上靠，右摆要向农村的优惠政策上要……"

近几个月来，张建邦心情大好。先是内部集资顺利，筹集到了三千多万元的资金；后是与福泰来公司签订了合作意向书，未来福泰来超市将入驻新建的大型商场，它将成为豫州市首家外资大型综合超市，意义重大。张建邦高兴得整日合不拢嘴。

今天，张建邦和宋祺祥又一次去上海，与福泰来公司签署正式合同。随行的有李区长和外经办魏主任，他们不仅是见证人，也代表政府的支持。

接站的人还是王助理，接站的车还是原来的那辆面包车，安排的住处还是原来的那家宾馆，晚餐还是像以前一样自行解决。

第二天上午，王助理把张建邦一行准时送到福泰来公司在上海的办公所在地，一行人来到二楼的咖啡厅，五六个戴着口罩的福泰来公司高管早已等候在此，见面寒暄后，落座又戴上口罩，这种场景，张建邦只在电影里见过。

总裁S先生说了几句话欢迎词，副总裁华裔罗先生摊开合同书，在乙方后面填上"福泰来（中国）公司"，然后恭敬地递给张建邦。

张建邦接过合同书，便和宋祺祥一起逐条逐款地翻看起来，确认无误签字盖章，然后递还给S先生。正准备签字的S先生，突然惊叫起来："NO！NO！"

S先生气急败坏地说了一串英文。不必听懂，只看几名高管惊慌失措的神态，张建邦等人就意识到出了大问题。

原来，张建邦签的是"南大街村村民委员会"，S先生不理解这是一个什么组织，是否具备独立的法人资格，为什么签的不是"利群实业集团"，南大街村村民委员会与利群实业集团又是什么关系。这确实是一个令人头痛的问题，尤其面对一群外国人，不是三言两语就能讲清楚的。

之所以以南大街村村民委员会的名义签约，是因为建设综合超市的土地划拨给了南大街村。如果以利群实业集团的名义签约，项目无法立项申报，区政府也不能审批。这是临行前，张建邦咨询律师的结果。

张建邦想尽力说明情况，宋祺祥也想竭力解释清楚。不知是女翻译的表达能力差，还是两人的解释不到位，反正说得越多，几名外国高管的脑袋摇得越快。

李区长一会儿看看这边，一会儿看看那边，神情尴尬。无奈之下，罗先生对S先生低语几句，随即把法律事务部的主管叫了过来。谢天谢地，这是一个真正的中国人，复姓司马。他同S先生沟通之后，开始兼任翻译。

"S先生请你们再次说明什么是村民委员会。"

"我来介绍，可以吗？"李区长礼貌地介绍了自己的职务和来意。

"当然可以。S先生说认识您，他感到十分荣幸。"

"在中国，村民委员会是村民自我管理、自我教育、自我服务的基层群众性自治组织，实行民主选举、民主决策、民主管理、民主监督。村民委员会在基层人民政府的指导下，依照国家的法律法规，组织本村村民生产劳动、企业经营等活动。"

"村民委员会在法律上是否具有独立的行为能力？"

"村民委员会管理本村属于村民集体所有的土地和其他财产。因此，村民委员会在民法上属于其他经济组织，具有独立的行为能力，是民事法律的主体。"

"村民委员会是否有资格签订经济合同？"

"按照《中华人民共和国村民委员会组织法》和《中华人民共和国经济合同法》规定，村民委员会作为村民自治组织的代理人，具有代表村民签订经济合同的法人代表的资格。"

"南大街村村民委员会是否具有建设这个项目的经济实力？"

"利群实业集团是南大街村所属的企业，除此之外，南大街村还有其他地产和房产。对于这个问题，我相信S先生自己能够做出正确的判断。"

司马主管与S先生交流了十几分钟。他从法律的角度，解答了S先生一个又一个疑问，直到S先生耸肩微笑，目光转向李区长。

"尊敬的李区长，S先生希望得到您的帮助。他请您代表区政府作为第三方，在合约上签字。他请您原谅他的冒昧。"

"作为政府的代表，我非常希望你们双方合作成功。政府肩负着行政管理职能和扶持企业发展的职责，区政府作为第三方在协议上签字有违相关政策和法规。请S先生谅解。"

"S先生说，他十分愿意同张先生合作。但这是他第一次和村民委员会合作，他非常信任中国政府，所以他希望同李区长手挽手，一起摸着石头过河。这样，他也好向他的老板交代。"

"请转告S先生，政府和企业不是一个范畴，行政管理和生产经营不能等同。所以，我不能在协议上签字，请S先生谅解。"

"S先生说是他没有表达清楚。他了解中国的政策和法规，他不会让您和您的政府承担任何责任，他是希望您代表区政府作为见证人签字。"

"请你问他，他相信我的人格吗？"

"他说他相信，他非常尊重您。"

"如果S先生和贵公司抱有真诚的合作意愿，我愿意以我个人的名义，作为本协议的见证人。"

"S先生说，您的诚实、正直和原则性，说服了他。尊敬的李区长，他非常乐意同张先生签订这份协议。"

张建邦长出一口气，悬在心头的石头落地了。

宋祺祥感叹不已。李区长今日的表现，真是令人刮目相看，在张建邦和宋祺祥的认知里，他一直是一个懦弱、不善言辞的人。

服务员端来红酒，大家举杯庆祝，预祝合作成功。最后，大家一起拍照留念。

张建邦担心在咖啡厅里拍照会给人留下话柄，没想到，女翻译选的角度很好，背景是一幅油画，画的是上海东方明珠塔，尤其难得的是所有人都没有戴口罩，人人笑容满面。照片上记录着拍摄时间：二〇〇三年四月六日。

中午，王助理带着张建邦一行人来到一家小饭店，点了六个凉菜和六碗云吞，要了三份生煎馒头和一瓶北京二锅头。

"李区长，魏主任，上海车多人多，酒后开车不安全，我就以茶代酒。"王助理以东道主的口气说，"我衷心感谢张书记和宋总多次的热情款待。"

六个凉菜分别是卤鸭舌、卤肚丝、卤鸡翅、腐竹拌木耳、青菜拌黄豆、粉丝拌虾皮，用小巧精致的白色瓷盘盛着，上面点缀着绿色菜叶和各色花瓣，色香味俱全，就是菜量小。张建邦学着李区长的样子，夹起三根粉丝捎带着两个虾皮，文雅地送进嘴里。幸亏云吞和馒头来得较快，大家的嘴总算没闲着。

"王总，你们公司的效益怎么样吗？"张建邦问道。

王助理稍稍一愣，瞬间就明白了："其实，原计划在公司的会议室签协议，因为 SARS（非典）的缘故，办公区实施封闭管理，就改在了二楼的咖啡厅。"

"我们那里没有上海闹腾得厉害，如果在豫州市举办签字仪式，肯定会很热闹。"

"张书记，你们的运气真是太好了，要是没有 SARS 帮忙，合同再有一年半载也签不了。"

"为什么？"张建邦惊讶地问道。

王助理笑道："外国人怕死呗。"

李区长等人停下筷子，看着没怎么动筷子的王助理。

"张书记，你瞧我的职务不算低吧，实际上，我就是一块补丁，老外不愿干的事全部归我。"

王助理，四十岁出头，身材单薄，脸庞白净，普通话说得平和柔软。

"宋总一开始找的是我们浦东店的店长，她是我以前外贸公司的同事。我把你们推荐给了事业发展部的主管E先生，就是那个胖老外。可他嚼着口香糖，两手一摊，拒绝了。谁知第二天，他要求我在两天之内赶到豫州市。你说气人不，他怕SARS要命，我也不想送死啊。所以，我在豫州市待了两天就回来啦。"

王助理喝了口水，接着说道：

"我来福泰来公司五年多啦，深知开店不容易。济南店洽谈了一年多，石家庄店洽谈了大半年，到今天还没有眉目。为什么？人人当家，人人又不当家。E先生看了说行，罗先生看了说不行，分工不同，要求不一，难免分歧。说白了，他们各有各的头儿，除了大老板，谁说了也不算。"

"你说的这是条块管理吧？"

"嗯。我从豫州市回来的第三天，几个高管开会研究我的调研报告，而后让我通知你们来沪洽谈。后来我听说是集团大老板急了。一是马上就要出年报了，为了使业绩好看，也为了募集资金。二是今年五月份集团大老板将来中国考察，据说国家领导人要接见他。所以，大老板要求S先生尽快与你们洽谈合作事宜。"

"想不到这么麻烦。"

"SARS越来越严重，可是事情不办成，老外也走不了，他们更不愿意冒风险去你们豫州市，所以，只好让你们一次次来上海。他们不去当地考察，事情就又好办多了。"

"王助理，实在是太感谢您了，这事让您没少费心。"

"这次合作能成功，欧阳主管帮了你们不少忙。"王助理苦笑着说道，"一看你们签的是'南大街村村民委员会'，我担心得直冒汗，几位高管的脸色都变了。你们想啊，他们都预订好了回国的航班，眼见煮熟的鸭子飞了，心里是种什么滋味。"

"那会儿，我也是捏着一把汗。"

"欧阳主管帮你们解答了 S 先生的许多疑问，并保证绝不会出现任何问题。可 S 先生还是不放心，最后提出让区政府担保，好在被李区长驳回去了。"

"你会英语？"张建邦惊讶地说道。王助理笑着说道："我以前可是干外贸的。"

"你真行，有本事。"张建邦称赞道，随后又问，"这家企业的信誉怎么样？"

"你是不是还对签字仪式有意见？"王助理无奈一笑，只好再一次解释道，"老外和咱们想的不一样，他们不在乎签约仪式的场面，但是很计较开业和店庆的排场。其实，你们的面子已经不小了，全体高管出席签字仪式这还是头一次。"

"我是担心商场建好了，他们又不进驻了。"

"你是说毁约？不可能。"王助理肯定地说道，"福泰来已经在全中国开了八十多家店。只要签约成功，他们都会按照合同约定逐条落实。"

李区长插话道："王助理，我们这是第一次同外商打交道，有很多不懂的地方，还请您见谅。"说完后，又示意张建邦到此为止，不要再问了。

返程的列车上，李区长半躺在铺位上，神色不太好。

"李区长，是我没有安排好。"张建邦自责地说道，"如果我提前派人过来筹备签字仪式，效果会好上很多。"

"是吗？"

"外国人就是小气，搞桌宴席庆祝一下，能花几个钱！王助理也是，瞧那几个菜，我一筷子下去，半盘就没了。"

"酒也不太好……"

"你千万不要生气啊。"

"既然大家都睡不着，咱们聊聊吧。"

李区长坐起身来，宋祺祥也合上书。

"今天参加你们的签字仪式，我感触颇多。一开始，我感觉外国人傲慢，瞧不起中国人，对他们耿耿于怀。可静下心来想想，我挺敬佩他们的做法。原来我认为他们的文化、习惯，糟粕多于精华；现在看来需要咱们学习的地方，真是不少啊。所以，我想起了牛书记，想起了牛书记曾告诫我的话。"

说到牛书记，两人顿时严肃起来。

"为了那两块地，牛书记请我吃饭，一斤酒，他喝了七两，我喝了三两。"

张建邦诧异地瞧了瞧李区长。

"牛书记说，他请我吃饭，不是帮张建邦和石顺诚说情，而是看南大街村的老百姓太可怜了。地越来越值钱，可南大街村的地却没有了，要想切实提高南大街村老百姓的生活水平，不仅需要政府的支持，还需要他们有自我发展的基础。"

短短几句话，说得张建邦眼睛湿润。

"我问牛书记，既然会吸烟喝酒，为什么没见过你吸烟喝酒？他说喝酒吸烟有害健康，划不来。我不相信，他才说在部队嗜酒喜烟，转业后就戒了，这样轻松自在，不用陪酒、陪烟，既免去了得罪人，也省得别人送烟送酒。"

这话似明不明，张建邦抬头瞧了瞧宋祺祥。

"我说他这是狡猾，他说这是防范。他说社会上人际关系越来越复杂，严于律己越来越重要。他说共产党立党为公，立党为民，党纪严明，从不纳垢，从不容奸。不管你职务多高，也不管你功劳多大，一旦触犯党纪国法，一经查实都会严肃处理。所以，一个干部的政治素养十分重要。"

政治素养？张建邦心头一震。

"这一路，我想了很多，想到了党中央提出的加强和改进党的作风建设，建立健全防范腐败的体制机制，加强对领导干部行使权力的制约和监督，依纪依法严厉打击腐败分子的精神；还想到了牛书记的话：人微言轻不足虑，洁身自好当为先。"

张建邦聚精会神地听着。

"建邦，王助理这人不错，自己掏钱请咱们吃饭，十分难得，今后应该以友相待……"

张建邦颇感意外："怎么，这是王助理请咱们的？"

宋祺祥连忙说道："建邦，你没看出来？王助理没有代表福泰来公司说过一句话。最后是李区长叫魏主任悄悄结了餐费。"

"建邦，你打个电话谢谢王助理。中午吃饭花了九十二元钱，小饭店没有发票，这份菜单你留个纪念。今后，你们交朋友也好，请客送礼也罢，大气候下我能理解，但是，你要记住牛书记的告诫，记住你们还不富裕，能省则省，不要奢侈，不要腐化。"

第七章　趁势而为谋发展　撤村改制博商海

二〇〇五年一月八日，福泰来豫州店隆重开业，王助理调任总经理。鲜见的开架式销售，琳琅满目的商品，轰动豫州，顾客盈门。仅用一年时间，豫州店的销售额就跃居全国第一。

二〇〇六年夏，福泰来集团大老板来到河南，与省领导洽谈下一步发展规划，主要内容为：扩大经营规模，增设福泰来分店，在豫州市建设中原食品加工配送中心。

中原食品加工配送中心的构想是，借助河南在畜牧、农业、农副产品和食品加工领域的优势，利用交通便利的条件，为京冀鲁豫陕鄂皖等省市的福泰来超市提供商品。

收到市政府转发的《工作简报》和王总经理提供的省政府《会谈纪要》复印件后，张建邦立刻召集石顺诚、宋祺祥开会，他们一定要想法把这个中原食品加工配送中心项目招揽过来。

张建邦的同学和朋友获悉这一消息后，蜂拥而至，都想从中分一杯羹。

市发改委建议张建邦建立深加工和精加工车间，充分挖掘产品的附加值，把大包装改为小包装，把低档货变为高档货，通过福泰来这一平台，把自己的产品销往全国。

张建邦研究生班的一个同学，是速冻食品厂的老板。他打算在该中心附近建设生产车间，恳求张建邦建一座冷库，以便储存自己公司生产的速冻食品。

市发改委的建议和同学的恳求，激发了张建邦的决心。他和省设计院的专家反复琢磨修改，最终形成了占地七百亩、投资数十亿元的中原食品加工配送基地规划设计方案，并取得了市发改委的立项。

拿到项目批文，签订了征地协议，支付了首期征地补偿款，张建邦立刻赶往上海，与S先生商谈合作事宜。可是，S先生越听越惊讶，越听越迷惑。

"我佩服你们的工作热情和效率，也为你们取得的进展感到高兴。但是，你们的进度，超出了我们的预期，现在洽谈协议为时过早。"

"您和罗先生不是都同意我们抓紧时间，积极开展前期工作吗？"

"张先生，你误解了我们的话。我和罗副总裁所说的前期工作，是希望你们进行前期调查研究，并没有要求你们征地和搞基建。"

"建设中原食品加工配送中心是贵公司的发展规划，我们可以按照你们的发展规划，洽谈合作。"

"张先生，你的话让我越来越难以理解。"S先生皱皱眉头，耸耸肩头，"你所说的发展规划，准确地说，是我们的发展设想，尚处于研究阶段。还没有通过董事局表决，因此还不能付诸实施。"

"S先生,你看,《会谈纪要》上明确写着贵集团在河南下一步的发展规划。"张建邦焦急地摊开《会谈纪要》,强调道,"您和罗先生都有签名。"

"张先生,你的理解出现了错误:一是《会谈纪要》是政府的工作记录,并不是我们与政府签订的投资协议;二是发展规划和发展设想的含义不同,可能是理解的错误。"S先生两手一摊,无奈地说道,"作为老朋友,我十分愿意同你们再次合作,但是没有董事局的授权,我也爱莫能助,请你理解我的处境。"

规划和设想的含义不同,张建邦当然知道。

他们之所以这么快就做好了规划,就是想抢在"城市规划"和"政府设想"实施之前,低价买地,占个大便宜。

"目前不具备签订协议的条件,我理解。"张建邦只好退而求其次,"我希望知道贵公司对建设食品加工配送中心的要求。"

"NO,NO。"S先生一摇头,二耸肩,三苦笑,"对我来说,这个项目还是一张白纸。一张没有字的纸,你理解我的意思吗?"

张建邦倒抽一口凉气,惊问道:"不是你们自己提出的建设配送中心吗?"

"看在老朋友的分儿上,我就透露一些信息。关于建设中原食品加工配送中心的设想,是我们大老板参观了北京、上海等地的物流配送项目后受到的启发,在与你们省的领导会谈中首次提出。"

听S先生这么一说,张建邦感到有点儿无奈。

S先生继续说:"大老板的设想,得到董事会一些董事的肯定,他们认为这能提升企业的运转效率,增加企业效益。但也遭到一些董事的反对。"

张建邦越听心里越没底。

"物流配送是新事物，不能简单地等同于传统的运输业，各业务主管公司，包括我们都不愿意承揽这个苦差事。作为老朋友，我提醒你要慎重。"

上海之行，让张建邦预感到大事不妙。回来后，他就去找了被占地村的村支书郑书记。

"我见过赖账的主儿，还没见过赖地的人。"郑书记的大脑袋摇得像拨浪鼓一样，"白纸黑字，签字画押，怎能不算数呢？"

"咱们是老朋友了，啥事不好商量呢？这不是项目出了点问题嘛，老弟我求你来啦，无论如何要通融一下。"

"不是我不帮你，而是晚了。你的第一批征地补偿款已经分给老百姓了……"

"你老兄真会说笑话，我知道还没有分发下去呢。"

"你当过村支书，还不知道村里那点儿事？巴掌大个村子，屁大点儿事，没散会就传遍了。这些天，几拨人急着要钱，差点儿踢坏俺家的门槛。"

"这事怨我，心里着急没有说明白。我不是七百亩地都不要了，而是只要其中的二百五十亩。"

"你不会是中暑了吧？先来点凉的降降温。"郑书记递过来一瓶矿泉水，"俺们是一个穷村，除了地，啥企业也没有。我的好老弟，你大人物大能量，帮人就帮到底吧。"

"你？"张建邦气得说不出话来，他是来求人的，又不能发脾气。

"全村都知道你买了俺们七百亩地，人人高兴。我总不能说你又不要了吧，这不败坏你名誉吗？再说，这可是通过了区政府的。"

错在自己，张建邦欲辩无词。

"张老板，你朋友多。"郑书记建议道，"要不，你再找找其他人想想办法，反正这七百亩地现在是你的了，怎么用是你说了算。"

这倒是一个主意。张建邦随即拜访了他那位生产速冻食品的老同学。

同学说："我现在手头比较紧，而且这事也不急。地在你手上，我放心。我需要用地的时候，咱们价格上好商量，保证不让你吃亏。"

这话说得直爽，眼下这七百亩地都被农田包围着，即使想上项目也建不成，张建邦高兴地告辞了，转让土地的念头随之丢到了脑后。

郑书记却一直惦记着土地转让的事。

"要知道如此，我操这份闲心干吗？"郑书记面红耳赤，大声埋怨道，"你说项目出了问题，我费了老大的劲儿，才为你那四百五十亩地找到下家。你不能两个字——有用，就打发了吧？"

"我已经给你解释了好几遍。"张建邦也是面红耳赤，大声说道，"地，你按合同卖给了我；钱，我按合同付给了你；转不转让是我的事。"

"你这话就不够朋友了。去年夏天，不是你求着我要退掉四百五十亩地？现在还不到一年，你就忘了？"

"我既然按合同付了你七百亩地的款，这七百亩地就是我的……"

"我给你联系的下家，人家出的价比你买地时一亩多了两万。你那七百亩地，一转手净赚一千四百万元，你还有什么不满意？"

"好啦，郑书记，谢谢你的好意，改日请你喝酒，总行了吧？"张建邦明白现在还不能得罪郑书记，于是说道，"这样吧，如果我们用不了那么多的地，再请你帮忙。"

郑书记之所以如此做，缘于年初老城区工业园的建立。

在工业园早期规划中，郑书记这个村在第三期开发之列，郑书记估计那是七八年之后的事情。望梅止渴哪有眼下南大街村出高价买地来得得实惠，因此村两委一合计，就把七百亩地卖给了南大街村，此举得到了村民的拥护。后来，张建邦来退地，他不同意，更是获得叫好声一片。

哪承想，政府扩大工业园建设规模，首期就征用了该村三分之一的土地，而且补偿价格高出南大街村买地价格将近一倍。这样一来，村民们就后悔了，但农村人忠厚实在，只好自认倒霉，然而心里都憋着火呢。

工业园的建设速度非常快，七月底就已路通、电通、水通、公交通、通信通、网络通，绿化工程也接近完成，部分企业开始入驻。当八十米宽的园区主干道，从南大街村所圈地块的大门前通过，当一百米宽的南四环路紧挨着南大街村所圈地块的围墙而布线，郑书记这才明白张建邦早有预谋，不由得感叹不已。

眼瞧南大街村的项目一直没有动静，郑书记意识到张建邦当初说的是实话——项目确实出了问题。碰巧，一个做陶瓷生意的朋友，相中了南大街村围而未建的地，想在此投资建设陶瓷洁具市场。他愿意每亩增加两万元的转让费购买这块地，另外还会支付给村里两百万元的信息费。

瞧着"省优质产品"的奖牌，看着琳琅满目的样品，联想当初的窘境，张建邦有些激动："岳总，咱们现在有多少种产品？"

岳总原是康健集团副总，退居二线后应邀出任利群食品公司副总经理。

"猪牛羊禽蛋五大类，香甜麻辣四大口味，卤烤蒸煮熏酱六大系列，二百四十五个产品，这不包括正在研发的新品。"

"你和宋总辛苦了。"

"我来还不到两年，这都是宋总的功劳。"

"建邦，人都到齐了，在会议室等你呢。"石顺诚走进来。张建邦随即说道："岳总，你也出席今日的会议，我有重大事项宣布。"

去年年初，经老城区政府研究决定，南大街村列入第二批城中村改制试点单位。这是市政府为了加快城市化进程，改善城市环境，提高城市规划、建设、管理水平所采取的重大措施。

张建邦、石顺诚认为这个政策十分英明，彻底解决了南大街村村不是村、企业不是企业的尴尬局面。因此，两人积极配合，改制工作十分顺利。

鉴于南大街村已经没有可耕土地，村民也已转为城市户口，区政府决定撤销南大街村的建制，不再单独设立居民委员会，归辖区街道办管理。南大街村村办企业，以独立法人的形式运作，改为股份制企业，公司的名称为河南鑫盛实业有限公司，符合条件的村民均可成为公司股东。

公司董事会由张建邦、石顺诚、李佩珍，以及商务宾馆总经理张建胜、物业管理公司总经理许承志、鑫盛宾馆总经理肖百合、食品公司总经理宋祺祥等七人组成，张建邦任董事长。监事会由小商品城管理公司总经理马景福、物业管理公司副总经理张建强和鑫盛宾馆副总经理李戈三人组成，马景福任监事长。公司总经理是石顺诚，副总经理是宋祺祥、李佩珍。同时，经党员大会选举，李佩珍接替张建邦任党支部书记。

"建邦，手机响了。"石顺诚又一次提醒道。张建邦接过电话，愁上眉梢："齐区长又来催了。看来，咱们不动工，是不行了……"

瞧见齐区长和魏主任进了会议室，石顺诚脸上瞬间堆满笑容。

"齐区长，我们的大思路已经定了，但有一件事，还请您多加照顾。我们的土地出让金和城建配套费，您高抬贵手就给免了吧？"

"你穷疯了吧？不要说免，就是减也不可能。"

"我们的资金十分紧张……"

"你说的事，我解决不了，不如你去请教指点你们的高人。"

石顺诚愣住了。

"装什么迷瞪？就是指点你们买地的人。满地庄稼，你们中心开花，一下子买了七百亩。这块地，两个金角，两条银边，常人连想也不敢想。不说你们省了多少钱，只说你们省了多少事。如果不是建工业园，你们的土地变性问题、水电问题，等等问题都难以解决。"

"这么说的话，齐区长您就是那位高人。"石顺诚笑道，"当初我问您，四环路要动工，工业园还成立不，您说快啦。"

"是啊。"张建邦帮腔道，"我也问过您，工业园的项目是不是黄，您说，黄什么黄，已经有眉目了。"

"你俩骗谁呢！"齐区长根本不搭理他俩，"我想听听宋总的说法。"

"南四环路的规划设计早就出来了，工业园的规划也不算什么秘密。至于土地的测量定位，一位懂技术的朋友帮了点小忙。"宋祺祥点到为止。这是因为，不经批准不得擅自进行土地测量。石顺诚找到测绘大队的朋友，悄悄进行测量，暗暗打下标桩。

"两位领导都不是外人，不用遮遮掩掩的。"石顺诚笑道，"真没想到，卫星定位这么精准。齐区长啊，听说您在甘肃酒泉当过兵，这种小事你肯定懂。"

"我是站岗放哨的，不是发射火箭的。"齐区长气冲冲地说道，"马上开会，汇报项目筹备情况。"

既然是开会就要讲规矩，三人不仅坐得端正，表情也严肃。

"董事会高度重视中原食品加工配送基地项目，经研究决定：宋总暂停食品公司的工作，专门负责该项目筹建。"

"这是一个好消息。"魏主任高兴。齐区长也满意，说："看来你们的决心不小啊。"

"我们准备近期动工，先建肉类冷藏库和果蔬保鲜库，储藏能力达三万吨；食品加工和净菜整理车间，面积两万平方米。工期一年，总投资一个亿。"这话有水分，宋祺祥说得很没底气。

"关于福泰来中原加工配送服务中心，我们争取在明年上半年开工建设。同时认真做好招商引资工作，争取更多的国内外优秀食品企业入驻。"这话心中无数，宋祺祥的语气虚软无力。

"施工图已经绘制完毕，施工队伍也已到位，随时可以开工。"这话切合实际，宋祺祥语气肯定。

"我们先期准备投入一千二百万元。这笔钱如果投入项目建设中，我们就无法缴纳土地出让金和城建配套费；不缴纳这两项费用，就无法办理土地证；不办理土地证，就会影响银行贷款。所以，我们左右为难，希望区领导理解我们的难处。"

总算没有露出破绽，张建邦嘘了口气。

"土地出让金和城建配套费需要上缴市财政，无法减免。你们一下子买了七百亩地，是工业园的第一大户，上下都很关注。项目迟迟不动工，我和魏主任十分被动。"

看齐区长如此说，三人也不好再争辩下去。

"今日我和魏主任之所以专门过来，就是想和你们说点心里话。牛书记走了，李区长也走了，我是不可能走的，工业园应该是我工作的最后一站。不管你们怎么看我，我对南大街村是有深厚感情的，非常愿意帮助你们。但是，任何事情都是有原则的。"

话都说到这份儿上了，三人十分理解齐区长的难处。

"可是，我是看着你们一步步，历经艰辛才走到今天这一步，我于心不忍啊。"

如此真情流露，三人激动地抬起头。

"宋总，你有什么办法克服资金困难吗？"

"齐区长，魏主任，你们顶着压力，想方设法帮助我们鑫盛公司，我们一定拼尽全力搞好这个项目。"宋祺祥先表态，后建议，"为了使项目早日启动，这两项费用能不能缓缓再缴呢？"

"免"是虚张声势，"缓"才是最终目的。

"宋总，如果可以缓一缓，你们打算什么时候动工？"齐区长问道。宋祺祥思考了一会儿，答道："五天之内。"

"那好，我刚和魏主任商量了一下。"齐区长严肃地说道，"你们先缴纳三分之一的土地出让金和城建配套费，明年六月底前必须缴清余款，在没有缴清余款之前，土地证暂存工业园管委会。"

"行吧。"张建邦答应得有点儿勉强。石顺诚一反常态，一口应允："绝对没问题。"

"这还差不多。"齐区长露出笑容，"我和魏主任来参加启动仪式。"

送走二人，张建邦感叹道："老齐这个人，不好对付呀。"

"这人讲原则，敢担当，很够朋友。"石顺诚感叹道。宋祺祥赞同道："这事搁在咱们头上，肯定比他还要着急。"

"顺诚，福泰来公司见不到土地证，肯定不愿投资，你为什么答应得那么干脆。"张建邦疑惑地问道。石顺诚坦然道："只要有土地证，放在哪儿都一样。不管是福泰来公司，还是其他公司，给他们看复印件就行了。你没瞧见齐区长的脸色，咱们理屈，气就短嘛。"

三个多月来，宋祺祥马不停蹄地四处奔忙，项目筹建的速度远远超出预期，用石顺诚的话说是"形势一派大好，而且越来越好"，用张建邦的话说是"福将出马，紫气东来；财神上阵，'钱'景美好"。

九月十九日，正式破土动工。魏主任登上挖掘机，点燃鞭炮；齐区长铲起第一锹黄土，撒向奠基石。

九月二十六日，道路管网和水电配套工程同时开工，七百亩土地上呈现出一派热气腾腾的建设景象。

十月十三日，宋祺祥在广州与一家上市食品公司签订了投资意向书。

十月十八日，张建邦、宋祺祥在上海与一家水产品市场经营管理公司，达成建立海鲜鱼类市场的合作意向。

十月二十五日，宋祺祥与舟山一家水产品公司达成合作营销鱿鱼等水产品的意向。

十一月二日，北京一家现代农业种植集团的领导来现场考察，对建设优质蔬菜加工车间表现出浓厚兴趣。

十一月十日，张建邦和宋祺祥前往北京考察水果批发市场，与相关公司草签了合作意向书。

十一月中旬，宋祺祥带人远赴青海、新疆考察，探讨自我经营和配送服务的新途径。

今天上午九点，宋祺祥送别舟山公司的考察人员，立刻又赶赴机场，迎接新加坡一家上市房产公司中国区的总经理。

总经理姓蔡，华裔，年近六十，个头不高，较瘦。此次前来，他想与鑫盛公司合作，一起搞房地产开发。

接风宴上，张建邦摊开一张设计图，请蔡总指点。石顺诚和宋祺祥俯首一看，暗暗吃惊，这张设计图竟然是鑫盛宾馆和小商品城的改造方案。设计图主要由三部分构成：二十六层的五星级酒店、三十二层的高档商务楼和二十六层的公寓式写字楼。莅临实地考察后，蔡总更是喜出望外。

十一月上旬，蔡总第三次来到豫州市，带来了合作协议草案，希望在二〇〇八年四月底前完成拆迁以及办理好相关审批手续，六月开工建设。经过两天的讨价还价，双方谈妥了合作条件，商定于十二月十五日在豫州市签订合作协议书。

"各位，鄙人先自罚一杯。"蔡总面带愧色地说道，"一是我晚来了六天，二是合作的事出现了变化。"

此话不祥，众人顿感大事不妙。

"合作协议，董事会已经研究通过。可是就在我起程来豫州市的前一天，董事会突然通知我废除协议。为此事，我专程去了一趟新加坡见董事长。他委派我前来说明情况，并代表他向各位表达歉意。"

"怎么会这样？"张建邦、石顺诚神情沮丧。宋祺祥问道："蔡总，依我观察，贵公司似乎对该项目志在必得？"

蔡总疑惑地问道："宋总，为何如此说呢？"

"这仅仅是我观察。贵公司的资金宽裕吗？"

"宋总，不是资金的问题，而是一些因素尚需观察。"

"呃，是内部因素还是外部因素？"

"主要是外部因素，当然，这也只是我的一种猜测。"蔡总谨慎地说，"拿不准的事，还是少说为好。"

"蔡总，作为朋友，我认为有些话，还是说在前面为好。"宋祺祥强颜一笑，"如果其他公司对这个项目感兴趣，那我们只好与他人合作了，届时还请您谅解。"

"但愿如此。"蔡总认真地说道，"不过，恐怕一两年之内，希望不大。"

"这么说来，大环境真的可能有变。"宋祺祥一惊，而后恭敬地说道，"贵公司是上市大公司，蔡总您久居国外，消息灵通，能否指点一二？"

蔡总略微思索了一下，说道："根据经济学家的说法，明年全球经济会下行，中国的发展会遇到不小阻力。"

宋祺祥追问道："美国呢？"

"比中国还差。"

"中国房地产明年会不会崩盘？"

"房价会大幅下跌，至于会不会崩盘，暂时还拿不准。"

"其他行业会受到影响吗？"

"这……"蔡总答非所问，"美国经济一旦感冒，打个喷嚏都会波及全球呀。"

"这么说，美国这次病得不轻？"

"是不轻。"

"贵公司是不是早有察觉？"

"宋总，你说得对。"蔡总轻轻一咬嘴唇，说道，"我们对此项目确实是志在必得。原因有两点，一是不良因素日益增加，我们想再搏一把；二是哈尔滨的项目已经完成，销售形势良好，我们打算把收回的资金直接投入新项目上。"

这是大实话，宋祺祥点点头。

"一开始，我们认为中国经济发展前景良好，具有不可逆转的趋势，短期应该不会有大的波动。所以，这个项目在双方努力下快速推进。但是，当前世界经济已经出现波动，中国经济也会受到影响，尤其中国房地产市场的泡沫越来越严重。所以，董事会认为在当前形势不明朗的情况下，停止一切新项目的开发。"

"蔡总，贵公司是否已有了应变措施？"宋祺祥忧虑地问道。

蔡总一愣，婉言道："宋总，我不是董事会成员。因此，具体的应对措施，我并不知道。我现在的任务，一是与你们说明情况，二是做好哈尔滨剩余楼盘的销售工作。"

"听您这么一说，我就明白了，你们是打算尽快回笼资金，以期在大变到来后自保。这真乃上策啊。"宋祺祥最担心的一点得到了证实，不由得长叹一声。

第八章　"次贷"危机凝寒流　热血丹心破坚冰

　　进入二〇〇八年后，宋祺祥的担心逐渐被证实，不仅开局不利而且压力日增，项目建设陷入举步维艰的境地。

　　坏消息一个接着一个，除了舟山水产品公司外，其他合作伙伴或来人或来函，纷纷推迟履行合同。五月底，宋祺祥、张建邦赶赴舟山，与舟山水产品公司洽谈合作事宜。结果并不如人意，随着世界经济的不景气，舟山水产品公司的订单大幅减少，不得不调整发展规划，放缓扩张步伐。

　　回到宾馆，情绪低落的宋祺祥打开电视。电视里，全是抗震救灾的新闻，一幅幅画面震撼人心，一个个消息鼓舞人心，宋祺祥的心情越来越激奋，悲观逐渐被亢奋所替代。

　　宋祺祥摊开纸，拿起笔，信手填了一首词：天府山摇，极目尽、凄凉悲亢。争分秒，令驰寰宇，救危扶伤。钢翅搏击云雾浪，铁军鏖战峰叠嶂。任沙飞石走死不惜，军威强。旗半垂，哀歌怆。国力举，民心旺。领袖谋筹幄，爱河绵畅。志愿者残垣血汗，赠捐人意深情漾。让神州大地换新妆，唯咱党。

　　刚写完，一脸愁云的张建邦推门走了进来。

"唉，大半年的心血就这样付诸东流了。"

"是啊，仿佛画了一个圆圈，如今又回到了起点。"

"宋总，你估摸着咱再去找 S 先生商谈，会有什么结果？"

"你最熟悉他们的情况，我正想听听你的看法。"

"我估摸着同以往一样收效不大。"

宋祺祥点了点头。

"咱们拖不起啊，你有没有办法促使他们早点做决策。"

"现在这种时期，能有什么办法，咱们只能等了。"

"这要等到哪一天啊。再等下去，项目就黄了。"

"是啊。"宋祺祥婉转地说道，"当初 S 先生就提醒咱们不要对他们寄予厚望，而咱们却陷入了思维怪圈，认为土地是因为福泰来公司才申请的，政府也是因为福泰来公司才审批的，如果省上定的项目未能落地生根，就违背了初衷，甚至无法向政府交代。"

"你的意思是……？"

"张总，即使福泰来公司计划的项目立即上马，也不过占地二百多亩，还有三分之二的地需要靠咱们投资建设。而且，现在看来福泰来公司的投资希望不大。因此，咱们不能再把全部希望寄托在福泰来公司身上。"

"不靠福泰来，那靠谁呢？"

"我的意思是我们应该把引资工作重点放在本地企业上，尤其是你的老同学，争取他的速冻食品生产项目早日开工建设。"

"这不是一句话的事，难度不小啊。"

"难道又发生了什么变故？上午，你接完电话，就眉头紧皱，到底发生了什么？"

张建邦无奈地说道："他们认为咱们要价太高，决定去开发区建厂。"

"真乃无义之人。"宋祺祥气得一拍桌子，愤然道。

"唉！"张建邦重重地叹口气。

"依你的判断，经济形势什么时候才能好转？"张建邦抬起头问道。

"大环境谁能说得准啊！"宋祺祥重重地叹了口气。

"那咱们下一步该怎么办？"张建邦问道。

"只能走一步看一步了。眼下咱们要放缓投资速度，等待时机。"宋祺祥故作轻松，说道，"好就好在，咱们手里有地。即使配送中心和速冻食品厂这两个项目都黄了，咱们也不用怕。"

"这是为什么？"张建邦不解地问道。

"土地就是财富。大环境一旦转好，谁手里有地，谁就有优势。"

"你说得有道理，但是地荒在那里，恐怕会保不住！"

"时间长了，可能会保不住。但是一两年，应该问题不大。"宋祺祥胸有成竹地说道，"你没见工业园里的大多数企业都停工了吗？所以，即使政府要收回土地，也不止咱们一家。"

"不过，留给咱们的时间不多了。咱们必须主动出击，不能观望等待。"宋祺祥接着说道，"我再去我以前在温州时的公司打探一下情况。"

"宋总，你好像从来没有为什么事发过愁。"张建邦感慨地说道，"这辈子能认识你，真是我的荣幸。"

"哪有不发愁的人。同S先生商谈后，我苦闷不已，感觉已无路可走。但是看了电视上关于汶川大地震的报道后，我心中又激起了一股勇气，坚定了信心。"

瞧着神采奕奕的宋祺祥，张建邦也没来由地充满了信心。

"咱们再困难，也没有汶川老百姓面临的困难大。虽然遭遇了大地震，但汶川人没有失掉生活的信心，都坚信汶川的明天会更美好。同样，我们也不该失掉生活的信心。困难是暂时的，前景是美好的，这次经济危机过后，咱们的七百亩土地肯定会焕发出别样的生机。"

"我们本着立足中原，辐射全国，面向国际的战略目标，朝着货运便捷化，客运快捷化，管理科学化，信息网络化，经营国际化的方向迈进。经过近十年的高速发展，如今我们已经形成一个跨地区、跨行业的集团公司，拥有一万五千余名员工，自有客货车一万多辆，挂靠客货车三万多辆，货运和客运线路近千条。"

望着侃侃而谈的韩总，宋祺祥佩服不已。

六年前，为了拿到14号、27号地块，宋祺祥等人奔赴许州求助牛书记。中午，牛书记邀请该市企业家一起用餐，其间宋祺祥认识了韩总。当时该企业客货车辆不足一万辆，员工不过八千人，想不到发展如此迅速。

"我们的快速发展，受益于国家对运输业的大力帮扶。当前，国家鼓励发展物流业，各种优惠政策不断推出，物流业可谓是前景广阔。"

宋祺祥对物流行业所知不多，真正让他印象深刻的，还是那趟温州之行。

他曾经工作过的那家温州食品企业，八年前为了弥补浙南地区货运力量不足的问题，与他人合资兴办了浙南迅捷货运公司，兴办之初只有五六辆车，很快拥有五六十辆车，更名为浙南迅捷物流公司，最近又与一家汽车制造企业签订了配件配送合同。

这家汽车制造企业在豫州市的新厂正在建设中，他们听说宋祺祥领导的公司握有大量土地后十分高兴，连说解了燃眉之急，他们正准备在豫州市建立一座物流配送中心，苦于没有大块的土地。

宋祺祥获得消息后，恶补了物流业的相关知识。为了保险起见，他与张建邦、石顺诚商议后，又来到许州市找运输公司的韩总了解情况。

"加快现代物流发展，提高流通效率，降低流通成本，促进城乡和地区间商品流通，发挥现代流通业在国民经济社会发展中的先导性作用，已经提到国家战略的层面，步入大发展的时期。"

"我们正在制定新的发展战略，准备创建全国性的物流配送基地。这是一个宏大的计划，宋总，我们不缺钱就是缺人才，尤其是缺少像您这样的管理人才。接到您的电话，我就联系了牛书记。"

宋祺祥这才明白韩总的真实意图。

"宋总，你不要推辞。"韩总指指身边的施总，说道，"搞这个你不需要懂很多专业知识，工作中不仅有物流专业出身的大学生帮你，还有经验丰富的老员工协助你。"

两年前，牛书记已被任命为市委书记。韩总提起牛书记，宋祺祥很是为难。此次前来是为招商引资，所以不能正面回绝。

"韩总，你就不想知道我此次前来的目的？"宋祺祥看了看随行的童玲。韩总瞬间就明白了："瞧我这臭毛病，都是开大车跑长途弄的。"

"不知韩总有没有听说，我们公司在老城工业园有七百亩地？"

"你们的本事可真大，竟然一下子能搞到七百亩地。"

"不是我们本事大，这全是政府的支持。韩总，刚才您说了物流业的前景，并计划建设全国性的物流配送基地，我们听了十分振奋。我们这七百亩地，位置优越，交通便利，是建设物流配送基地的绝佳选择。"

"这块地，我也有所耳闻，的确是建设物流配送基地的好地方。"

"韩总的消息真是灵通啊！"

"其实，我们已经在豫州市建立分公司，而且不久前就租了一块地。"韩总颇为得意地说道。

"韩总，真有远见啊！"宋祺祥听闻后吃了一惊，"不知韩总所租之地在哪儿？"

童玲赶紧把随身携带的豫州市地图摊到茶几上，施总用手指点了点地图上的一个地方。宋祺祥俯身仔细察看。

"韩总，恕我直言，这块地不具备开发价值。"

"为什么？"

"这块地处于南水北调工程的规划范围之内，肯定保不住。"宋祺祥解释道，"韩总，我这样说，可不是为了想让您与我们合作，而是作为朋友，提醒您。"

"施总，你马上去了解一下情况。"韩总焦虑地说道。

"韩总，不用让施总去了解情况了。这可是我们齐区长亲口说的，错不了。"

"宋总，太感谢了。"韩总激动地说道，随即安排道，"施总，通知豫州分公司取消配送仓的扩建计划，让法务部想法解除租赁合同。"

宋祺祥端起茶杯，喝了一口茶。

"宋老兄，您的一句提醒，让我们少花了不少冤枉钱。等市经济工作会议结束后，我专程去拜访您，您可一定得给我留一百亩地啊。"

"韩总，我这个人说话比较直，无论看法对错，习惯一吐为快。我有一点看法，如果说错了，请你和施总不要笑话。"

"嘿嘿，你们文化人就是礼节多。有什么话，尽管说。"

"豫州市是全国交通枢纽，交通便利，今后一定会成为全国物流中心，甚至是世界物流中心。常言道，得中原者得天下。你们纵横集团资金雄厚，如果趁此机会进军豫州，依托豫州市的铁路优势资源，将会取得更大的发展。"宋祺祥喝了一口茶，接着说道，"俗话说：百闻不如一见。十个占地三五十亩的小企业，影响力远远不如一个占地二三百亩的大企业。当然，办企业要脚踏实地，不能一味地贪大。"

"宋总这番话真乃金玉良言。"韩总站起身，握住宋祺祥的手，激动地说道，"牛书记已经在去酒店的路上，咱们去酒店接着聊。"

此后的四个多月里，韩总多次率人去上海、广州、武汉等地考察，最终拿出了远超宋祺祥想象的建设规划。

纵横集团豫州物流基地项目，第一期工程占地三百亩，投资三亿五千万元。第二期工程占地二百亩。

二〇〇九年六月八日，纵横集团豫州物流基地建成。此后，两家大型物流仓业的入驻使鑫盛公司的这片土地上，整日车水马龙，大小货车络绎不绝。

在工业园管委会召开的会议上，齐区长重点表扬了鑫盛实业等十几家企业，为他们颁发了"开发建设先进单位"锦旗。同时，按照市政府的有关规定，收回了五家未动工企业的土地使用权。

"先说一件好事，再说一件坏事。"张建邦微笑着说道，"好事是申请到了六千万元的专项贷款。"

"好！"石顺诚喜出望外地说道，"看来，国家信贷制度改革的成效不小啊！"

申请这笔贷款，耗时三个多月。放贷银行不是老牌的四大国有银行，而是一家新型的股份制商业银行。历经周折，多方协调，最终打破常规，以抵押土地的形式取得贷款。但银行为了保险起见，又追加了抵押条款，张建邦不得不瞒着老婆拿出了自家的房产证。

"坏事是中原食品加工配送中心的项目彻底黄了。"张建邦微笑着说道，"其实这也是预料之中的事。这个项目既然黄了，那我们就要另外上一个新项目。"

"先谈谈我的想法。"按照惯例宋祺祥第一个发言，"我建议建一座现代化仓库，走仓储租赁之路。"

"你是搞食品加工的专家，为什么不上一个食品加工类的项目？"张建邦不解地问道。宋祺祥没有做正面回答，而是反问道："你是不是还想着那个速冻食品加工项目？"

张建邦点点头。

"放在过去，我也会提议建设速冻食品生产车间，因为速冻食品的利润比肉类食品高。但对物流行业有所了解后，我发现物流行业的利润更可观。不过，最近我又发现仓储租赁的利润比物流业更高。"

"它们之间的利润差距有多大？"石顺诚疑惑地问道。

"先说肉类制品和速冻食品吧。一家大型综合肉类制品企业，一年的产值约为240亿，利润为8亿，利润率约为3%。一家大型速冻食品企业，一年的产值约为22亿，利润为2.2个亿，利润率约为10%。"

"咱们食品厂的利润率，可比速冻食品高得多呀，我记得去年是12.5%，这是什么原因？"

"原因很复杂，这与管理、技术、设备、工艺、产品、市场等因素密切相关。咱们的利润率比较高，并不代表咱们的管理、技术等比别人做得好。说实话，同样一斤肉，街头卖卤肉的小贩，都比咱们赚得多。"

"明白了。"石顺诚释然道，"这样看来，咱们生产速冻食品的利润不一定高。"

"嗯，大概是这个意思。"

"仓储租赁的利润率是多少？"张建邦问道。

宋祺祥愣了一下，说道："因为没有具体的数据，暂时还统计不了。"

张建邦释然道："宋总，谈谈投入情况。"

"先看建筑工程造价，砖混楼房每平方米的造价约六百五十元，高站台的钢结构仓库每平方米的造价约三百六十元，不带站台的钢结构仓库每平方米的造价约三百元，至于货物配送站台和库顶就比较便宜了。"

石顺诚眯缝着眼睛听着。

"再看租赁价格，住宿房每月每平方米的租金约十二元，营业房每月每平方米的租金约三十元，仓库每月每平方的租金约十三元，停车费每晚大货车四十元、小货车二十元。"

张建邦记下要点。

"咱们还有二百五十亩地，可以建五万平方米的楼房和十万平方米的仓库。"

"总投资是多少？"张建邦关切地问道。

不等宋祺祥回答，石顺诚急急地回答道："五六三十、五五二十五，楼房投资三千二百万元，仓库投资三千六百万元，道路水电等满打满算五百万元，合计约七千三百万元。"

"呵，你的账头可真快。"张建邦说着乐了。

"预计收益，如果出租率能达到百分之九十，一年的总收入就是二千二百八十万元，除去税费和管理费，收回全部投资最多需要四年。"

"这事，我看能干。"石顺诚呼地一下坐起来。张建邦则说道："先听宋总讲完。"

"受金融危机的影响，目前建筑物的造价很低。单说钢材这一项，从去年每吨七千多元，下跌到三千多元，价格降了一半。所以，不管上什么项目，都要抓住当前的有利时机，将来建筑材料的价格肯定上涨。石总，你说呢？"

石顺诚已经表过态了，没有再做回答。张建邦眉头一皱，说道："宋总，我谈点看法。"

话头不对，宋祺祥和石顺诚一愣。

"如果二百多亩地全部建成仓库，面积比市储运公司的还要大，那么能不能租赁出去？"

"建邦，你什么意思？"石顺诚问道。

张建邦不紧不慢地说道："效益第一，什么赚钱就干什么。"

"你到底什么意思？"石顺诚有点儿不快。宋祺祥笑了笑，说道："咱们的张总，已今非昔比，都耍起心机啦。"

"宋总，我……"张建邦的话刚出口，石顺诚便打断道："我明白了，建邦的意思是如果仓库租赁不出去，就问罪宋总您！"

"我不是那个意思。"张建邦慌忙解释道，"我是想提醒宋总一定要有个万全之策，争取获得好收益。"

经过紧张筹备，仓储项目于二〇一〇年春季动工，并于夏末组建鑫盛仓储公司，宋祺祥任总经理，童玲任副总经理。

仓库即将封顶，招租工作却毫无起色。仓库租金不要说每月每平米十三元，就是十元也无人问津，这是因为周边农民在自家的承包地里建了许多简易仓库。宋祺祥这才意识到张建邦的顾虑，以及远瞻性。

正当宋祺祥苦恼之际，来了一位救星。市储运公司的汤总主动找上门，而且价格不低，仓库每月每平方米十元和楼房每月每平方米十一元。但由于汤总是"个人承租"，宋祺祥担心一旦出现问题，会牵连众多租户的利益，不得不婉言拒绝。

送走汤总，宋祺祥去找纵横集团豫州物流基地的总经理施总。

"从商人的角度说，打包租赁，我求之不得。"一年多来，互帮互助，两人已成为好朋友，"从朋友的角度，落井下石，我于心不忍。"

宋祺祥一听，心中没底。

"在我们最困难的时候，你帮了我们一把。就是冲着这份情谊，我也不会在你困难的时候，见死不救的。这样吧，我把我们的广告塔无偿给你使用。只要在上面打出'仓库出租''宿舍租赁'这八个大字，我保证不出三天，就会有两个大客户找你。只要你把这两块硬骨头啃下，三分之一的仓库就出手了。"

宋祺祥一脸疑惑。

"宋总，你这么聪明的人，怎么也犯起了迷糊。"施总笑着说道，"我就直说了吧，高新技术开发区的两家日资企业，正急需四万平方米以上的仓库。只要价格不是太高，他们一定租赁。"

高新技术开发区距离鑫盛仓储物流园约十公里，近几年发展速度惊人，国内外大型企业投资项目众多，已有近百家企业入驻。

在高新区调研仓储业的时候，看到这里处处是崭新的厂房，惯性思维让宋祺祥以为这些企业会自建仓库，而不知他们也需要大型仓库。

历经两轮艰苦谈判，解答了对方比较重视的问题，今日终于进入决定性的谈判阶段。

"贵公司的仓库和宿舍租赁价格，每月每平方米是多少？"

对方参加谈判的，以广州公司的志村真一为主，武汉公司的幸田雅范为辅。

"租赁价格，与租赁面积和租赁年限相关。如果租赁时间短，租赁价格就会高一些，相反价格就会低一些。"

"贵公司认为租多少年限是长，多少年是短？"

这个问题问得刁钻，宋祺祥试探性地答道："租用五年以下为短期，每年环比递增比例不得低于百分之十五。租用五年以上为长期，每年环比递增比例不得低于百分之十。"

"你们设的标准太高了。我方认为，三年以上为长期比较合适，每年环比递增比例不高于百分之十比较合适。"

"贵公司准备租赁多大面积的仓库和楼房？"宋祺祥反问道。

"仓库五万平方米，宿舍一千五百平方米。"

宋祺祥说道："你们的需求量，远低于我的预期。"

宋祺祥思考了一会儿，又说道："租用三年的话，仓库每月每平方米的租金为十八元，楼房每月每平方米的租金为二十元，每年环比递增比例为百分之十五。"

"这个价格太高了。"志村立刻表示反对。幸田则问道："如果租用五年呢？"

"租用五年的话，每平方米下调五角钱。"

幸田咧了咧嘴，志村则说道："宋总，希望您能理解我们的难处，在价格上给予优惠。"

"我十分愿意帮助你们。"宋祺祥笑了笑，说道，"与武汉、广州相比，我们仓库的租赁价格已经很低了，即使是在豫州市，我们的价格也不算高，而且我们的仓库位置好，交通便利。

"要说地理位置，你们远没有市储运公司的位置好。而且价格也比市储运公司的高。我们实地考察了多家仓库，贵公司的要价是最高的，实在令人费解。"幸田说道。

"一，市储运公司的位置是比我们好，价格也比我们低，但他们的仓库面积小，并不能满足你们的需求。二，保税区仓库的价格高于我们，按规定贵公司的货物不能入住。三，高新区仓库实行的是封闭式管理和全方位服务，也不符合贵公司的要求。四，我们周边也有很多仓库，但都是农民自建的简易仓库，安全措施差。五，豫州市仓储业起步较晚，大大小小虽然建了不少仓库，但通用型仓库少，符合贵公司要求的更少。"

通过对豫州市仓库的一番分析，宋祺祥逐渐掌握了谈判的主动权。

"除租金外，还有几项费用需租赁者承担，一是承租方需负担百分之五点五的税金；二是物业管理费每月每平方米一元；三是场地使用费每月每平方米五元；四是库与库之间如果需要搭建钢构雨棚，每平方米十二元。"说完，宋祺祥问童玲道，"童总，你有什么补充的吗？"

"宋总，您可能记错了。"童玲心领神会，立即纠正道，"物业管理费应该是每月每平方米一元五角，场地使用费应该是每月每平方米八元。"

"我是这样考虑的。"宋祺祥解释道，"他们远道而来，而且富有诚意，咱们就做一点儿让步吧。"

"宋总，感谢您在物业管理费和场地使用费上的让步。还请您在租赁价格上做出让步。"

"志村先生，我想了解两个问题，一个是贵公司什么时间使用仓库，另一个是你们选中的仓库位置。"

"我们准备十一月中旬使用。我们选择的是一号至六号库，这六个仓库总面积大概为四万六千平方米。具体位置请看图纸。"

看着志村真一拿出的图纸，宋祺祥很是吃惊。这张仓库平面图绘制得十分精确，仓库的位置、大小都有标注，连仓库与仓库之间的距离都丝毫不差。

"志村先生，幸田先生，该谈的我们都已经谈过了。"宋祺祥不悦地说道，"我一直不明白我们双方之间的差距在哪里，希望两位能为我解答。"

两人用日语沟通一番，志村起身来到书写板前。先写了"鑫盛"二字，然后又在后面写了一串数字：3、18、20、12、10、5.5、1、5；接着又另起一行写了"我们"二字，又在后面写了一串数字：5、16、18、10、5、5.5、1、5。

"上面是贵方的意见，下面是我方的意见。"志村解释道，"租赁年限五年，仓库每月每平方米的租金十六元，楼房每月每平方米的租金十八元，钢构雨棚每平方米十元，每年环比递增比例为百分之五，税费、物业管理费和场地使用费按你们的意思，这就是我们的最终意见。"

"这个价格太低了。"童玲叹了口气，说道，"还没有个体户给的价格高。"

宋祺祥盯着这串数字，手指轻点着桌面。

"办公楼的租赁价格是多少？"

仓库一侧是两层的办公楼，打算根据客户需求来设计办公区，并按照仓库的租赁价格收取租金。

又见商机，宋祺祥端起茶杯，抿了一口，说道："你们打算如何设计？"

志村递过办公区的设计图。

宋祺祥接过看了看，说道："你们的要求很高呀。不过，本着合作共赢的原则，我们按底价租赁给你们，每月每平方米二十五元。"

"宋总，这是不改造和不装修的价格。"童玲立刻表示反对。宋祺祥劝说道："童总，不要斤斤计较嘛，要看得长远一点。"

志村快步来到写字板前，写上"办公室"三个字，又在后面标注"贵方装修"，而后又在后面写上数字"25"。

"租用仓库的位置不同，租赁价格也会略有不同。这个，我想贵公司应该知道。"宋祺祥是明知故问，"因此，请你们确认想要租赁仓库的库号。"

"我们已经在库区平面图上做了标注。"

宋祺祥俯身仔细查看平面图，并与他们所做的规划图比对。他突然眉头一皱，把规划图推给童玲，问道："一号仓库和二号仓库，我们是不是已经签了租赁意向书？"

童玲一愣，当她瞧见规划图上标注的"食品"二字，立刻明白了，回答道："兴隆冷链物流公司已经预定了这两栋仓库，还没有签订正式的协议。"

听说一号仓库和二号仓库已经被其他公司预定，志村和幸田显得有些焦急。原来，一号仓库至六号仓库是相向而立的两排仓库，符合封闭管理的设想，于是他们恳请宋祺祥说服兴隆冷链物流公司让出这两间仓库。

"好在还没签订正式协议，请他们让出来，应该有希望。不过……"宋祺祥为难地说，"兴隆冷链物流公司还需租用冷库，因为一号仓库和二号仓库距离冷库区较近，所以当时双方商定的租赁价格较高。"

"价格是多少？"

"二十一元。"

两人商讨一番，志村来到书写板前，先写了数字"21"，再用圆圈圈上，然后重重地打了个"×"。他端详一番，又把环比递增比例的"5"改为"8"。最后写了一个数字"17"，并画上圆圈。

"我们认为，采取打包计价的方式比较好，就是仓库、办公室、宿舍等的租赁价格一律按每月每平方米十七元计算，每年环比递增比例为百分之八。"

这样一来，加上一元的物业管理费，仓库和宿舍每月每平方米的租赁价格高达十八元，环比递增率也比预期高了三个百分点。尤其是雨棚，大约有一万五千平方米，每年可以额外创收三百多万元。童玲极力克制住内心的激动，瞧着犹豫不决的宋祺祥，大气不敢出。

终于，宋祺祥缓缓站起身，来到写字板前，在"17"旁边的空白处，画了一个圆圈，又在圆圈内写上数字"18"。

志村瞧了瞧幸田，提笔在"17"和"18"中间画了一条线，又在线的中间画了一个大圆圈，填上数字"17.5"，然后猛地弯腰鞠躬，说道："请多多关照！"

宋祺祥看看幸田，又瞧瞧志村，颇显无奈地提起笔，在"17.5"的下方打了一个小小的"√"；颇显兴奋的志村，随即在"√"旁边，飞快地写下一个大大的OK（可以）。

双方举杯庆祝合作成功时，时针已指向下午三点。通过交谈，宋祺祥解到更多内情。

这两家日资企业的业务存在关联，幸田公司生产的部分汽车配件，需通过志村公司供给汽车制造厂，所以两家公司才一起租赁仓库。

两个多月来，他们几乎跑遍了整个豫州市，就是没有找到合适的仓库。后来他们找到施总，希望他能让出部分仓库救急。

他们坦言，鑫盛仓储物流园的规划已达到一流水平，唯一缺点就是宣传不到位。

事后，童玲问宋祺祥，规划图上标注的"食品"二字是怎么回事，宋祺祥解释说虽然与兴隆冷链物流公司的合同没谈成，但我认为一号仓库和二号仓库最好是用作储存食品干货，所以标注了"食品"这两个字。

自从与两家日资物流公司达成协议，找上门来想要租赁仓库的企业多不胜数。最终，其余七万平方米仓库，被五家大型企业租赁。

南大街村的发展，获得市委市政府的肯定和赞誉，也引起社会各界的关注和感叹。汪主任于二○一一年春再度采访南大街村，并撰写长篇通讯《改革浪潮的领航人，企业发展的拓荒牛》，讲述了张建邦带领南大街村村民艰苦创业、锐意进取的感人事迹。

可谁都没有料到，这篇通讯于五月十二日见报后，宛如平地惊雷，给昔日的南大街村、今天的鑫盛实业公司带来轩然大波。

第九章　肖玫瑰聚众泄愤　陈广明暗谋夺权

"张书记，你好。"三个女人蹑手蹑脚地走进来。

"哦，哪阵风儿把你们吹来了。赶紧请坐。"张建邦一边让座，一边寒暄道："瑞芝，你瘦多了，小心被风刮走了。呵，还是碧玉姐想得开，又白又胖的。这位大姐是……？"

"你忘了？"穆瑞芝笑呵呵地提醒道，"你在食品厂蹲点期间，有一次从蒸笼里错拿了她的饭盒，吃了她的午饭。"

"陶红！你回家生孩子后，好像就没有再上班。"张建邦感叹道，"那时，你的头发又黑又亮还梳着大辫子。"

"哎哟哟，"史碧玉刁蛮，"人人都忘不了你的大辫子。"

陶红腼腆，白了史碧玉一眼。

"你瞪我干吗……"

张建邦赶紧岔开话题："你们今天来找我，有什么事吗？"

"我们想求你……"穆瑞芝的话刚出口，就被一个女人高声打断："好家伙，村里真是有钱了，瞧这办公室多宽敞。你们三个臭娘儿们跑得比兔子还快，我刚交代海波两句话，扭头就瞧不见你们的人影了。"

看见肖玫瑰趾高气扬地走进来，张建邦沉下脸来。

"哟，张大书记，不高兴了！你工作忙，我生意忙，她们在家忙，大家既然都忙，我们办完事就走。"

"什么事，直说吧。"张建邦没好气地说道。肖玫瑰笑嘻嘻地说道："我们这些老职工，当初没有参加职工社会统筹，请你帮忙解决。"

二〇〇六年撤村改制，村属企业改为股份制企业。受当时政策限制，村属企业职工不能参加职工社会统筹。后来经张建邦的努力，一再向有关部门反映情况，最终经当时的省劳动厅批准，鑫盛公司作为唯一的试点企业，以独特的方式和标准，解决了在职员工的社会统筹问题。

张建邦好言劝说道："当时，只有鑫盛公司的在职员工才能享受职工社会统筹，即使你们现在重新工作，也享受不到当时的政策。现在国家提倡全民参加社会统筹，因此你们可以参加城市居民社会统筹和医疗保险。"

"我和瑞芝参加了，可是看病报销少。"史碧玉抱怨道，"而且要交够十五年才能领退休金，亏死了。"

"张书记，你说的我们都明白。"肖玫瑰赔着笑脸说，"咱们可以政策下面找出路，原则里面寻生机，变通变通嘛！"

"这话说得有水平。"张建邦讥讽道，"那就说说你的变通之法。"

"我们曾为公司服务多年，即使没有贡献，也有苦劳吧。能不能根据工龄，参照当时的社会统筹标准，给我们发放工龄补助？"

"这个办法好。"史碧玉高兴得一拍大腿。穆瑞芝也兴奋地说道："我们在岗的时候，不仅是最苦最累的时候，还是福利待遇最低的时候。"

"玫瑰这个变通之法，我是第一次听说。"张建邦好生劝慰道，"是不是合理，能不能这样做，需要董事会开会研究。"

"你是一把手，你说了就算，还研究什么？""研究"二字，不知道从什么时候起，在群众心中就成了领导推托不办事的代名词。肖玫瑰气呼呼地说道："村里一年赚七八千万元，我们的工龄补助费不过是九牛一毛。"

"你从哪儿听说公司赚了这么多钱？"

"报纸上都登了。"肖玫瑰掏出报纸，扔在茶几上，讥讽道，"你是精明的领航人，你是光荣的拓荒牛，那我们算什么？屈死鬼。"

"之所以在报纸上这样说，是为了取得政府的更大支持，寻找更多的发展机遇。"张建邦耐心地解释道："实话告诉你们，公司现在还背着近两个亿的银行贷款呢……"

"你骗谁呢？！"肖玫瑰脱口打断，"其他的不多说，给我们解决问题就行。"

"不说不该解决，就是该解决，现在也没钱。"张建邦生气地说，"员工的待遇和福利还提不上去呢。"

"他们跟我们没关系。"肖玫瑰蛮横不讲理的毛病犯了。

"没关系？钱从哪儿来。"张建邦倔强爱较真的劲儿起来了。

"钱从哪儿来，是你操心的事，跟我们没关系。"

"没关系，你找我干吗？人家拼命干活时，你干什么去了？"

"我被你赶回家了。"

"谁赶你走啦？是你只顾自己发财，你给村里做过什么贡献？"

"没贡献，有奉献！我奉献了十几年的青春，你就应该补偿我。"

"你讲不讲理？"

"你才不讲理呢。"

张建邦气得站起来，嘟囔道："想下山摘桃子，没门。"

肖玫瑰气得蹦起来，叫嚷道："谁下山摘桃子了？你给我说清楚！"

下山摘桃子，曾是普通的民间俗语，但在抗战胜利之时则成了形容坐享其成和不劳而获的名言。作为张建邦和肖玫瑰这个年龄段的人来说，这话极具杀伤力，不仅是贬义词，也是骂人话。

好男不和女斗，张建邦一跺脚，甩手走了。

"张建邦，你才是摘桃子的小人……"

"张建邦，你是偷摘桃子的大贪污犯……"

"张建邦，你躲过初一躲不过十五，老娘六月初八再找你算账……"

农历六月初八，肖玫瑰带着二三十人来到鑫盛商务大厦，听说张建邦不在公司，就在大厦门前打出"张建邦贪污集体财产""我们要生存，我们要补助"的条幅，堵住大门，阻人出入。

"石总，这样闹下去对咱们可不好，你是不是找肖玫瑰谈谈？"

"我找了她两次，她嘴上说行，可就是不走。"

"简直是无法无天，竟敢骑在咱们头上拉屎拉尿……"

"你冷静一点……"

"这是冷静的事吗？"张建邦有点火了，"她上次来公司无理取闹，我就要求严肃处理，可是你和佩珍劝我算了。咱们越是退让，她越是胡作非为。"

这话带有抱怨之意，石顺诚欲劝又止。

"石总，绝不能让这种歪风邪气横行，干脆报警处理。"

"张总，上访的都是乡里乡亲，还是多做思想工作……"

"这对'刺蒺藜'毫无用处！好啦，我通知许承志打110报警。"

作为土生土长的农村干部，石顺诚深知干部与群众关系和谐的重要性，也深知集体利益与群众利益结合的难度。所以，凡是牵连群众高度关心的问题，他往往是谨慎从事疏导为上，尽量在不伤害和睦的基础上妥善解决。

今天的情况不仅出乎他的意料，也让他想不明白。

从他记事起，南大街村村风正派、民风朴实、邻里和睦，除了"文革"期间随着大气候闹过一段派性，后来依法惩办过几个搞武斗的"头头"，但是近三十年从未发生类似的群体性事件，干群关系一直比较融洽。

不管是过去的村两委还是现在的董事会，作为一个集体的领导中枢，群众来访络绎不绝，这因为群众养成了"集体为家"的观念。改制转型的鑫盛公司继续承担着"以家管理"的社会职责，例如：子女上学要发放助学金、婚丧嫁娶要赠送礼金、生活困难要给予救济金、重病住院要支付慰问金、逢年过节要分发年货和过节费等；至于家庭矛盾、邻里纠纷、子女就业等社会性事务，只要群众找来也要积极协调和努力解决。

当然，领导不是面面俱到的千手千眼佛，也不是包治百病的灵丹妙药。即使有些矛盾和困难解决不了，群众基本可以理解；即使少数人不理解发发牢骚，但从来没人纠缠不休，更不会像今天这样肆无忌惮地"闹事"。

肖玫瑰聚众闹事的借口站不住脚，张建邦贪污腐化一说更是无稽之谈。他想不明白的是，肖玫瑰是"扶竹竿不扶井绳"的聪明人，穆瑞芝和陶红都算得上是老实人。如今，聪明人和老实人纠结在一起"大闹天宫"，竟然不顾几十年的父老乡亲之情，竟然不惜得罪张建邦和公司，其动机是什么？其目的是什么？所以，在没有搞清缘由之前，他不赞成激化矛盾的做法。

领导有指示，许承志立即召来几个脾气暴躁的租户面授机宜。

"我们是这里的租户，是受法律保护的，你们凭什么堵住门不让我们出去？"

"堵门算什么本事，有种你们上楼去找公司领导去。"

肖玫瑰招呼大家手挽手拦住大门："老少爷儿们，我们是生活所迫，不得不如此，请你们支持我们的正义行动。"

"老子花钱租房，老子就有进出自由，你们说对不对？"

"对！"租户们齐声响应。

"各位老板，"一位中年男人大声指挥着，"我喊三，大家一起向外冲。如果哪位老板崴了脚，我出医疗费。"

"好！"租户们齐声呐喊，震得肖玫瑰头皮发麻。

"一、二、三，冲啊！"

刹那间，人流像潮水一般冲出来。史碧玉脚背被踩伤了，疼得龇牙咧嘴。瘦小的陶红被撞倒在地，幸亏穆瑞芝手快，把她拖到一旁。

中年男人晃荡过来，满脸不屑地冲着肖玫瑰说道："大姐，一八一八号房间，有本事来找我。"说完扬长而去。

"骂有什么用！"史碧玉止住谩骂不休的肖玫瑰，焦急地问道，"玫瑰，怎么办？"

"只能进，不能退。"肖玫瑰抬头看了看乌云笼罩的天空，问道，"几点了？"

"快十一点了。"

"再坚持三个小时。"

"张建邦出差了，是不是去找石主任？"

"冤有头，债有主，咱们只找张建邦。"

肖玫瑰之所以不去找石顺诚，是因为她对石顺诚是又敬又怕。

大拆迁的时候，因为树木补偿问题，石顺诚找上门来。肖玫瑰家屋后七八平方米的地块上，密密麻麻地种着几十棵手指粗的杨树苗。

"你这是种玉米呢？好意思要补偿。"

"买树苗不花钱？伺候树苗不费力？赔不了十元，五元总可以吧？"

"我要是不赔呢？"

"不赔我就不搬，我看谁敢拆！"

石顺诚脸色一变："我要是赔了呢？"

肖玫瑰一拍胸口："明天就搬，这个家我说了算。"

144

"我就喜欢你这样的性格，爽快。"石顺诚一挽衣袖，进了小树林，"你跟着我，点好数，一、二、三……"

说时迟，那时快，石顺诚左右开弓，顿时"咔嚓"声不断，不到三分钟，几十棵树苗都被拦腰折断。

"……三十一、三十二，最后一棵，一共三十三棵。"石顺诚直起腰，掏出一沓钱塞给肖玫瑰，"三五一五，三五一五，给你，这是一百六十五元。"

如此简单粗野的做法，惊得肖玫瑰干张嘴。

"好啦，钱款两清。"石顺诚拍拍手，笑着说道，"明早八点，我带人帮你搬家。"

石顺诚出了院门，肖玫瑰还没有回过神儿来。

一会儿，110来了。听了肖玫瑰的陈述，搞清了事情的原委，警察严肃告诫肖玫瑰：不准堵门，不得干扰他人出入，依法解决矛盾，严禁聚众滋事。

"快十二点了，很多人要回家做饭，怎么办？"穆瑞芝小心询问。肖玫瑰愤然道："我现在就给张建邦打电话。"

"少说废话。你不答应条件，我们就斗争到底。"听见张建邦拒绝，肖玫瑰恶狠狠地说道，"既然撕破了脸皮，你就休怪我不客气。今天来了三十五人，改天就来一百人……"

张建邦愤然挂断了电话。

"去，买点吃的喝的。"肖玫瑰掏出三百元钱递给陶红，"瑞芝，你去告诉大家，谁也不能走，谁走谁是小人。"

"你想闹到什么时候？"瞧见肖玫瑰怒目圆瞪，穆瑞芝立即改口道，"你闹到什么时候，我就跟到什么时候。"

此时，远在江西的张建邦，正惊讶地盯着李佩珍端来的大蛋糕。李佩珍说："张总，今天是你五十岁的生日，这是嫂子委托我买的。"

天空被浓云笼罩，仿若灰色牢笼，禁锢了自由。肖玫瑰远远瞥见陈广明向自己走来，闪身进了商场。

辞职后，陈广明开了一家清水馄饨馆。清水馄饨，隐含"混日子熬时间"之意，他仍把食品厂视为"宝贝儿子"，时刻准备在张建邦丢人献丑之后再出手相救。可是食品厂在宋祺祥的手上，不仅起死回生而且蒸蒸日上，这使他怨恨气滞于胸，从此落下了刮风下雨心口疼的毛病。回厂无望，他也就不再混日子，拜开封名厨为师，馄饨馆生意蒸蒸日上，远近闻名，收益颇丰，成了南大街村的富豪。但他一直不甘心，总想着有一天把张建邦扳倒，自己当上南大街村的一把手。

"你躲什么呢？！"

陈广明鬼魂似的出现在身后，吓了肖玫瑰一跳。

"唉，还不是因为那场事嘛，弄得村里许多人都骂我。"

"夸奖你的人也很多啊，都说你伸张正义替群众出了一口气，都说你有胆有识应该带着大家斗下去……"

"我和谁都不斗，我只想给那小子办个难堪。"

"我今天来是想帮你。只要你带领大伙斗下去，一定能……"

"我可不是二百五，你找错人了。好啦，我还要照看生意呢。"

"玫瑰，难道你就忍心看着张氏王国继续鱼肉百姓！"张氏王国？多么熟悉的称呼，一下子扯住了肖玫瑰的双腿。"玫瑰，你是非分明，能言善辩，不仅是干大事的人，还是难得的帅才。"

这话说得肖玫瑰心里舒服。

"我要是有你那股劲，我早就挑这个头了。我现在明白了，玫瑰，只有你能摧毁张氏王国，群众才有出头之日。"

"张氏王国"四个字，又一次触动了肖玫瑰的神经。

"玫瑰，你们的做法很好，分寸和火候把握得也很好，只是有点虎头蛇尾。我能提几点建议吗？"

肖玫瑰点了点头。

"一是理由单一，只有迎合群众的需求，才能获得更多人的参与和支持。二是后劲不足，应该不断升温，保持高压态势，没有满意的答复决不收兵。三是准备不足，应建立有力的后勤保障队伍，以保持旺盛的斗志。"

当过干部的人想得就是周到，难怪他的生意红火，肖玫瑰暗暗佩服。

"成功的关键在两点：一是出发点要准确，必须抓住张建邦的要害。二是目的要明确，必须抓住群众的关心问题。抓住了这两点，就有九成的成功把握。"

肖玫瑰盯着陈广明看了半天，疑惑地问："你不会把我当枪使吧？"

"我已经下定决心，只要你挑头干，我就把馄饨馆交给你嫂子，咱们共进退，不达目的誓不罢休。"

肖玫瑰又问道："张建邦，怎么就成张氏王国了？"

"我给你算算啊。商务宾馆总经理张建胜是他叔伯哥，商务大厦副总张建强是他亲弟弟，小商品城总经理马景福是他表姐夫，鑫盛宾馆和食品公司的财务经理都是他亲戚。仓储物流园刚赚钱，他就把叔伯哥张建设安插进去。你说，他这是不是在搞张氏王国？"

肖玫瑰又问："什么是出发点准确，什么又是目的明确？"

"群众最痛恨的什么？是干部贪污腐败，肆意侵占集体利益。老百姓最担心什么？是集体企业变成私人财产。"

"张建邦贪污了？"

"你不知道？"

"我真不知道。"肖玫瑰半笑不笑地说道，"长这么大，没人敢对我拍桌子。他敢骂我，我就得让他丢人。"

"不卖地官不肥，不建厂官不富。你想想，村里卖了多少地，张建邦上了多少项目。你看看，这几年抓的那些村干部，哪个不是贪污犯？如果没有好处，张建邦整天起早贪黑地瞎忙活啊？"

"你分析得有道理，无利谁肯起早啊？张建邦不是啥重义轻利的君子，咱们只是没有真凭实据。没有真凭实据，有怀疑也可向政府报告嘛。群众的眼睛是雪亮的，他清不清，政府查查就知道了。"

"是这个理儿。他如果不敢让查账，就是有问题！群众就有理由不再相信他。嘿嘿，他的好日子也就到头了。"

肖玫瑰没有笑，而是问道："群众最想解决的问题是什么？"

"多，太多了……"陈广明滔滔不绝地说了半个多小时，最后说道，"所以，我说会有许多人支持你继续斗争下去。"

肖玫瑰终于下了决心："你说吧，什么时候干？怎么干？"

"你原来的干法就很好。不过，最好能改个地点，效果会更好。"

肖玫瑰急忙问道："改在哪里？"

　　要想把事情闹大，必须动员更多的人参加。正在出差的张建邦，接到石顺诚的告急电话后匆匆赶了回来。

　　"那些陈芝麻烂谷子就不说了。"李佩珍把十几页纸放到一边。张建邦问道："都有哪些陈芝麻烂谷子？"

　　"一九九一年春，金枝家盖房子，多占了马老三家一砖宽的地方，石顺诚调解不公，偏向金枝；一九九八年三月，小队长许承志使坏心眼儿，安排怀孕的翠婷干重活，导致翠婷流产；一九九八年四月，陈老大的媳妇润清计划外怀孕，张建邦和杨素娥不讲人性，逼着引产五个月大的胎儿；大前年夏天，李四家的狗咬了碧玉的外甥女，李佩珍是李四的表姐……"

　　"不用念了，什么乱七八糟的东西。"半张纸没念完，张建邦就烦了，"说说他们的要求。"

　　"他们的要求，一是要求提高年底分红比例，二是要求提高学生的奖学金，三是要求提高救济金，四是要求提高过节费，五是要求提高退养费标准，六是要求为去世的老人发放丧葬费，七是要求提高工资标准，八是要求发放工龄补助费，九是要求按照工龄发放退休金，等等。七嘴八舌，所提要求五花八门。"

　　"李书记，几个人代表不了全体群众。"张建邦问道，"不是还给我扣了一顶贪污腐化的帽子吗？"

　　"一是张建邦等人打着发展的旗号，挖空心思敛钱，拆了建，建了拆，从中大肆贪污。二是南大街村原有土地四千余亩，都被张建邦等人卖了，十几个亿的卖地款被他们挥霍一空。"

纯属无稽之谈，张建邦被气乐了。

"三是张建邦等人挥霍公款，请客送礼，仅酒就喝了一火车。四是张建邦经常公款宴请同学和朋友，其中一次就招待四百多人，花了二十二万元。五是张建邦违规违纪重用亲属，四处安插亲信，企图把集体企业变为家族企业，打造张氏王国。"

纯属捕风捉影，张建邦气得直拍桌子。

"六是石顺诚假公济私，安排老婆、孩子做公务员，他留在村里是为了捞取更多好处。七是宋祺祥之所以来南大街村，是得了张建邦的好处，合伙营私舞弊，中饱私囊。张建邦之所以让宋祺祥当董事，就是害怕他泄露其贪污腐败的事。"

纯属栽赃陷害，张建邦气得直咬牙。

石顺诚道："这些人是别有用心，企图搞乱企业。"

许承志说："不要说我们，就是基层员工，人人都义愤填膺。"

马景福跟着说道："村民们说这些人就是瞎胡闹，把好人说成坏人，希望咱们挺起腰杆。"

"顺诚，他们似乎是把主要矛头对准了咱们三个！"张建邦若有所思。

李佩珍接话说道："其实，这些人对公司的领导都有意见，所提的问题也不少，只是石总没让列出来。"

"李书记，放心吧，小泥鳅翻不出大浪花。"瞧着李佩珍焦虑不安的样子，张建邦安慰道，"既然没有列其他人，为什么要把宋总单列出来？"

"石总认为宋总不是村里人，又不是股东，问题比较特殊，所以单列出来便于向村民解释。"李佩珍着急地答道，"我们打算多做群众工作，切实维护宋总的名誉和威信。"

"石总，你知道宋总的脾气。"张建邦有些担忧地说道，"如果这些胡言乱语被他听到了，他一气之下辞职不干了，咋办？"

"纸终究包不住火。"石顺诚释然道，"宋总忠厚勤奋，大公无私，能力出类拔萃，功劳不可磨灭。群众对他评价很高。村民都说谁说宋总是坏人，那只能证明他自己就是真正的坏人。因此我认为，咱们可以趁此机会，教育大家明辨是非，弘扬正气。"

"理儿倒是这个理儿。"张建邦肯定之后，又说道，"咱们心中有数就行了，我认为还是别让宋总知道为好。"

石顺诚点头同意。

"听说，肖玫瑰和陈广明打算十月九日聚众闹事。"张建邦精神抖擞地安排道，"下面，我先说说应对办法……"

自早上八点开始，不少人陆续来到总公司所在楼层，有的低声交谈，有的高声喧哗。张建邦不理不睬，径直进了办公室。

"张总，来的人不算少啊。"紧跟而入的李佩珍有点儿惊慌："我大致点了点，少说也得有百八十人。"

"肖玫瑰和陈广明呢？"

"他们在会议室，石总和许承志陪着呢。"

这时，石顺诚进来了。

"我原本担心来人较多，情绪激动，会损坏东西。现在看来，虽然少数人嘴上不干不净，但还算讲规矩。"

"你的意思是……？"

"这也说明他们有组织、有计划，情况比预想的要复杂，咱们的办法可能不管用。"

"那怎么办？"李佩珍担忧地问道。此时，门外响起口号声："干部，干部，吃喝贪污！干部，干部，胆小如鼠！张建邦，出来！石顺诚，出来！李佩珍，快出来……"

　　"领头喊口号的是谁？"石顺诚问。

　　李佩珍答："铁蛋。"

　　"他是农药厂的占地工，早就不是村里的人啦，还跟着起啥哄？"

　　"铁蛋从小调皮捣蛋，初中一年级，打群架被学校开除，回队劳动又经常惹是生非，老书记就把这个刺头儿早早送出了村。可是，到农药厂没几天，他就因违反厂规被退了回来。"张建邦说道。

　　李佩珍疑惑地说："不对吧？我记得，他不是股东呀。"

　　张建邦说："被农药厂开除后，他就去大西北倒腾皮货了。"

　　石顺诚问道："他为什么没有股份？"

　　"撤村改制界定身份前，他的户口迁在别处，不符合股东资格，所以没有股份。我听别人说，他对我意见很大，骂我剥夺了他的股东资格，骂我假公济私蓄意报复他。"

　　"蓄意报复？"李佩珍更加不理解了，"你和他接触不多呀。"

　　"我们是同学，他还打过我呢。"张建邦苦笑一下，说道，"你去告诉肖玫瑰，让他们推荐三个代表，否则免谈。"

　　"肖玫瑰说人人都要维权，自己做不了主，人人都要求参加……"

　　这时，铁蛋重重地拍了一下门，又恶狠狠地喊了一声口号。张建邦大怒："见见就见见，看看谁能吃了我！"说着就往外走。

"你急什么？"石顺诚伸手拦住，大声提醒道，"你以前是村支书，现在是董事长。今天，不管来的是什么人，不管抱着什么目的，他们都是南大街村的群众。等会儿，有话好好说，有理好好讲，不要吊着脸，不要耍脾气。解决不了的问题，推给董事会。"

听石顺诚说完，张建邦冷静下来，说道："顺诚，我不会乱发脾气的。"说着打开门，昂首阔步地走了出去。

"谁先讲？"石顺诚扫视一圈会议室里的众人，说道，"是老陈呢，还是玫瑰呢？"

"我先说，陈厂长你补充。"肖玫瑰随即站起身，说，"大伙儿今天过来，是找各位领导讨个公道。我们都是南大街村的村民，都曾为南大街村的发展操过心、吃过苦、流过汗、出过力，不说功劳大小，苦劳总是有的。大家说，对不对？"

"对！"群声呼应，震得许承志微微一颤。

"过去，村里穷，就算了。如今，村里富了，一年能赚一个多亿，总不能都装进领导的腰包，总不能不让老百姓喝一口汤吧。大家说，对不对？"

"对！"反应更大，呼喊更响。

"我们的要求不多，总共二十二条。"肖玫瑰一跺脚，高声问道，"大家说，是不是？"

"是！"众人跟着跺脚，跺得地板微微颤动。

"行啦，都快把地板跺塌了。"张建邦黑着脸说道。肖玫瑰调侃道："我陪着你摔死，你的艳福还不浅呢。"

"玫瑰，不要胡闹。"石顺诚眼神微微一硬，"说正事。"

肖玫瑰兴奋得眼睛发亮，激动得两手颤抖，大声念着这二十二条要求，其间不断有人呼应。

石顺诚根本不在意肖玫瑰，他紧盯着陈广明——这个昔日的同人，如今的敌人。

老书记去世，张建邦接任村支书，张、陈两人的矛盾不断激化，最终陈广明愤然辞职，回家开了一家馄饨馆，多年来获利甚丰。

为了群众利益而放弃自己的事业，石顺诚不相信陈广明有如此高的思想境界，更不相信陈广明只是为找张建邦出气，他怀疑陈广明这一策划的背后隐藏着更大的阴谋。

"大家说，我们的要求高不高？"肖玫瑰举拳高呼。众人紧跟着喊："不高！"

"他们不答应，行不行？"

"不行！"

"到底行不行？"

"不行！"

"咳咳！"张建邦清清嗓子正准备说话，石顺诚抢先说道："陈厂长，你不说两句？"

"我？……"不等陈广明推辞，石顺诚一把将他拉到众人前面。

"玫瑰已经说得很全面了，代表了广大村民的心声。"陈广明慢慢说道，"我没有什么要补充的了，只是希望公司领导不要辜负了大家的期望，给我们一个满意的答复。"

"你们所提的二十二条要求，没有什么新意。"张建邦按照准备好的腹稿说道，"村里兴办企业，就是为了提高村民的生活水平。企业赚钱了，村民的生活水平也就提高了。十几年来，我们兢兢业业，不敢有丝毫的懈怠，就是为了让南大街村的村民早一天过上幸福美满的生活。"

张建邦从艰难的一九九八年谈起，说到食品厂在宋祺祥的领导下起死回生，说到大拆迁，说到筹建商务大厦……

这时，陈广明给肖玫瑰使个眼色，肖玫瑰立即给铁蛋和史碧玉使了个眼色，铁蛋随即说道："你想念经就去深山老林练嘴皮儿吧！我们穷得吃了上顿没下顿，没时间听你的废话，更没时间听你骗人的鬼话。"

"你只说答应还是不答应。"史碧玉学着肖玫瑰的架势，举着发抖的拳头，铆足劲儿问道，"大伙儿说，是不是？"

"是！"众人大声附和，似乎是为了宣泄憋了半天的闷气。

"各位乡亲，这么大的事，需要经过董事会开会研究，再做决定……"

"你不答应？"肖玫瑰厉声打断。

"你敢不答应？"史碧玉紧跟着厉声问道。

"这一点，你是知道的。"张建邦不慌不忙地说道，"不经过董事会，不要说我一个人说了不算，就是我们四个人说了照样不算。"

这时，陈广明懒洋洋地说道："一把手不管事，要你干啥用？一把手不管用，你还干啥干？"说完，两手一背，扬长而去。

"张建邦不答应，咱们决不回去！"肖玫瑰指挥道，"走，下楼去。"

"一个个居心不良！"张建邦怒道，"不要说不能解决，就是能解决也不能给这样的人解决。"

欺人太甚，石顺诚气得拍桌子。

"老许，你去。"张建邦安排道："组织保安，不要怕发生冲突，他们胆敢伤人，你立刻告诉我。"

"唉！"李佩珍重重地叹了一口气，说道，"今天来的人，以前在街上碰面，都会亲切地打声招呼。可是，今天全变了！一个个恶脸相对，怒气冲天，不是冷言冷语就是骂骂咧咧，好像彼此成了不共戴天的仇人。这样下去，村不是村，邻不是邻，感情没有了，亲情不在了，领导权威丧失了，公司到底谁说了算呢？"

盯着忧虑重重的李佩珍，两人脸上露出无奈的神情。

"张总、石总，村民的这些难听话，搅得我心里七上八下，晚上肯定睡不好觉。几十年的老街坊，感情怎么说变就变了呢？过去，干部和群众之间产生了矛盾，大不了背地里骂两句出出气，可今天他们竟然当面指名道姓地骂，不是疯子，谁会干这种事？"

想想确实可怕，两人脸色一变。

干部和群众就像火车的车头和车厢，车头带着车厢跑。这种规律一旦破坏，后果不敢设想，石顺诚意识到问题的严重性。该怎么办呢？石顺诚露出深深的忧虑。

这时，肖百合打来电话。原来，那些人堵住了鑫盛宾馆，客人无法出入，很多市民围观，已经造成交通堵塞。

"顺诚，让肖百合马上报警。还有，让许承志派人过去。"

肖百合不同意报警。

张建邦焦急地抢过手机，关切地叮嘱道："百合，你千万不要同他们争吵。"说完，把手机塞给石顺诚，转身就走。

"你去哪儿？"石顺诚连忙追问。张建邦头也不回地答道："去区政府。"

"石总，他们来总公司闹事，为什么要堵鑫盛宾馆？"李佩珍不解地问。

"鑫盛宾馆地处老城区四条主干道的交会处，车多人多，影响力大。陈广明的招数真够狠毒！"

"玫瑰，你到底想干什么？"肖百合气冲冲地从宾馆内出来，问。

"借你们的地方用用。"肖玫瑰笑嘻嘻地说道，"乡里乡亲的，请多多照顾。"

肖百合激愤地冲着众人大声说道："大家都是乡亲，天大的事可以坐下来商谈，实在不行可以上法院打官司。你们堵着我们的门，不让我们经营，于情、于理、于法都不合！"

肖玫瑰赶紧拉着肖百合走开几步，说：

"你不要急嘛。那个没良心的张建邦，磨破嘴皮也不同意大家的要求，我们是被逼无奈才出此下策。我正想找你商量，让你给大伙儿提供茶水呢。"

"啥，你打算长期闹下去？"

"这，就要看张建邦了。"

"姐，你也老大不小了，能不能多长几个心眼，不要被人当枪使啊。"

"谁拿我当枪使？"肖玫瑰瞅一眼远处的陈广明，"你是说他呀？他除了多长一脸胡子，不比我强到哪里去。"

"你不要执迷不悟……"

"我这是为群众办好事……"

"你敢堵我的门，我就报警了。"肖百合警告说。肖玫瑰满不在乎："警察来了，我们就让开；警察走了，我们再堵上。"

"少给我来你的陈年老套。"肖百合闻声怒起，咬着牙说道，"我有近百人的员工，如果警察处理不力，我就带着他们去派出所讨公道！"

肖玫瑰吃了一惊。

"以前，大事小事，我都让着你，你不要以为我软弱好欺负。"肖百合低声怒吼，"你敢越过底线一步，我就不认你这个姐！"

这话弄得肖玫瑰瞠目结舌。

肖百合转身走了两步又回过身来，一字一句地厉声说道："你既然不是一杆枪，就给我记住，五分钟！五分钟以后，休怪我无情。"说完转身走了。

"饱汉子不知道饿汉子饥，人家上班有工资有奖金，活得多潇洒啊！"史碧玉大声说道。穆瑞芝也大叫着帮腔："可不是嘛，谁像咱是没娘的孩子，吃了上顿没下顿！"

众人跟着呐喊起哄，围观市民议论纷纷。

肖百合再也忍不下去，她三步并作两步，一步迈两层台阶，挺身站在高高的门台上，大声说道：

"百年灵芝，千年老玉，都是人间的稀罕物件，也都是有钱人喜欢的宝贝。碧玉姐，瑞芝姐，你俩中间的陈老板，才是真正的不缺吃、不缺穿、不缺钱的主。陈老板怜香惜玉，送你俩一人一个奔驰车的轱辘，足够你俩吃半辈子！"

数百人哄堂大笑。笑得史碧玉、穆瑞芝满面羞红，笑得陈广明满面臊红，也笑得肖玫瑰目瞪口呆。

一向温柔、稳重的肖百合，如此出言不逊，当众讥讽人，似乎是有意激化矛盾。李戈与几名宾馆员工赶紧站到肖百合身旁，守护神一般怒视着下面的人群。

"各位父老乡亲，我叫肖百合，是鑫盛宾馆的负责人，也是肖玫瑰的妹妹。咱们生在南大街村，长在南大街村，没有南大街村，咱们就是无家可归的人。改革了，开放了，村里集体经济发展了，大家都指望村里的企业能赚钱，好改善生活。我和宾馆的员工，都企盼能多赚钱，都希望能多赢利，都愿意为集体多积累多贡献。如果你们堵住宾馆的大门，不让我们营业，不让我们赚钱，谁最高兴呢？我也说不周全。但是，有一点我清楚，对门的大宾馆，周边的小宾馆，肯定最高兴。"

肖百合抬手一指，笑着问道："那位老板，瞧你笑得合不拢嘴，是不是最高兴啊？"众人目光聚焦在一个中年人的身上。

这个中年人——小宾馆的老板，摸着闪亮的脑门哈哈大笑，冲着肖百合竖起大拇指，随后挤出人群走了。

"我爸我妈常说，家和万事兴，咱们共同的家……"

这时，传来史碧玉气急败坏的叫喊声："那是你们领导的家，不是我们老百姓的家，不要听她……"

"好啦！都不要再说啦。"肖玫瑰的嗓门更亮，"让开门，省得让外人看笑话。"

此时，陈广明正蹲在墙角闷头抽烟，内心充满了沮丧。在他眼中肖百合是一个懦弱的人，没有领导能力，张建邦让肖百合担任利群宾馆的负责人，完全是徇私，利群宾馆不出三年准

159

得倒闭。然而，十二年过去了，破旧不堪的宾馆不仅没有倒闭，反而在重建更名为鑫盛宾馆后焕发出勃勃生机。

他明白，自己这次是彻底败了。

第十章　依法治企本无忧　"维稳"方知致命伤

十一月初，区委区政府派工作组进驻鑫盛公司。经过一个多月的调查，今日工作组讨论准备向区委区政府递交的调查报告。

在工作组副组长、办事处白主任撰写的调查报告中首先肯定了鑫盛公司取得的成绩，但最终的落脚点是由于张建邦及董事会长期不关心群众，导致群众不满情绪日增，最终爆发，酿成了这次聚众闹事事件。

"张总，你对这份调查报告有什么意见？"

"齐区长，工作组的调查报告，我还能有意见？"

分管鑫盛公司的副区长已退居二线，区委决定临时抽调齐区长处理该事。

"你好像不满意？"

"岂敢，十分全面，十分满意。"

"石总，你呢？"

"如果能够再具体点，点明鑫盛公司该如何关心群众，并全面分析闹事人员的动机和目的，我相信会更好。"

"石总的看法很有道理，应该以事实为依据，客观、公正、如实地反映情况，群众和干部应相互理解，团结和谐。"法院原副院长、现区人大常委会法工委罗主任说道。

罗主任说："鑫盛公司近十几年来的发展有目共睹，为豫州市的村办企业树立了一个标杆，是老城区的一面旗帜。发展好了，问题就出来了，这次群众事件就从侧面反映了问题的严重性。问题既然出现了，就得想办法解决，以确保这面旗子不倒。否则，就失去了派驻工作组的意义，也辜负了南大街村村民的信任。"

这话顺耳，张建邦心情好转。

"张总，石总，我给你们提三点建议：一是制定一套完整的公司制度，不能再按照过去村两委会的办法去干工作。二是不仅要解决股东和员工的长远利益，更不能忽视他们的眼前利益，两者都要处理好。三是你们是村办企业，没有群众的持久支持，就没有企业的持续发展。你们不能把闹事的少数人，当成少数人对待。"

这话新颖意深，张建邦半明半白。

"至于群众上访的动机和目的，我看暂时不要分析。干部终究是干部，群众终究是群众，干部不能等同于群众。干部要有博大的胸怀，要能够听进不同的声音，这对改进工作作风和完善企业管理大有好处。"

虽然否定了石顺诚的建议，但得大于失，张建邦还是比较满意的。

"群众提出的二十二条，也不全是无理要求，按股份提高分红比例和各项补助，我比较赞同，鑫盛公司已经取得了大发展，是时候回报村民了。当然，按照工龄发放补助等要求，确实不合理。"

"罗主任，这次事件的起因，正是因为群众要求按工龄发放补助。"白主任指出，"不解决这个问题，事态恐怕很难平息。而且，解决这个问题，花钱不算太多，企业完全可以承受。"

罗主任端起茶杯，客气地说道："白主任，这只是我个人的看法。"

四天后，白主任再次来到鑫盛公司。

"……新增加了两项要求，一是按照曾在岗人员的企业工龄发放统筹补助费，二是按照退休人员未计入统筹的工龄发放退休金……"

"白主任，没了？"闭目聆听的张建邦，眼睛一睁，说道，"我们坚决拥护区委区政府的决策，积极贯彻落实区委区政府的指示，做好群众工作。请白主任您放心。"

这话说得冠冕堂皇，实则是牢骚满腹。

"白主任，实在不好意思。"张建邦又说道，"我们待会儿还有协议要签，就不陪你了。"

这是下逐客令了，白主任不愉快地告辞。

"意见再大，也没必要当面得罪人嘛。"

"不是我要得罪他，是他处事不公。"

"你呀，让我怎么说呢。"石顺诚无奈地笑了笑，"走吧，去签协议。"

"我约的是明天上午。"张建邦笑嘻嘻地说道，"我把他打发走，是想找宋总商量，看有没有办法取消这两条要求。"

"村里的事，最好不要让宋总掺和……"

这时，张建邦接到了齐区长的电话。

放下电话，张建邦对石顺诚说："齐区长让我们去区政府，谭区长要与我们面谈。"

谭区长已担任老城区区长一年多了，原来在市属县级市当市长，他同张建邦比较熟悉，同石顺诚未见过面。

见到谭区长，二人按照商量好的思路和对策，简明扼要地介绍了情况，希望区政府取消新增的这两条要求。

谭区长抬起头，问道："你们的股份分红是多少？"

"公司一直没有赢利，还谈不上分红。"张建邦解释道，"但每年年底我们会按股份多少，发放一定比例的现金。"

"比例是多少？"谭区长只关注比例。

"每股按一分六厘发。"张建邦回答道，"这钱，也是好不容易才挤出来的。"

"现在银行存款的年利率是多少？！"谭区长把笔一丢，说道，"老百姓把资产交给你们管理，所得收益还没有放在银行高，有意思吗？换作你，你满意吗？"

这道理似乎说得过去，也似乎说不过去，张建邦眨巴了几下眼睛。

"既然你们已认识到只顾企业发展，忽视群众利益的做法是不恰当的，我就不多说了。"谭区长点到为止，朝着石顺诚说，"石总，你是村里的老干部，经验丰富，你有什么看法？"

这是客气话，不是真心征求意见，石顺诚摇了摇头。

"今天叫你们过来，是想让你们明白三件事。"谭区长拿起笔，严肃地说，"一是群众利益无小事，当干部的不能对群众的意见熟视无睹。二是鑫盛公司是老城区村办企业的一面旗帜，咱们，就是你们和我都有责任维护好。三是你们不要骄傲自大，南大街村的维稳工作如何做，齐区长和白主任说了算。希望下次再见，不是处理群众与干部之间的矛盾，而是共同探讨企业发展的大事。"

听谭区长下了逐客令，石顺诚赶紧拉了拉张建邦的衣袖，二人赔着笑脸，灰溜溜地走了。

出力不讨好，发展成罪过，闹事得好处……张建邦越想越气，随即打电话给卖地村的村主任，推说资金紧张暂时搁置"先租后买"建设农业生态园的合作计划。

二〇一二年一月三日，董事会公布《惠民九项措施》：股东股份的年补助标准提升至二分；按基本工资百分之十的比例，调升在岗员工工资；按百分之十的比例，调升退养股东的生活费标准；对曾在岗工作但未参加职工统筹的股东，按照实际工龄发放统筹补助；对退休股东未计入职工统筹的一九八六年以前的工龄，按照实际工龄发放统筹补助；对去世的股东发放丧葬补助费；提高在校学生股东的奖学金比例；提高股东过节费发放标准；提高股东生活困难救济金标准。

春节前解决了九大问题，春节过后，肖玫瑰又送来九项诉求。齐区长只好再次召开会议，参会人员有白主任、罗主任、张建邦和石顺诚。

张建邦情绪激动，逐条进行驳斥："……第九条，服过兵役的村民要求分配人头股。根据市政府撤村改制文件精神，改制截止日是二〇〇〇年三月三十一日，当日在册的农村户口人员才有人头股。根据二〇〇六年四月十六日南大街村村民大会的有关规定，非农村户口在职十年以上的员工才有工龄股，所以不能解决这些人的股份问题。"

股份是大问题，石顺诚凝目注视。

"自五十年代起，全村先后服过兵役的达一百多人。二〇〇一年以前，复转军人由国家安排工作；二〇〇一年以后，政策改为政府分配工作和自主择业相结合。这样一来，就出现一个情况，即二〇〇一年四月一日全村农业人口转为城市人口，而此前两年服役、退伍后自谋职业的村民，似乎比较吃亏。"

"这样的有多少？"罗主任问。

"初步统计，大概有五六个。"

"石总有什么补充？"

"我，没有。"

"那白主任，你谈谈吧。"

"稳定压倒一切。一，几年前南大街村集资建了一栋楼，不管出于什么原因，现在群众要求集资建房，都没有理由拒绝。二，那五六个退伍军人，应该分配股份。三，下岗人员生活费、未就业人员待业金和大病医疗补助费，具有对生活困难者的救济性质，如果不解决，群众的思想工作比较难做。四，安排子女就业是正当合理的要求，应当满足。五，在岗员工要求带薪休假，符合国家规定。六，股东要求发放降温费、采暖费等，诉求正当合理。"

大事化小，花钱买稳，这是白主任解决问题的主导思想。

"罗主任，请您谈谈吧。"齐区长客气地礼让。罗主任客气地答道："既然来了，不说几句，恐怕齐区长您也不会放过我。"

罗主任看看众人，说："一家企业，或多或少会存在一些问题；一个群体，或多或少会存在一些矛盾。老问题和老矛盾解决了，新问题和新矛盾又出来了。这种情况不足为奇，也不必大惊小怪，关键是干部如何看待问题和解决问题。

"鑫盛公司最近发生的群闹事件，从表面看，是企业发展与关注民生不同步的问题。但是从本质上看，我认为是现代企业管理制度的问题。

"鑫盛实业公司，注意不是南大街村；董事会，注意不是村委会。恕我直言，你们还没有从村干部的角色中跳出来，或者是同时扮演着公司董事和村干部两种角色，以致年复一年，问题越积越多，矛盾越来越大，最终形成如今这个局面。

"九个问题中，有五个问题是股东以村民的身份提出，而你们则以村委会的名义解决；有四个问题是村民以股东的身份提出，你们则以董事会的名义解决。你们的解决方案，似乎头头是道，有理有据，但没有解决问题的根源，可以说是头痛医头脚痛医脚，容易造成干部不答应，群众就闹事的恶性循环。

"俗话说，牵一发而动全身。如果按照你们这个解决方案，他们肯定不会善罢甘休，事态可能进一步恶化。但是，如果轻易就答应了他们提出的这九大诉求，正如张总所说，后面恐怕还会有九大诉求，甚至九十个。

"依法依规从严治企，是解决企业问题的一贯原则。法，有《中华人民共和国公司法》等一系列法律法规，政府制定有一系列规定，每家公司都制定有规章制度。作为公司管理者，只要做到依法依规管理企业，问题再多、再大，都不用怕。

"你们不要嫌我说话难听。你们搞企业就像是在下地干农活，脚一画盖房，手一指挖河；孩子哭了塞块儿糖，大人闹了抹口蜜。这样下去怎么行呢？"

"罗主任，你能不能说得通俗一点？"张建邦挠着头皮说道。罗主任两手一摊，说："我说得已经很浅显了，你还没听懂？"

"罗主任，能不能结合这九大诉求，给我们指点指点。"

"比如安排子女就业问题，既符合国家的政策法规，又符合企业规章制度，因此可以发布公告，同等条件下股东子女优先录用，这不就行了。"

"员工享受带薪休假，也是国家规定？"

"像这种情况，国家虽然有规定，但是你们可以根据企业实际情况，灵活变通嘛。"

张建邦若有所思地点点头。

"罗主任，像在小商品城原址上集资建房这种大事，需要开股东大会审议，我能理解。"齐区长说道，"但是，像给下岗工人发放补助费这类事，董事会是有权决定的吧？"

"这属于困难救济金，可以从企业福利费中支出，董事会当然有权决定。但这与白主任所说的困难救济费，不是同一个概念。白主任所说的困难救济费数目大，需召开股东大会审议。"

白主任张嘴欲辩，罗主任抬手阻止。

"如果只有一部分股东享受这种福利，势必引起其他股东的不满。所以，我一再强调，凡是涉及股东利益的事，都应召开股东大会审议。"

"罗主任，从法律角度，你说得都对。但是从实际工作出发，我认为不太现实。"白主任不服气地争辩道，"鑫盛公司光股东就有一千多人，不说召开股东大会既麻烦又误事，就目前的状况，能否开成还是未知数。"

罗主任不以为然地喝着茶水。

"安排子女就业是一个不痛不痒的要求，其他八个要求才是实质性问题。如果全盘否定岂不是火上浇油，那些人肯定借机滋事，闹得更凶。"白主任点出问题的要害，接着问道，"罗主任，有没有解决办法？"

"没有。"罗主任回答得十分干脆。

"闹大了怎么办？"白主任有些不快。

"我已经说过了。"罗主任也有些不快，"只要依法依规从严治企，再多的问题都可以解决，再大的问题也不是问题。"

"依我看，那五六个退伍军人应该得到股份。"白主任急得直搓手，高声强调，"服兵役，保家卫国，不解决股份问题，实在是不合理嘛。"

"依法依规从严治企，才能维护企业的稳定。"罗主任提高嗓门说道，"至于议案，能不能得到全体股东的同意，要相信群众的眼睛是雪亮的。"

眼看白主任还想争论下去，齐区长赶紧说道："今天请罗主任来，就是想从法律的角度，帮助咱们把关。股东参与企业的重大决策，民主决定重大事项，才能妥善处理群众诉求，确保企业稳定发展，这一点，咱们应该达成共识。"

白主任无奈地叹了口气。

"现在来看，股东大会开得越早，对你们越有利。因此，张总、石总，你们接下来的工作，一方面要做好股东的思想工作，创造团结和谐的氛围，一方面要认真做好大会的筹备工作，争取在一个月内召开股东大会。"

"没有问题，"张建邦一口应承，"三两天就可以召开。"

一千多人的会议，筹备工作何等复杂，怎么能说开就开呢？齐区长不相信，白主任不相信，连罗主任也不相信。张建邦和石顺诚不以为然，不就是开一个股东大会嘛，把全体股东叫来举举手、表表决、签签字，有什么好筹备的？

"张总，是开股东大会，不是开董事会。"白主任提醒道。张建邦立刻回答道："我说的就是开股东大会呀。"

"你说的股东大会，有多少人参加？"齐区长追问道。

张建邦不解地回答道："十八个发起人啊。"

"什么？不是工商注册的发起人会议。"罗主任急得站起身，晃着手说道，"我们说的，是你们一千多名股东参加的股东大会。"

"咱们说的一样啊？……"张建邦急得不知如何解释。石顺诚赶紧说道："由工会主席代表这一千多名股东投票。"

"啊？真是的……"罗主任大吃一惊，差一点说粗话，"他们会同意吗？"

"怎么不同意？"张建邦惊诧地说道，"村民改制大会有专项决议呀。"

"好啦，齐区长，不要再议了。我先看看他们的改制文件，咱们再商议吧。"罗主任一屁股坐回椅子上，连声感叹，"群众不懂法可以说服教育，干部不懂法真是没辙。我说呢，你们公司怎么发生这么多问题呢！"

第二天是星期天，罗主任翻阅了南大街村撤村改制和鑫盛实业公司的有关文件后，神色严峻。他急忙电话招来张建邦、石顺诚、宋祺祥，问道：

"张总，撤村改制后，你们就没有开过全体股东大会？"

"没有。"

"你们历年的发展规划、投资方向、项目建设等大事，发起人和代表股东的工会主席有没有投票表决？"

"没有。"

"照这么说，你们年终向股东发放多少补助费，也是董事会研究决定？"

"是的。难道有什么不合适？"

"年终财务决算情况和年度财务计划，发起人知道吗？是否向股东公布？"

"没有。我们在班组长以上管理人员和先进个人参加的年终总结表彰大会上，汇报当年的经营情况，布置来年工作任务和下达经营目标。"

"你们董事会的换届改选工作，是怎么做的？"

"我们会召开十八个发起人，实际是十六个人参加的股东大会，先是逐人表决，然后由工会主席代表全体股东表决，最后由我行使集体股的表决权，按股计算表决结果。"

"嘿嘿，"罗主任苦笑一声，叹道，"肯定是全票通过。"

"是的。"张建邦不敢笑，强调道，"我们这是按照企业的有关规定执行的。"

罗主任眉头紧皱，不再发问，像是在思考什么。

"罗主任，情况很严重？"石顺诚小心地问道。

"后果不敢想。"罗主任神色严峻，"你想它有多严重就有多严重。"

　　"呃？"石顺诚不相信。

　　"股东大会是公司最高的权力机构。"罗主任严肃地说，"长期以来，你们以董事会代行职权，从未提交股东大会审议任何工作，甚至不经全体股东选举就擅自换届。请恕我直言，你们这是非法剥夺股东的知情权、议事权和表决权，属于严重的违法和违规行为。既违法又违规，后果能不严重吗？"

　　"违法？违规？"三人大吃一惊。

　　罗主任毫不客气地说道："我虽然没有看你们的公司章程，但是我敢肯定章程里没有董事会取代股东大会这一条。"

　　顿时，三人神色紧张，颇显尴尬。

　　"宋总，听说你干过不少企业，是鑫盛公司的功臣，也是张总和石总的智囊。这事，你怎么看？"

　　宋祺祥还没有反应过来。

　　"宋总，不要有顾虑。你不是股东，当了董事，虽然公司章程里没有明文规定，但是参照现行独立董事的做法，也不能算错。"

　　宋祺祥连忙说道："罗主任，您说得对。"

　　"罗主任，那你看应该如何解决呢？"石顺诚焦急地问。

　　"本来你们所面临的这种情况并不严重，只要把群众的诉求提交股东大会审议，然后根据股东大会的决议采取措施，事态很快就会平息下去。现在看来前景不妙啊，鑫盛公司成立了六年，却从来没有召开过股东大会，从不向股东大会汇报公司的运营情况。这些一旦被寻事者利用，其危害性有多大，不用我多说了。"

"罗主任，那你看现在怎么解决？"石顺诚追问道。

"张总，石总，宋总，你们都是明白人。"罗主任正正身体，说道，"我干了一辈子法律工作，也是第一次遇到这种情况，至于如何解决，一时半会儿我还真想不周全。"

罗主任想了想，又说道："我为什么星期天让你们过来？就是不希望更多的人知道。我就要退居二线了，估计帮不上你们什么忙了，还请三位理解。"说完，看了看手表，说，"张总，石总，宋总，我还有个活动要参加，你们也忙，最后我再给你们提四点建议：一、认真学习相关的法律知识，做到以法治企。二、聘请法律顾问，完善企业管理制度。三、正视错误，勇于改正，越快越好。四、股东大会赋予的权利神圣不可侵犯。"

告别罗主任，回到公司会议室，三人沉默不语，如同霜打的茄子。

其实，三人心里都清楚：罗主任的分析是正确的，如果这些情况传出去，企业必将陷入混乱，闹事者会更加猖狂，后果不堪设想。

"情况都清楚了，该怎么解决呢？"张建邦有气无力地问道。

"我是这样想的。第一步，把近期要召开的总结表彰大会改为股东大会，汇报董事会历年工作，公布经营和财务状况，把肖玫瑰提出的九大诉求提交股东审议。第二步，今年六月份董事会和监事会换届选举时，咱们再召开一次股东大会。"

"宋总，这是个好办法，但落实起来困难不小，而且风险大。"石顺诚担忧地说，"困难，在于人太多。在册股东一千一百多人，除了老人和小孩，最少还有七八百人。风险，在于矛盾太大。不说村里群众，只说公司股东，已经分成了针锋相对的两派，大会上一旦言语不合，吵架骂人是小事，打起架来就麻烦了。"

"谈谈我的想法，你们看看是否可行？"张建邦一反常态，客气地说道，"第一步，今年的总结表彰大会扩大规模，全体员工都参加，总结改制六年来公司的经营情况，用成绩凝聚人心。第二步，主动与肖玫瑰、陈广明接触，向他们陈明利害关系，咱们再做出适当让步，尽快平息风波。同时制定逐步提高股东待遇的方案，积极筹备六月份的股东大会。"

"建邦，你说的适当让步，具体是指……？"石顺诚问。

"集资建房、子女就业和大病医疗补助这三个问题，涉及全体股东的利益，可以答应。带薪休假也可以实行，不过得缓一缓再落实。其他问题，按照罗主任的意见，提交六月份的股东大会审议。"

群众大会上，陈广明说道："张建邦已经同意九大诉求中的四项。我和玫瑰商量后认为他还应该答应两条，一是给下岗股东发放生活补助费，二是给未就业的股东子女发放待业金。大家说，对不对？"

会场上响起一片赞成声，随即又被争论声淹没。

"我的股份问题，必须解决。"

"我儿子是退伍军人，他的股份不解决不行。"

"我种过七八年的地，不发务农补助费，天王老子说了也不行。"

"村里安排去当占地工，村里为什么不给我们股份？"

铁蛋的嗓门最高："俺家祖祖辈辈都是南大街村的人，谁敢不给俺股份，俺就找谁拼命。"

史碧玉起身吆喝道："老百姓也知冷怕热，不发降温费和采暖费，咱们坚决不答应。"

意见不一，陈广明无奈地说："大家的心情，我和玫瑰都理解。大家的困难，我和玫瑰都知道。但是，饭要一口一口地吃，事要一件一件地办，心急吃不了热豆腐。"

领头人讲话还是要听的，人群渐渐安静下来。

"要想办成事，一是合理，二是合情。降温费和采暖费，国家规定发给上班的人。南大街村鼎盛时期有五千多人，但参加改制的只有一千三百多人，务农补助费……"

"他妈的废话少说，不解决我的问题，谁说也不行。"一个男人扯着嗓子大叫。其他人跟着起哄："不发取暖费不行！""不给务农补助费不行！""不答应，就和他们闹到底！"……

陈广明这才察觉，今天参加群众大会的，不是股东的占了多数。

"我不是说不解决，而是说逐步解决。"陈广明大声劝说，"大家都知道，张建邦那小子抠门，让他解决问题要像挤牙膏那样……"

肖玫瑰对陈广明有些不满，她一直沉默不语。

原来一开始两人商定：张建邦必须给下岗人员发放生活补助，给村民未就业子女发放待业金，然而陈广明后来擅自改为只有"股东及其子女"才能享有。陈广明的这种做法，肯定会引起多数人的不满，造成虎头蛇尾的结局。

"要解决就一起解决，要不解决都不解决。"

"当兵的股份必须解决。"

"当过兵的人，有的早当了干部或工人，凭什么分给股份？"

"他们不答应全部条件，咱们就堵门。"

"门都堵了，赚不到钱，今后吃什么？"

"现在就没的吃，管他今后吃什么。"

"把公司卖了，分多少是多少，不能再让少数人吃香的喝辣的。"

"卖了，分了，儿子孙子怎么活？"

…………

人多嘴杂，各为己利，争吵声鼎沸。

"统统给我闭嘴！"铁蛋"砰"一声跳到椅子上，声嘶力竭地叫嚷道，"谁再吵，就他妈的给老子滚出去！"

陈广明重重地叹了口气，说道："玫瑰，你出来，我有话说。"说完起身就向外走。

外面真冷，肖玫瑰紧了紧脖子上的羊绒围巾。

"这样下去，可不行。"

"有什么不行？只要照咱们商量的办，没有不行。"

"你不要急嘛。"

"是你急还是我急？"

"好好好，是我急。"陈广明无奈地退步，"你是聪明人，听我说几句。"

"没人不让你说话。"

"这两天，我算是想明白了。你我是股东，碧玉和瑞芝也是股东。咱们领头找张建邦提要求，是为谁谋好处呢？当然是为了一千多名股东，而不是为了让其他人去盘剥公司。"

"这难道还有区别？"肖玫瑰有点惊讶。

"要股份的人中，当过兵的，退伍早的国家安排了工作，退伍晚的国家发给了高额补助；招过工的，原来不愁吃不愁穿，现在还有政策照顾；户口转走的，只能怪他运气不好。"

这话在理，肖玫瑰点了点头。

"这些人，过去在咱们面前高人一等。有谁，把咱们放在眼里？有谁，为南大街村的企业出过一点儿力？"

这话也在理，肖玫瑰又点了点头。

"拿咱们股东的钱给他们，我心里不是滋味，所以，我说这样下去不行。今后，凡是与股东无关的要求，不能再提了。"

如果与股东无关的诉求都不再提，那如何向跟随自己的村民交代？特别是铁蛋，他可是死心塌地地跟随自己啊，自己肯定会落下不仁不义的骂名。想到这些，肖玫瑰有些进退两难。

"金枝二哥的股份，你打算咋办？"肖玫瑰问道。金枝是陈广明的得力干将。

金枝有七个哥哥，这次她是为二哥要股份。二哥的户口在村改制前就已迁出南大街村，因此没有分得股份。

"该得的好处跑不掉，不该得的好处求不来，只能顺其自然。"

"我们怎么向他们解释？"

"该得罪的人早晚会得罪，只能听天由命。"

"你少给我绕口令，你去给大家说清楚。"

"你同意我的想法，咱俩就一起做工作。"陈广明不冷不热地说道，"你如果不同意，我何必多此一举？"

"你要挟我？"肖玫瑰抬高了声音，"我要是不同意呢？"

"玫瑰，希望你能理解我。"陈广明神态自若，"咱俩的想法如果不一致，那我就选择退出。"

陈广明，你也太不讲信义了，肖玫瑰刚想跺脚大骂，突然计上心来："好吧，我同意你的想法。不过，得你先说，我后说。"说完，疾步而回。

陈广明见多识广，岂会上当，他并没有随肖玫瑰回去，而是站在门外喊道："金枝，时候不早啦，叫上咱们的人，走吧。"十几个人随即散去。

陈广明之所以选择退出，主要来自三方面的压力。

一是前天晚上，路遇散步的石顺诚，两人闲聊了几句。石顺诚希望他顾全大局，不要误导群众，不要搞乱企业。陈广明坦言只是对张建邦有意见，只想为群众谋点好处，并不想搞乱企业。

昨天早上，偶遇上班的石顺诚，两人又聊了半个多小时。

石顺诚提醒他注意三点：一，你是党员，组织原则和组织纪律必须遵守，代表群众反映问题可以，但不能无理取闹。二，你是老干部，对村办企业的感情应该高过群众，对创业艰辛的感受应该高过员工，对处理问题的体会应该高过股东。三，你过去是南大街村的村民，现在是鑫盛公司的股东；过去南大街村是家，一切财产归村民所有；现在鑫盛公司是家，一切财产归股东所有；股东要做聚财人，不能做散财童子。

二是从村民聚众闹事的第二天起，她所经营的几家餐饮店陆续关门歇业。歇业的原因，不是税务问题就是工商问题，不是噪声问题就是卫生问题，像燃气锅灶不合格、消防器材不达标、超范围经营、菜品没有明码标价、员工没办健康证等。一句话，只要和餐饮业沾点边儿的管理部门都来检查了。他怀疑是石顺成"搞鬼"，但又不敢得罪神通广大的石顺成。

三是今晚的群众大会，让他体会到了什么是鱼龙混杂、什么是私欲贪婪、什么是予取予求……再这样下去，企业恐怕会被乌合之众搞乱、搞垮。

陈广明的拂袖而去，激起多人的怒火。他们不仅新增了六项诉求，还决定"文武并用"，一方面向政府反映问题，另一方面再次围堵鑫盛宾馆。

为了应对肖玫瑰等人的围堵，张建邦做出了鑫盛宾馆暂停营业的决定。这样做，一是坐实肖玫瑰等人造成企业经营损失的罪名，二是不给他们提供喝水、上厕所等便利，三是逼使肖玫瑰带头做出更出格的举动。

果然，肖玫瑰等人沉不住气了，带领群众去市政府上访。李佩珍代表公司去市政府领人时，肖玫瑰、碧玉和铁蛋不服从安排，执意堵在市政府大门前。后三人因扰乱公共秩序，被派出所行政拘留三天。

走出拘留所的大门，瞧见在寒风中瑟瑟发抖的穆瑞芝，肖玫瑰的眼泪夺眶而出。当穆瑞芝附耳透露一个惊人的秘密时，肖玫瑰放声痛哭起来。

"是真的吗？"

"虽然是许承志醉酒吹牛，但应该有几分真实性。"

通过工商局的朋友，肖玫瑰搞到了鑫盛公司注册登记时提交的材料，并复印了一份。肖玫瑰回去后立即召集众人商议，在会上公开了张建邦违法违规的情况，说张建邦独占百分之四十的股份，金额高达7395万元，与会村民人人怒气冲冲。

3月8日，二百多村民围堵鑫盛宾馆。民怨民愤像发酵的面团一样快速膨胀，人人愤怒，谣言四起。维稳形势急转直下，张建邦等人陷入被动境地。

为了应对越闹越凶的村民，张建邦取消了预定下午召开的三八妇女节座谈会，取消了3月9日赴温州参加研究生校友会的安排，还取消了3月底赴澳大利亚和新西兰考察的计划。

到底是谁泄露了企业的秘密？张建邦百思不得其解。

在党员大会上，张建邦、李佩珍要求党员们不信谣不传谣，从稳定和发展的大局出发，积极做好家人、亲友的思想工作，不要参与聚众闹事。但是，以往斗志激昂和全力支持的场面不见了，大多数党员埋头不语，少数党员小声地抱怨。

张建邦召集威信较高的老村干和部分老实本分的退休人员开会，想借助他们的力量去做群众工作。但事与愿违，众人现在最关心的是集体股、人头股、工龄股、贡献股等问题。

第十一章 "必杀死"醉酒泄密 "好局面"荡然无存

3月21日上午，宋祺祥准时来到鑫盛宾馆，见到等候在此的石顺诚，方知肖玫瑰三天前去市纪委递交了举报材料，市纪委牵头组成的调查组已经进驻鑫盛公司。

这次调查的范围十分广泛，涵盖十八岁以上、七十岁以下的在册股东和外聘的中层以上管理人员。此时，张建邦正在接受调查组的询问。

"张总，谈谈你所持鑫盛公司股份的情况。"

齐区长也是调查组成员，但看着另外两名神情严肃的陌生人，张建邦清楚这不是套近乎的时候，因此他认真回答道：

"我持有的鑫盛公司股份为1083万股。其中，人头股3万股，工龄股15万股，职务股540万股，贡献股525万股。"

"你名下另外还有股份吗？"

"名义上有是有，但实际上不是我个人的，而是作为董事长代行百分之三十五集体股的表决权。我要说明的是，我从来没有据此领取过股份补助费。"

此时的重点说明，是反驳"独占百分之四十的股份"的诬陷。

"按你所说的持股比例，去年你获得的股份补助费是多少？"

"去年股份补助标准提高以后，每股是2分。"张建邦谨慎地说，"我算一算啊。1083万股乘以2分，是21.68万元。"

"你所有的股份，是以现金出资，还是以其他方式？"

"全体在册股东都不是以现金出资，而是以实物。"

"你所说的实物是指什么？"

"就是村里原有的建筑物、设施、设备等。"

"谈谈撤村改制时资产评估的情况。"

张建邦开口即答："我们的资产评估工作，当时委托给评估公司，历时两个多月完成，资产总价值为18036万元。"他暗暗庆幸，还好自己有准备。

"你所说的资产总价值，是否包括原南大街村的全部资产？"

张建邦微微一愣，思忖一下，回答道："是吧。"

"是，还是不是？"齐区长追问道。

张建邦想不起来，急得额头上冒出一层冷汗。突然，他眼前一亮，立刻回答道："土地没有评估作价。"

"有多少土地，为什么藏匿？"

"藏匿？"张建邦吓了一跳，这也提醒他，这是一个必须说清楚的大问题。

"利群宾馆和小商品城是六十五亩地，食品公司是一百五十亩地，商务大厦是十二亩地，利群酒楼和建设超市的27号地合在一起，是三十五亩。一共是二百六十二亩地。"

"为什么不评估作价？"齐区长又问道。

"利群宾馆、小商品城、利群酒楼和利群食品公司所占土地属于集体建设用地，商务大厦和超市所占土地属于国有划拨土地。评估公司说必须转变土地使用性质，最好是办理土地出让手续，再评估作价，可是当时村里没钱，交不起土地出让金。"

张建邦说得有些口干，他瞧了一眼水杯，咽了口吐沫。

"没办法，我们只好找土地局，改变了利群宾馆等所占土地的使用性质。但国有划拨土地不能作价计入公司资产，所以，我们注册的资本金中不含土地的价值。"

"你们有没有向村民说明这个情况？"

"没有。"

"你们与市土地局和市规划局是什么关系？"

"工作关系。"

"有没有特殊关系，有没有利益输送？"

"利益输送？你们是说那两辆轿车吧。"此事风传多日，心中有数的张建邦松了一口气，"鑫盛公司成立之初，市土地局和市规划局给了我们很大支持，为了表达谢意，我们就送了两辆车给他们使用，这怎么能算是利益输送呢？"

"是他们主动要的，还是你们主动送的？"

"是我们主动送的。"话一出口，张建邦就意识到坏了。送即是送礼，就是行贿，他立刻提高嗓门解释道，"当时，政府部门自配车辆较少，各局借用企业车辆办公的情况比较普遍。规划局和土地局的工作人员需要来我们这儿现场办公，我们感觉车接车送太麻烦，就借给他们两辆车用用，这可不能算是送啊！"

"你们向其他单位提供过轿车吗？"

"没有，保证没有。"

"按你的说法，你借给他们的车是新车还是旧车？"

"旧车。"虽然一口咬定，但张建邦心里并不踏实。由于两局领导一再推辞，新车在公司使用了半年后才"借"出去，张建邦补充道，"这两辆普桑，原是给物业公司和商务宾馆配备的，后来其他子公司也要求配车，为了缓和内部矛盾，我们就借给土地局和规划局使用了。"

"这两辆轿车，现在在哪里？"

"国家发文不准政府机关借用企业车辆的时候，我们就收了回来，现已报废了。"

"你们向其他单位和个人行过贿赂吗？"

"没有。"张建邦小心翼翼地说道，"但是，你们也知道，这些年风气不好，请客吃饭喝酒的情况有，逢年过节送点儿产品的情况也有，但都不值几个钱。我们太穷了，花不起也送不起。"

"你妻子没有上班，为什么在公司领工资？"

"物业公司发给我爱人的钱，是我的一部分工资。"此事已风传多日，张建邦不好意思地笑了笑，解释道，"我现在月工资四千元，为了避税，我就以爱人的名义，让她从物业公司领取我的一部分工资。我这点做得不妥，不该贪国家的小便宜。"

"你在其他子公司是否领取过工资？"

"没有。"

"食品公司呢？"齐区长问道。张建邦意识到，举报材料中肯定说他在食品公司领取过工资。

"那是多年以前的事了。"此时，张建邦恍然大悟，泄密之人是许承志！"九十年代后期，我的月工资将近2000元，当时个税起征点是800元，唉，还是想避税，我就以爱人的名义在食品公司领取一部分工资。除此之外，我从未在其他子公司拿过任何钱。"

"经你的手，南大街村卖了多少土地？"

"卖地？哪儿来的地让我卖。"张建邦愤然道，"这些年来，我把地看得比下蛋母鸡还要金贵。大拆迁把六十二亩地置换成一百五十亩，改制核资要回他人多占的三十多亩，后来又从外村买了七百亩。就是卖我的命，我也不会卖地！"

"张建邦同志，现在是调查组在向你询问情况。"齐区长严肃地说，"你要摆正自己的位置，回答问题时不要掺杂个人情绪。不然，就去隔壁房间冷静一下，咱们再继续谈。"

"同志"二字如雷贯耳，张建邦顿时冷静下来，不好意思地说："对不起，听到有人说我卖村里的土地，我确实生气。请你们继续问吧。"

"你必须肯定地回答，你卖了村里多少土地！"

张建邦认真肯定地回答道："我没有卖过村里的一寸地。"

"你的直系和旁系亲属中，有多少人在鑫盛公司工作，具体职务是什么？"

"商务宾馆的总经理，是我的叔伯哥张建胜；商务大厦副总经理张建强，是我的亲弟弟；小商品城的总经理马景福，是我的表姐夫。其他的都是普通职工，共有17人。"

"张建设呢？"

"已经辞职了。"

张建设是张建邦的堂哥，退居二线后极度不适应，连亲孙子瞧着都不顺眼，常常没事找事，搞得家里鸡犬不宁，于是张建邦安排他做了宋祺祥的助手。去年底，政府不准公务员在企业兼职，他随即便辞职了。

"为什么有这么多亲属在公司工作？"

"这是各种原因造成的。主要原因是当时村办企业效益不好，没人愿意在村办企业干，我只能劝留自己的亲属干。"

张建强本来工作很好，可是当时村里的食品厂举步维艰，为了开拓市场，张建邦只好动员他来帮忙。如今这竟成别人告自己的罪状，张建邦有些心酸。

"改制以后，你们召开过股东大会吗？"

"没有。"

"为什么？"

"我们是根据当初村民大会有关改制的决议，以全体出资人会议代行股东大会的职能。"

"董事会和监事会的成员如何产生？"

"在全体出资人大会上选举产生。"

"董事长和监事长如何产生？"

"董事会选举产生董事长，监事会选举产生监事长。"

"每次出资人会议，有没有记录？"

"有。"张建邦回答得干脆。每次召开全体出资人会议，他都安排人做记录。

"选举董事会和监事会成员，有没有决议和对外公告？"

"有决议，没公告。"

"企业财务决算和重大事项，有没有向全体股东公告？"

"没有。"

"讲讲你们购买郑三郎庄土地的情况。"

这又成了罪状，气上心头的张建邦耐着性子回答："我们于二○○六年八月购买郑三郎庄土地七百亩，每亩五千五百元，购地款一共是三百八十五万元，分三次支付。"

"还有需要补充的吗？"

张建邦思索了一会儿，补充道："二○○七年五月，郑书记说地卖亏了，群众有意见，而且少丈量了三亩四分地，要我们再出三十万元。"此时，他已确信是许承志泄露了秘密，因为这三十万元是从物业公司转走的。

"你们的购地款，采取什么方式支付给对方？"

"为了保障双方的利益，我们请了一家有实力的公司作为中介人和保证人，钱先汇到该公司的账上，然后再转给郑三郎庄村委会。"

"你去澳大利亚和新西兰要干什么？"这个问题问得突然，张建邦惊诧地回答道："我还没去呢。"

"知道你还没去，是问你去要干什么？"

"去考察牛羊肉资源，顺便探望原康健集团的黄厂长。"张建邦说，"黄厂长说澳大利亚和新西兰的牛羊肉质优价廉，我们正打算扩大经营范围，寻找原料供应新渠道。"

"你在澳大利亚和新西兰有房产吗？"

"我想有，可得有钱啊！"话一出口，张建邦就发觉不对头，急忙肯定地回答道，"没有。"

"谈一谈你们校友会年会的费用支出情况。"

随着齐区长转移话题，张建邦明白这是有人告他乱用公款。

张建邦强压着火气，耐心地回答道：

"我们校友会年会，由校友会的十五个委员轮流组织，去年轮到我负责。那次年会于四月二十六日举行，参加人数为一百九十七人，会期三天。我们认为这是宣传企业、寻找商机的好机会。作为东道主，我们举办了欢迎宴会，一共花费了两万两千多元。其中场地费、会务费、住宿费从校友会的会费中支出，来往交通费由个人承担。"

张建邦解释得如此详细，就是为了回击肖玫瑰等人的诬陷。

"张建邦同志，请你再仔细思考一下，你今天所述是否完全属实，有没有遗漏和不准确的地方，有没有需要补充的地方……"

"我今日所说完全是事实，没有遗漏，也不需要补充。"张建邦肯定地回答。

"你看看笔录，如果没有出入，请签名和按指印。"

张建邦签名按了指印后，起身快步离开。在宾馆外他找到许承志，正要破口大骂，突然瞥见白主任正向宾馆走来，他不得不压低嗓门，盯着许承志恨恨地说道："'必杀死'，你等着，看看谁先杀死谁！"说完，怒气冲冲而去。

一个星期后，齐区长召集各方反馈调查意见，主要包括以下几个方面：

一是大多数群众对十几年来南大街村村两委和公司董事会，带领群众改革开放、克难攻坚，取得的成绩应予以肯定。

二是大多数群众认为撤村改制是正确的。虽然在改制过程中产生了一些问题，但不可否认改制奠定了集体经济持续发展的基础，解决了村民们最关心的问题。

三是大多数群众认为公司董事会重视发展，但轻视民生，忽视民意，急于求成，没能正确处理企业发展与群众利益之间的矛盾。

四是大多数群众认为撤村改制工作宣传不到位，造成有些问题至今不明不白。还有部分群众认为改制工作不够公开透明，股权分配不够合理。

五是部分群众认为公司领导不懂得如何管理企业，剥夺了股东的知情权、议事权和选举权。

六是大多数群众认为企业应该保持稳定，群众应该依法表达诉求，反对搞乱企业，反对分割企业。

七是部分群众认为为了企业发展，请客送礼能够理解，但不能中饱私囊。

反馈意见的过程中，齐区长概述了南大街村十几年来的发展历程和取得的成绩；针对企业出资注册、股份分配、土地未评估、车辆借用等问题做了解释说明；结合实例，指出改善民生不力以及肖玫瑰等人的做法不妥。但是，对反映的张建邦贪污腐败问题，齐区长没做说明也没做结论。

反馈结束后，齐区长第一个征求肖玫瑰的意见。

"在齐区长、白主任和罗主任的教育指导下，我认真学习了相关法律法规，明白了我的所作所为给企业添加了很多麻烦，对此我深表歉意。"

肖玫瑰今天的态度大不一样，张建邦很是惊讶。

"鑫盛公司成立后，经济效益有了显著提高，村民的生活有了显著改善，公司领导功不可没。为了企业的发展，他们操碎了心。"

肖玫瑰居然夸赞起人来，这令张建邦难以置信，总感觉有什么不对头。

"我认为，目前群众最关心的问题有两个。如果这两个问题能解决好，我们肯定不会再闹事了。"

果然有阴谋，张建邦心头一紧。

"第一个问题，群众认为职务股和贡献股的相关规定不公平不合理。张董事长，公司规定职务股和贡献股可以继承，照此说，董事长的儿子一生下来就是董事长，孩子在娘肚子里就是董事长的命，这公平吗？儿子和孙子没有为企业干一件事，没有为老百姓出一点儿力，就享有贡献股，这合理吗？"

的确不公平不合理，张建邦点了点头。

"当领导的操心多，付出多，贡献大，收入比群众高，群众能理解。但有一点，你的收入必须与公司取得的效益成正比，只要做到这一点，我们就没话说。"

石顺诚静静地盯着肖玫瑰，今天肖玫瑰太让人意外了，她不再胡搅蛮缠，而是说得句句在理，背后肯定有人指点。石顺诚露出担忧的神色。

"第二个问题，群众认为现有董事会和监事会的组成不合法。用出资人会议代替股东大会，剥夺了广大股东的权利。因此，我建议召开股东大会，重新选举董事会和监事会。"

齐区长放下手中的水杯，发出不大不小的声音，引来了众人的关注。

"鉴于当前这种不稳定的形势，不便于召开大型会议，可能会引发群体性事件。当前应该解决好相关问题，为召开全体股东大会奠定好基础。玫瑰，你认为呢？"齐区长盯着肖玫瑰问道。

肖玫瑰恭谦地点了点头，说："齐区长，您的担心我能理解。您看这样行不？一是，我去做群众的工作，不管他们有多少要求，几十个还是几百个，都交给新一届董事会来解决。二是，我肖玫瑰保证不再聚众闹事，否则请您当场拘留我。三是，如果有人在股东大会上寻衅滋事，我承担全部责任。"

"你们有什么意见？"面对头头是道的肖玫瑰，齐区长只能征求众人的意见。张建邦立刻表态道："只要保证不出乱子，什么时候开都行。"

"石总，你怎么看？事关两大议题啊。"齐区长在暗示什么。

"我……"石顺诚瞧了瞧肖玫瑰，又看了看齐区长，"我想，第一次召开股东大会，最好先拿出一……一个议题看看群众的反映。"

"石总，你是个利索人，怎么变得婆婆妈妈了？"肖玫瑰不理解。张建邦也不理解，说："开个会都搞得这么麻烦，干脆……"

"石总说得大有道理，不要说是你们，就是我们也没经验，还是稳妥一点比较好。"齐区长又问肖玫瑰，"玫瑰，你看先议哪个议题？"

"先搞选举。"史碧玉抢先说道。

"你急什么？"肖玫瑰显然不满。

"我建议，先议职务股和贡献股。"齐区长借机说道，"今年六月底，这一届董事会任期届满。不管怎么争论，原南大街村村民大会曾授权工会代行股东权利，前两届董事会也是照此行事的。不如，就借这次股东大会之机，废除该项授权，以便于广大股东今后行使民主权利。"

"齐区长，我听你的。"齐区长的主张正合肖玫瑰之意。

"那好。"齐区长拍板道，"玫瑰，就按你原来的想法，我看大会举办的日期就定在四月十五日吧。"

齐区长的话耐人寻味，让石顺诚一时弄不明白。

四月十五日，大会如期举行，但大会的名称怪异，南大街村民股东大会；参会人员怪异，只有工龄股没有人头股的股东被排斥在外；计票方法怪异，不按股份数额而是按参会人数；大会组织者怪异，由街道办事处全权负责……

会场是租借某单位的大礼堂，距离丽苑和春苑居民小区不远。礼堂前的小广场上，停着两辆警灯闪烁的警车，散站着几个警察。礼堂大门前，二三十个头戴白色头盔、穿着灰色制服的保安，精神抖擞地守卫。广场的一角，设立有医疗救护点，红十字旗下坐着两个身穿白大褂的医生。许多人，包括许承志那样走南闯北多年的人，都被这种气氛所震撼，不敢大声喊叫，不敢胡乱跑动，机械地沿着护栏隔出的小路前行。

股东登记处的桌下，堆放着收缴的红色和白色条幅，许承志一瞧就明白，红底黄字的条幅来自支持公司的群众，白底黑字的条幅来自"集访"的群众。

办了参会证，领了矿泉水，经过审验进了礼堂，许承志更是大吃一惊。每排座位的两端，站立一名身着蓝色西装西裤的办事处工作人员。保安指挥着股东一排一排地入座，人员坐满一排，工作人员立刻落坐两端座位。许承志数了数，座位上的工作人员有七十六人，站立在过道上的保安人员有二十四人。许承志不由得感叹政府的会议组织工作既严谨又周密。

白主任主持会议，宣布会议纪律和投票注意事项以后，开始分发选票，然后股东一排接着一排有序投票。愿意观看计票的股东返回原座位，不愿意观看计票的股东可以从侧门离场，投票过程耗时不长，半个小时就结束了。

投票结果：八百六十五张选票中，八百四十一张有效。其中，同意取消职务股和贡献股的选票为六百八十二张；同意废除原南大街村村民大会授权工会代行股东权利的选票为七百九十张。这样一来，历届村干部和公司领导只剩下人头股和工龄股，张建邦的股份还没有一些老工人的多。

最后，李佩珍宣读决议：于六月二十六日在市体育中心篮球馆召开全体股东大会，选举新一届董事会和监事会。

六月一日，董事会公布《关于召开股东大会的通知》、《关于换届选举的方案》和《关于换届选举的办法》，广泛征求股东意见。

六月十日，董事会公布《董事会和监事会候选人推荐办法》。

六月十五日，董事会公布下一届董事会和监事会候选人报名名单和简介，并开始征求股东的意见。

六月二十日，公示期结束之日，董事会公布下一届董事会和监事会正式候选人名单，以及《关于召开股东大会具体事项的通知》。下午，针对群众关心的土地问题，公布《关于改制时鑫盛宾馆等地块未列入评估报告的情况说明》。

六月二十一日晚上，肖玫瑰召开"自己人"的群众大会，承诺做到"三三实惠"、"六大改善民生举措"和"六大关注民生目标",并采取群发短信的方式广而告之。

六月二十二日上午,齐区长找肖玫瑰谈话,大讲了依法选举的重要性和破坏选举的危害性,重申了依法办事,不准贿选、不准许愿、不准拉票的规定,点明了不准散布"三三实惠"等煽动人心的"承诺"。

六月二十二日下午,工作组和董事会联合发布《关于维护广大股东权益,依法行使民主权利的公告》,进一步明确选举纪律和要求。

六月二十五日上午,换届选举的前一天。随着城市车水马龙的喧嚣声,各种正面的声音和反面的传言,在鑫盛公司股东和原南大街村民中传播和交锋。最终演变成两个谣言,一个是张建邦携款外逃被海关拘留了,一个是肖玫瑰破坏选举被警察抓起来了。齐区长不得不草草结束最后一个协调会,"释放"张建邦和肖玫瑰以正视听。

六月二十六日早晨,睡过了头的许承志,顾不上吃早饭,急急忙忙赶往市体育中心。他一眼看出篮球馆外的气氛,同村民股东大会的气氛几乎一样。

市体育中心广场一角,停着一辆警车。篮球馆门前,二三十个保安正在维持秩序。许承志去股东登记处,领取了参会证、座位票、矿泉水等物品,而后径直走进篮球馆,登上看台。他抬眼四望,禁不住暗暗叫苦。

参会股东赫然分成四个阵营。大部分座位已被肖玫瑰团队占据,许承志耷拉着眼,从陈广明团队前穿过,坐在了中间派附近的空座上。

场馆中心的篮球场用铁栅栏分为一大一小两部分。小的部分是待选区，端坐着五位公证员。大的部分是选举区，并排设有十六个封闭的画票间，每个画票间门口站着一名保安；中线两侧各摆放着一个透明票箱，左侧标明是董事会选举投票箱，右侧标明是监事会选举投票箱；票箱前放着两个立式麦克风。

许承志无意间发现手机上有未读短信。短信的标题是"张建邦贪污腐败的事实和我们的郑重承诺"，时间是早上七点半。他把眼睛转向右侧方阵，还没等找到张建邦的身影，股东大会已经随着李佩珍清脆的嗓音开始了。

大会第一项，宣读并通过《河南鑫盛实业有限公司董事会、监事会换届选举办法》。为了解决当选人达不到法定最低人数的要求，或达不到董事会七人组成和监事会三人组成的预定等特殊情况，该办法规定选举次数最多为两次，并规定如果最终当选人出现偶数时，可以从公司高级管理人员中替补。

大会第二项，由张建邦代表董事会做工作报告。

瞬间，掌声和嘘声同时响起。一身西装的张建邦，站在麦克风前，举目巡视四周，等到噪声平静下来后他才开始照稿宣读。

每宣读一项所取得的业绩，就引来左侧方阵的一阵嘘声，也招来右侧方阵的一片掌声；每宣读一项未来的设想，就引来左侧方阵的鼓噪声"太少啦"，也招来右侧方阵的助威声"太好啦"。眼看场面乱成了一锅粥，许承志有些担心大会开不下去。

大会第三项，介绍董事会和监事会候选人的基本情况。

顿时，会场气氛达到白热化。

念到张建邦的名字时，左侧人员齐呼"贪污犯，快下台！

贪污犯，快下台！"三个年轻人，拉着"打倒贪污犯张建邦"的横幅，攀上护栏。球场上，突然出现几个警察，威严地抬手一指，三个年轻人赶紧退了回去。警察的出现，使会场逐渐安静下来。

大会第四项，李佩珍沙哑着嗓子宣读选举办法和画票、投票注意事项。

大会第五项，投票选举。

在保安的维持下，从左侧通道一次进入待选区十六人，办理股份登记，领取选票，等这十六人进入选举区以后，再进入待选区十六人；上一批股东画票、投票、从侧门离开后，下一批股东进入选举区；愿意观看唱票过程的股东，从右侧通道返回座位。

许承志这才察觉这个会场大有好处：看台高不可越，出入通道循环，区域划分合理，视角一览无余。

许承志进了画票间，先查看一番密封程度，再仔细察看选票。选票分为浅红色和淡黄色两种，上面有编号，有股份数额，但没有股东姓名；候选人按姓氏笔画排列；标着同意画"√"，不同意画"×"，弃权画"○"的提示。挑不出半点儿毛病，许承志轻松地画好票，潇洒地来到投票箱前，还特意对着摄像机镜头，微笑着把选票投入票箱。

画票间里，陈大山在肖玫瑰的名字后面画了一个大大的"×"。这个侄媳妇仗着手里有几个臭钱，从来不把他这个陈家老大放在眼里，所以他要借机出口怒气。

画票间里，杨帆在肖玫瑰的名字后面画了个"√"，又在张建邦的名字后面画了个"○"。投完票，他走出会场，给童玲打了个电话。

昨晚，杨继昌来到儿子杨帆家，希望代儿子投票。杨帆没同意，不过他对父亲保证把票投给张建邦。实际上，他瞧不起张建邦，认为他不如石顺诚有本事，肖玫瑰说张建邦"上台靠亲戚，干事靠亲属"，一点儿没错。

听说肖玫瑰等人到处败坏张建邦的名声，宋祺祥心急如焚，他让杨帆转告张建邦和石顺诚，方便的时候给他打个电话。

"现场真够乱的，好在没有发生大的纠纷。"听过石顺诚反馈的情况，宋祺祥关切地问道，"你的感觉如何？"

"不太好。"

"为什么？"

"眼前来看，咱们占着上风，好像问题不大。但是，那些人先投票，我估计他们的支持票在下面。"

宋祺祥迟疑一下，又问道："董事会选举的计票工作，什么时间结束？"

"估计要到晚上。"石顺诚察觉宋祺祥话中有话，赶紧补充道，"你放心，双方的得票率应该相差不大。"

下午四点多钟，张建邦打来电话。

张建邦兴奋地说："已经唱了百分之六十的选票，咱们推荐的候选人得票率继续领先，顺利当选的概率很大。"

宋祺祥提醒道："不要过于乐观。"

张建邦信心十足地说道："肖玫瑰等人的得票数不会过半，更不会当选。"

"张总，吃点饭吧。"

张建邦这才发现身边站着的肖百合。

"百合，你吃了吗？"

"除了你，还会有谁不吃饭？"

"嘿嘿。"

"再大的事也要放宽心，吃饱了才能干工作嘛。"

"哟，西红柿鸡蛋盖浇饭，你上街买的？不好意思……呃，怎么走了？"

望着肖百合的背影，张建邦心里荡起一股热浪，眼前浮现出一幕幕难以忘记的过往。

那年仲春时节，学校组织去邙山郊游。下山途中，张建邦遇到了一个崴了脚踝的女同学。天已近黄昏，朴实善良的张建邦背起受伤的女同学，步履艰难地往山下赶。从此，他闯进了肖百合的眼帘，她勾住了张建邦的心。

高三开学不久，一堂体育课，快速提升了两人的感情。

骄阳似火的下午，张建邦班上的男生在投掷标枪，女生在沙坑练跳远；肖百合班上的女生在练短跑跨栏，男生在投掷铅球。

突然，一个男生投掷的标枪偏离了方向，直冲短跑跨栏的肖百合飞去。同学们大喊："百合，危险，快停下来！"肖百合却误以为同学们在开玩笑，反而加快了速度。

眼看标枪就要落在肖百合的头上，张建邦迎着肖百合扑了上去，二人摔倒在草地上。真险啊，如果不是张建邦及时扑倒她，后果不堪想象。

第二天晚上，肖百合把张建邦约到公园。两人一前一后，默默地沿着花草灌木簇拥的小径走着。

"你没有磕伤吧？"沉默了半天，张建邦终于憋出了一句。

肖百合答非所问：："你呢？"

"你的字娟秀，好看。"张建邦也答非所问。

肖百合答道："你的字比我的好，有力。"

"哦，"张建邦怯怯地说道，"咱俩的事……"

肖百合赧然一笑："我喜欢你。"

张建邦灿烂一笑："我也喜欢你。"

"瞧，月亮是多么的美丽。"肖百合赞美道。

张建邦回答道："不仅很亮，而且很圆。"

肖百合回头幸福地看了张建邦一眼。

"你比你姐姐漂亮。"

"我太瘦了，还是玫瑰漂亮。"

"你比你姐姐温柔。"

"她的心肠很好，就是脾气大一点。"不愿让第三个人分享这美好时刻，肖百合岔开话题道，"你打算报考什么专业，是数学，还是化学？"

"我比较喜欢化学。化学创造自然，改造自然，可以探索未知的世界。我想朝这方面努力，你看中吗？"

伴着温馨月光，嗅着芬芳花香，两人面向而立，你一问我一答，你一言我一语，聊学习，谈理想，与爱情无关却又紧密相连。

"快要高考了，我们应该集中精力学习。今后，咱俩不再传递字条，每天，你让我看见你一次就中啦。"整个晚上，肖百合第一次说这么长的话。

"百合，我天天想你，真的。"那个年代男女独处直呼其名，远胜时下"我爱你"的震撼力。肖百合的脸颊瞬间涨红："我也想你，建邦。"

　　心心相印，彼此爱恋，激情荡漾的张建邦，微张双臂想要拥抱她；周身酸麻的肖百合，轻咬嘴唇想要扑到他的怀里。可惜老天不愿成人之美，迎面走来一对恋人，两人肃然呆立。

　　羞怯的肖百合更加羞怯，再不敢与他激情似火的目光相对。两人默默踏上来时的小径，直到公园大门，肖百合才动情地说道："建邦，我欠你一个拥抱。"说完，莞尔一笑。

　　晚上十时，杨帆打来电话，宋祺祥被他传来的消息惊呆了：石顺诚当选了，肖玫瑰当选了，张建邦落选了！

　　"其他人呢？"

　　"好像还有一个叫碧玉的女人，得票也过半了。"

　　"你听谁说的？"

　　"我刚从篮球馆出来。"

　　宋祺祥的头蒙了，而张建邦的头早就蒙了！

　　张建邦机械地走出篮球馆，蹲在僻静的角落里，闷头抽烟。他和宋祺祥一样想不明白，一点儿也想不明白！

　　此刻，他的大脑翻江倒海般地旋转起来：今天的、昨天的、去年的、几年前的，甚至十几年前的画面——只要是与南大街村、鑫盛公司有关的记忆，全都转化成了支离破碎的画面。

　　透过半人高的绿篱，张建邦瞅见杨继昌和李戈唉声叹气地走过去，瞅见张建胜和张建强垂头丧气地走过去，瞅见一个又一个熟悉的乡亲走过去，他没有做出任何反应，他已无力，已麻木。

直到听见李佩珍的抽泣声，张建邦的脑袋才恢复一点活力，他想问一问李佩珍怎么哭了，可他张了几次嘴，都没能发出一丝声音，或许是她的抽泣声太凄凉了，冻结了他的喉咙。

突然，篮球馆内传来雷鸣般的欢呼声："我们胜利了！张建邦落选了！"是啊，在这种屈辱的场合，任何相信他的人、追随他的人都会万念俱灰，黯然离去。.

张建邦没有走，他木然地蹲在角落里。忽然，一个熟悉的声音轻轻响起，他腾地站了起来。

"你没走呢？"

来人是肖百合，黑夜里，那件白底印花的衬衣格外醒目，那双满怀激情的眼睛分外明亮。她一下子扑到他的怀里，紧紧地抱着他。

"建邦，挺住！"

张建邦僵硬地站着，任由她的双手轻抚自己的脊背。

"一定要挺住！没有迈不过去的沟，没有越不过去的坎……"

张建邦终于反应过来，小心翼翼地轻推她的肩头。

"这是我欠你的一抱！这是我欠你的一抱！"

他想起昔日公园里的月圆花香，想起两人相恋的情景，他热血沸腾，两臂一合，把她紧紧地抱在怀中，他把脸颊紧贴在她的头上，拼命地嗅着她淡淡的发香。两人紧紧地抱在一起，忘记了时间，忘记了周围的一切，直到他捧起她脸颊的那一刹那，她轻柔地挣脱了他的怀抱。

"建邦，我只欠你一个拥抱。"

"百合，谢谢你！真的谢谢你……"张建邦双眼满含热泪。

"谢什么呢，该回家了。"肖百合一边扯平衣服，一边柔声劝说，"我陪你走一段路吧。"

人言可畏，张建邦有些犹豫。

"该走的人早走了，该忙的人忙着呢。"肖百合淡然一笑，豪爽地说道，"再说啦，都到这种地步了，谁还怕谁呢，走吧。"

"是啊，这个时候谁还怕谁呢，走！"说着，张建邦伸手就去拉她的衣袖。

"小声一点。你不要拉扯，咱们并肩走就行了。"肖百合落落大方地说道，"张总，你走快一点嘛，嫂子肯定等急了。"

张建邦心头一热，暗暗叹道："如果没有她，自己怎么有力量站起来？"

第二天刚起床，宋祺祥就收到一条短信。短信内容正是他迫切想知道的消息——换届选举的计票结果。宋祺祥仔细地阅读了一遍，禁不住仰天长叹。

换届选举的唱票结果：第一名，肖玫瑰，6107.3万股；第二名，史碧玉，6080万股；第三名，石顺诚，6030.6万股；第四名，穆瑞芝，5510万股……第六名，李佩珍5465万股；第七名，张建邦5303.2万股；第八名，肖百合5110万股……第十一名，张建胜，4062万股……第十三名董振东，4019万股……第十五名，许承志，3012.7万股……第十七名，张建强，2091.3万股。说明：集体股不投票，有效股11723.4万股，获得5861.7万股以上者当选。最终，肖玫瑰、史碧玉和石顺诚当选公司董事会董事。

宋祺祥再看原监事长马景福的得票数，没想到竟然排在两个陌生人之后，得了第三名，监事会候选人全部落选。

冷静下来后，宋祺祥拨通了给他发短信的人的电话，致谢。

听声音，对方是一位中年妇女。她说："你是我的老领导。我们知道你关心什么，你也知道我们关心什么。你不用怀疑，这个计票数，一股也不会错。"说完就挂断了电话，宋祺祥猜出她应该是食品厂的老员工，但猜不透她发短信的用意。

第十二章　用心良苦促稳定　痛定思痛吐真言

夜幕降临，华灯初上，宋祺祥匆匆赶到鑫盛商务大厦对面的饭店。

"今天是牛主任六十六岁生日，我想给他庆祝一下。担心遇到大堵车，只好就近找家饭店，正好老领导也想见见你们。"

牛书记现任省人大常委会副主任，李区长现任市政府秘书长。

"我明天就正式退休了。嘿嘿，就像老李所说只能在家种种花，养养鱼，散散步了。"看来，牛主任还没有做好退休的心理准备。石顺诚婉言说道："牛主任，你来给我们当高级顾问吧。"

"这话提醒了我。"牛主任恍然道，"老李，我今后说话能不能随便一点？"

不知牛主任为何这样说，李秘书长一愣。

"从现在起，我就是平头百姓了，无论说什么都不算是干预政府工作吧。"牛主任扭头问道，"建邦，我几次经过鑫盛宾馆，瞧见聚集了不少群众，怎么回事？"

李秘书长这才明白，老领导邀他们前来的原因。眼看张建邦瞠目结舌，石顺诚只好简单介绍群众聚众闹事的原因，他没敢吐露换届选举的事。

"教训深刻。"牛主任激动地叩击桌面，"老李，市委市政府决定，四环以内的村庄三年内'合村并城'，撤村改制工作还要深入进行。你手下的秀才多，能不能写个材料，教育农村干部处理好与群众的关系。"

"这个案例是够典型。"李秘书长慎重地说，"老齐分管老城区的维稳工作，我找他了解一下情况。"

"区政府既然没有请示汇报，那就是他们有了解决的办法，这事算了吧。"

"老领导，案例讲究实效性……"

"你瞧瞧你们，一个个跟霜打的茄子似的。唉，育成一木需要数十年，伐掉一木只需几分钟。"

眼看牛主任菜也不吃了，酒也不喝了，三人忐忑不安。

"这些年来，南大街村发展得不错。"牛主任和蔼地说道，但瞧着三人萎靡不振的样子，立刻又来了火气，"不就是没有处理好干群关系嘛，又不是贪污腐败要蹲牢狱，愁什么眉，苦什么脸？"

李秘书长碰了碰身边的石顺诚。

"牛主任，谈起这些事，我就心痛。十几年来，为了企业做大做强，为了群众过上好日子，我们改革开放，锐意进取，取得的成绩有目共睹……"

李秘书长又碰了碰石顺诚。

"当然，我们重视发展而忽视民生确实不妥，个别群众不讲理和群众要福利也属正常。但是，如此之多的人，对我们的付出和工作不理解，一闹再闹，闹得人心四分五裂，闹得企业天无宁日……"

"你等等。"牛主任不满了，点着手指说道，"什么群众不理解，什么群众要福利，通通是表面问题，不是实质问题。"

"老领导，不要发脾气。"李秘书长劝解道。

"老李，这不是小问题。"牛主任的脾气似乎比过去还大，满脸怒色，"发展与民生的关系没有处理好，只是矛盾的激化点；干部与群众的位置没有摆正，才是矛盾的根源。"

石顺诚赶紧点头。

"我认为，你们的撤村改制工作有些粗糙，你们的量化分配方案有些不合理，你们的企业管理有些不民主，你们的工作作风有些简单化。究其原因，说好听的，是你们忽视了群众利益；说不好听的，是你们损害了群众利益。你们感到委屈，但是，无意伤害和有意伤害，造成的结果是一样的。"

此话言重意深，张建邦抬头瞧了瞧牛书记。

"为民谋事而问计于民，是勤政；为民谋利而疏于民心，是懒政；为民造福而自行其是，是庸政。不动员群众参与，不争取群众支持，盲目追求所谓的政绩，最终只会失败。"

此话极富哲理，宋祺祥举目凝视着牛书记。

"建邦，相信群众，就要把自己和群众摆在平等的位置上，而不能当成上下关系，更不能当成对立关系。问题既然出来了，就应该积极地去解决，诚恳地去面对，不能怨天尤人，更不能居功自傲。"

此话语重，但对张建邦来说一切都无所谓了。

"过去咱们常说，为人民服务，要做到密切联系群众，倾听群众呼声，关心群众疾苦。现在咱们常说，干部是人民的公仆，必须情为民所系，权为民所用，利为民所谋。那么，咱们还有什么委屈和怨言呢？更不能因为受了委屈，而萎靡不振，而不思进取，而置群众的利益于不顾。建邦，你是一把手，你一定要振作起来，只有你振作起来了，南大街村才有希望。"

道理都懂，可心里不顺，张建邦勉强一笑。

"你到底听明白了没有？"牛主任厉声问道。张建邦赶紧点头，石顺诚连忙表态："牛主任，我们都明白。"

"你不要替他挡枪。一把手的问题不解决，一切都是空谈。"牛主任手指叩击着桌面，高声说道，"我这辈子，还没见过是非不辨的群众。只要你们认识错误，一定会得到群众的谅解；只要你们改正错误，一定会得到群众的拥护。张建邦，你给我振作起来，我最讨厌你现在这副德行！"

"好，好好。"张建邦挺起胸膛说道，"牛主任，我一定振奋精神。"

第二天上午九时，董事会扩大会议正式开始。与会的三十多名董事、监事以及中层以上干部，人人沮丧着脸。

"呵呵，"张建邦笑着说道，"老马，你怎么啦，是没睡醒还是没睡好？无精打采，萎靡不振的，要不，上午休会？"

马景福不好意思地笑了笑，众人也跟着笑了起来。

张建邦说："第一次选举已经结束了，结果虽然对我们不利，但大家也不必挂在心上，我们应该把精力放到第二次选举上。静下心，稳住神儿，总结经验，争取在第二次选举中，打一个翻身仗。"

自从昨晚与牛主任吃过饭，石顺诚感觉张建邦简直像换了一个人。

张建邦接着说道："有些事，过去了人们反而会铭记在心。就像昔日南大街村村两委的办公小楼，永远会留在南大街村人的记忆里；就像这栋商务大厦，永远会耸立在鑫盛公司股东的心中。在你们的手中，食品厂起死回生，鑫盛宾馆朝气焕发，小商品城生意兴隆，商场里人头攒动，仓储物流园财源滚滚。短短十年，鑫盛公司的总资产从一亿八千万元，变为现在的十二亿元。如此业绩，谁能和咱们比？"

张建邦喝了一口茶，又激动地说道："回首往事，感慨万千。在座各位谁没经历过苦难，几乎人人种过地，办过厂，失败过，也成功过。但如今个个坚守在南大街村的土地上，咱们图的是什么？"

石顺诚担心张建邦把大家的情绪带到群众的对立面上，可一想到自己已经顺利当选，这个时候不便打断张建邦的话。

张建邦目光炯炯，巡视着众人，响亮地说道："咱们不图官，不图财，图的是老百姓能够过上好日子！"他的话刚说完，大家便报以热烈的掌声。

"昨晚，一个老领导对我说，干部是人民的公仆，必须情为民所系，权为民所用，利为民所谋。为了群众的利益，咱们吃苦是应该的，咱们出力是应该的，咱们受委屈也是应该的。所以，我希望大家收收心，鼓鼓劲，集中精力搞好第二次选举工作，给群众交一个满意的答卷。大家说，对不对？"

"对！"大家齐声答道。

原来落脚点在这里，石顺诚放心地笑了。

"石总，我先谈谈看法，你再把把关。"张建邦话语恭敬。石顺诚也不敢怠慢："你是董事长，你说了就算，我听你的。"

张建邦随即安排本届股东大会第二次选举的会务准备工作，最后说道："根据股东大会通过的换届选举办法有关规定，第二次选举是终极选举。也就是说，经过两次选举，只要不低于法定人数，那么有多少人当选就由这些人组成新一届董事会和监事会。所以，第二次选举可以说是背水一战，大家必须高度重视。"说完，把目光转向了石顺诚。

"张总的安排全面具体，尤其是提出背水一战的口号，我非常赞成。"石顺诚高兴地说道，"没有压力就没有动力，希望大家团结一致，打好这关键一仗。我和张总的想法一样，坚信群众的眼睛是雪亮的，坚信咱们可以打赢这一仗。"

"下面，我再说一件事。嘿嘿！"张建邦从嗓子深处挤出两声干涩的苦笑，"经过深思熟虑，我决定退出这次换届选举。"

宛如晴天霹雳，大家都惊呆了。宋祺祥不敢相信此话出自从不认输的张建邦之口；李佩珍感觉南大街村的天塌了；石顺诚不敢相信张建邦关键时刻退选；肖百合感觉今日的张建邦是这样的陌生，他竟然临阵脱逃……

张建邦扫了一眼众人，平复了一下心情，说："群众是善良的。但是，善良的人最容易受人蒙骗。我之所以做出这样的决定，一是因为我现在是公司的董事长，背负着贪污腐败的罪名，势必影响选举结果。二是因为不管怎么讲，撤村改制工作确实存在问题，损害了群众的利益，我作为负责人应该承担责任。三是一旦选举结果如咱们所愿，肯定有一些人不服，这就给下一届董事会带来更大麻烦。"

原来是为了大局，宋祺祥顿生敬意。

"咱们要把群众的利益放在第一位。眼下，团结最重要，公司的稳定最重要。我既然是企业不稳定的根源，既然已成为企业发展的绊脚石，就应该退出选举。所以，请大家理解。"

"我也退出选举！"李佩珍再也控制不住自己的情绪。随即，愤怒的喊声此起彼伏："我不干了！""我也退出选举！"……

"我的话，白说了？"张建邦站起身，大声说，"你们都是鑫盛公司的顶梁柱，你们都是群众心头的希望之光！如果你们不干了，信不信，明天就会有人瓜分集体这点儿家产，就会有人抢夺、霸占大家多年来的心血。你们的家，群众的家，大家的家，统统要完蛋！"

会议室一片寂静，人人低头不语。

张建邦苦笑一声，动情地说："你们为我打抱不平，我谢谢大家。但是因为我而丢掉为群众干事造福的机会，忽视全体股东的利益，岂不是把我推向不忠、不义、不仁的境地。所以，我恳求大家着眼现实，放眼未来，不要冲动，不要悲观，鑫盛公司的明天一定是美好的。好啦，我不再多说了，一切拜托大家了！"说完，习惯性看看身边石顺诚的位置。

"呃，"石顺诚恰好推门进来，歉意地说，"我去了趟卫生间。"

"石总，还有什么工作需要安排？"

"我说几句。"石顺诚严肃地说，"今天，张总一再强调，要把群众利益放在第一位，意义深刻。大家务必振奋精神，按照分工，认真做好第二次选举的筹备工作。张总为了群众团结和企业稳定，打算退出第二次选举。其实，群众能不能团结，企业能不能稳定，大家都负有不可推卸的责任。"

把"决定"改为"打算"，宋祺祥心里感到一丝欣慰。

"张总的打算，在没有正式公布以前，任何人不准泄露。"石顺诚极其严厉地说，"即使是你的老婆或你的男人，都不准透露一个字。否则，现在就别干了！"

张建邦刚走进办公室，齐区长就匆匆忙忙地赶了过来。

"张总，你我认识十几年了，咱俩闹过矛盾，也共过甘苦。我一直把你当朋友。"尚未坐稳，齐区长就急急地表明态度，"我这次来，既不代表工作组也不代表区政府，是作为朋友和你聊聊天。"

"齐区长，您客气了。"

"我这个人不懂客套，喜欢直来直去，哪句话说得不恰当，还请你谅解。"

"您我之间不需要客气什么。有什么话，齐区长，您就直说。"

"肖玫瑰第一次带人闹事，我确实没当回事，以为不过是想要点福利，考虑到你们给股东的回报确实较低，加上区里有人说你向来小气，办事舍不得花钱，所以我就让谭区长出面，压着你们答应了肖玫瑰的条件。我本心是想帮你们大事化小，尽快稳定局面，没有想到会带来连锁反应。"

张建邦微笑着看齐区长。

"肖玫瑰第二次带人闹事，在罗主任指点下，我逐渐认识到问题的复杂性。所以，我们对肖玫瑰等人加强了思想疏导工作，也针对其堵门等行为采取了措施。但是，没想到你们撤村改制的工作，竟然存在重大隐患。"

张建邦依然微笑着看齐区长。

"第三次肖玫瑰直接带着举报材料去了市纪委，引起了市领导的高度重视。从维护你及领导班子的威信着想，从维护南大街村集体经济出发，区委区政府主动承担了调查任务，进行了大范围的查证，对群众做了大量的思想工作，力求保持企业稳定发展。"

张建邦依然微笑着看齐区长。

"区委区政府高度重视，明确要求工作组实事求是，有错必纠，两面要硬。逐步完善，达到群众基本稳定，班子基本稳定，确保旗帜不能倒的目标。后来，又把逐步完善改为依法完善。"

张建邦微笑着起身，给齐区长添加茶水。

"你们设置职务股和贡献股不能算错，但分配得不公平、不合理，且不能服众。例如，这两个股的比例几乎与人头股的比例相等，你的持股比例占了总股本的十分之一，子孙后代可以继承的规定更不对，其他问题我就不多说了。"

这是张建邦心中永久的痛，他脸上的微笑消失了。

"在召开股东大会之前，我和谭区长的意见一致，坚持只表决取消职务股和贡献股这一个议题，不涉及换届选举的问题。为什么呢？就是想用时间换取空间，让群众冷静一下头脑，同时淡化群众的不满，引导群众客观全面地看待问题，也想让你们通过自己的努力，去争取更多群众的信任和支持。"

原来是这样，张建邦方知区领导用心良苦。

"有一点我想告诉你，之所以让街道办事处主持那次大会，是区政府主要领导研究后做出的决定，既是为了早一点使企业稳定，也是体谅你们当时的困境。"

这话让张建邦吃惊，他为自己看戏的态度感到脸红。

"关于你贪污腐败的问题，宋总找过我。为什么工作组没有下最终的结论？这也与时间有关。工作组虽然进行了大范围的调查，但一时半会儿也不可能把你们多年的账全部审核一遍。"

这是张建邦最不满意的，因此他听得十分认真。

"这需要大量的人力、精力和时间，而此时的当务之急是安抚群众的情绪，使企业稳定发展。如果大张旗鼓地来查账，搞个一年半载，你们还要不要发展了？"

这确实是一个很难处理的问题，张建邦体谅地一笑。

"你是不是不理解？你应该知道，国家反腐的力度日益加强，群众痛恨干部腐败的情绪高过以往，像过去算不上大事的请客送礼，现在也在严禁之列。张总，有些账不敢累计呀！"

为什么不敢累计？张建邦疑惑地盯着齐区长。

"你们到底买过多少东西去疏通各方面的关系？只说那两台车吧，岂能一个'借'字糊弄过去？还有请客送礼，一年花个十万八万的不算多吧，而你当了十五年的一把手啊。"

这不是秋后算账吗，张建邦气得直发抖。

看到张建邦如此生气，齐区长话锋一转，说道："退出选举，我不知道你是怎么想的，也不想知道，因为决定权在你手里。我这个人当过十几年的兵，只知道既然穿上军装，就是死也要死在战场上。"

听齐区长这么，张建邦扑哧笑了。

"唉，我算是看出来了，你是不想和我聊天。算了，等你什么时候想和我聊了，我再来。"

送走齐区长，张建邦独自坐在办公室里，静静地思考着。下午三点多，他终于拿定主意，让张建强发信息，把自己退出董事会选举的消息公布于众。

此时，肖玫瑰正在群众大会上激情演讲。

"玫瑰，你等一下再讲。"瑞芝悄声说道，"张建邦不干了！"

"什么？"肖玫瑰大吃一惊，"是谣言吧？"

"不可能是谣言，是张建强发的信息。"瑞芝把手机递给肖玫瑰，"你瞧。"

看完短信，肖玫瑰感觉胸口一紧，两腿一软，跌坐在椅子上。

"你怎么啦？"瑞芝急忙提醒道，"大家都等着你讲话呢。"

木然呆坐的肖玫瑰，毫无反应。突然间，她一手抱着头，一手按着胸，趴在桌子上抽泣起来。

第二天是个下雨天，张建邦拎着湿淋淋的雨伞，径直去了石顺诚的办公室。

"石总，"张建邦客气地说道，"我想把公司里的事，尤其是财务上的事先交给你。"

"建邦，你开什么玩笑？"石顺诚推辞道，"新一届董事会还没有成立，新的董事长还不知道是谁，现在就交接为时过早吧。"

确实有些过急了，张建邦不好意思地一笑。

"你现在还是董事长，该怎么干就怎么干。"石顺诚表态道，"只要不违反原则，我还是听你的。"

张建邦这才说道："截至目前，咱们还有五千多万元的债务，其中欠银行三千多万元，欠工程款一千多万元，内部集资退款还留个尾巴，大约有七八百万元。我想，能不能先把这些账还了。"说完，瞧了瞧石顺诚。

还清债务，哪来的钱呢？石顺诚不知如何回答。

张建邦解释道，"还清债务，为咱们这些年的工作画上一个完整的句号，落得一身轻松。"

"你的想法很好。可是，如何筹款？"石顺诚反问道。

"这不难。"张建邦肯定地答道，"咱们账上还有六千多万元。"

"啊！哪来这么多钱？"石顺诚吃了一惊。

"我不是故意要瞒着你，而是苦日子过怕了。"张建邦解释道，"前些年公司效益转好后，我就设定了一个资金库存风险点。开始是五百万元，后来是一千五百万元……不知不觉就积累了这么多。"

"建邦，账上有这么多钱，你还天天到处哭穷，难怪群众说你抠门。"石顺诚笑着说道，同时也被张建邦的这种做法深深折服。

"石总，你要是为难的话，"张建邦退一步说道，"那就先把银行的三千多万元还了……"

"要还，就全部还清吧。"石顺诚连忙打断道，"这也是对你这些年工作的肯定，无债一身轻，不能让别人抓把柄，说闲话。"

"石总，谢谢你的理解。"

张建邦之所以谢谢石顺诚的理解，是因为当初向银行申请贷款时，附带抵押了企业法人的房产证。石顺诚怎能不理解呢，这一切都是为了南大街村啊！

"建邦，你现在还是董事长，你来安排就行了。"石顺诚想了想，又补充道，"如果有人不同意，就说我们已经商量过了。"

"谢谢。"张建邦接着说道，"我退出选举的事，没有提前征求你的意见，还请多多谅解。"

"你今天怎么这么客气！"石顺诚说，"昨天晚上，我和宋总就打算找你好好聊聊。既然你已经拿定了主意，也对外公布了，我和宋总理解你的苦衷，也尊重你的选择。"

"呵呵，"张建邦苦笑两声，问道，"如今，事态发展到不可收拾的地步，你和宋总没有埋怨我？"

"有什么好埋怨的。"石顺诚劝慰道，"宋总说得对，咱们在一起谋事多年，出了问题，人人有责，福祸共担。"

"唉，话虽这样说，但心里不好受。"张建邦神色凝重地说道，"这几天，我日思夜想，把几十年的事翻了个底朝天。思来想去，认为最大的失误也是最大错误，就是没有搞好撤村改制工作。"

"事情已经过去了，就不要多想了。"石顺诚劝解道，"有些事，既是痛苦的教训也是难得的经验。人无完人，你就不要苛求自己了。"

"昨夜，我想了整整一夜。"张建邦痛苦地说道，"撤村改制，这是对群众有利的大好事。当时，我脑子发热，以至于考虑问题不全面，造成了两大隐患。"

石顺诚理解他现在的心情，认真地听他诉说。

"第一个重大隐患，是出资人会议代替股东大会。当时，我没有意识到有什么不妥，反而认为这有利于应对瞬息万变的市场环境，有利于企业经营决策，有利于统一思想大干快上。可万万没有想到，这侵害了股东的合法权益，剥夺了股东的知情权、监督权和选举权。这种不讲民主的做法，动摇了群众基础，最终闹到如今不可收拾的地步。"

认识如此深入，石顺诚心头一震。

"第二个重大隐患，是职务股和贡献股量化分配的办法。一开始，我还认为有点不妥。但经过大家劝说，我也就心安理得地接受了。第一年发放股份补助费的时候，我就意识到出问题了，我的收入高出普通股东太多了。"

这番话说得石顺诚心里难受，他感觉自己辜负了老支书的嘱托，没能好好帮助张建邦。

"第一个重大隐患是催命的，第二个重大隐患是致命的。它的致命之处在于：一是破坏了团队之间的信任。二是破坏了企业的稳定。自肖玫瑰聚众闹事以来，短短时间内，眼看十几年来的心血就白白浪费了。"

这话也只有张建邦能说，石顺诚是说不出口的。

"为何会造成今日的局面，我想了很多。一开始，我认为是群众不识好歹；后来，我认为是没有处理好企业发展与改善民生之间的关系；再后来，我认为是忽视了与群众之间的关系；现在，我则认为是法律意识不强和民主意识淡薄。"

这是全新的深刻认识，石顺诚心中一惊。

"随着社会文明程度不断提高，民主政治和法治建设不断健全，干群关系不再是单纯的领导与被领导的关系，而是领导者基于个人智慧才干，赢得群众的信任和拥护。我的失败，就失败在法律意识不强和民主意识淡薄上。法治和民主，既是党与群众、干部与群众利益统一的根本保障，也是构建和谐社会的两件法宝。所以，讲法制、讲民主，依法治企，民主管理，在日后的工作中必不可少。"

七月三十日上午九时，第二次股东大会在市体育中心篮球馆如期举行。

这次，许承志早早就来到了会场。大会的安排与上次基本相同，还是由李佩珍主持。介绍完候选人情况，宣读完注意事项后，投票正式开始。

董事会原本担心有人起哄滋事，建议取消介绍候选人这一流程，但工作组认为不合适，便没有取消。令人没想到的是，今日会场格外安静，介绍候选人时，既没有掌声欢呼声，也没有嘘声嘲弄声。

许承志很是惊诧，他抬头向四周望去，这时才发现篮球馆的看台上坐满了人，来的股东比上次多了二三百人，人人神色严肃，个个表情认真。这种大会氛围，他还是第一次遇到。

许承志在投票间里足足待了两分钟才出来，他画票很干脆，除了自己以外，其他人名后面打的都是"×"。他依旧潇洒地对着摄像机镜头，微笑着把选票投入票箱。

回到看台，许承志又吃了一惊：投完票的人们又都坐回了座位，几乎没人离开，人们都在焦急地等待着结果。可能因为有了经验，整个投票过程耗时不到一个小时。下午五时，计票工作也宣告结束。

公证人宣布计票结果，许承志竖起耳朵认真听，恐怕漏掉一个字。

"本次董事会董事选举总股数11723.4万股，不含集体股6312.6万股，本次选举有效票选股数为11511万股，有效率为

98.188%，遵照公司有关规定股数过半即可当选，即达到5755万股以上的候选人当选。下面宣布董事会候选人得票数：第一名李佩珍，9612万股；第二名肖百合，9570万股；第三名穆瑞芝，5765万股；第四名张建胜，5746万股；第五名张建强，5106万股……第八名许承志，4513万股……"

前途惨淡，许承志瘫坐在椅子上。

公证员还没公布完，穆瑞芝就嚷嚷道："这是怎么回事？"

监事会投票结果也出人意料，马景福以高票当选。碧玉止不住尖声叫道："有假，有假，计票肯定有假。"

"你脑子进水了？"肖玫瑰似是劝说，又似感叹，"现实是残酷的，也是无奈的。"

最终，第二次选举，李佩珍、肖百合、穆瑞芝当选董事会董事，加上第一次获选的肖玫瑰、史碧玉、石顺诚，当选董事会董事刚好是六人。遵照公司的有关规定，当选董事为偶数时不能履职。于是，公司董事会停摆了。

第十三章　董事会两派对立　老员工大闹会场

"咚，咚咚……"越来越响的敲门声，逼着石顺诚起床去开门。

"今天已经是第五天了。"齐区长一进门就苦笑着说，"石总，你打算考虑到什么时候？"

"齐区长，这几天家里事实在多，过几天我再给您答复。"

"你不要哄弄我。你到底打算怎么办？"

"齐区长，你看我干得下去吗？"

"怎么干不下去？前两天，肖玫瑰还让我给你捎话，她说工作上听你的。"

石顺诚假装没听见，低头盯着自己的脚尖看。

"这些天，我也找了一些群众谈心。绝大多数人说，企业交给你管理，放心；交给肖玫瑰监督，安心……"

"等等，她监督谁？"石顺诚眼睛一瞪。

"我说的是民主管理、民主监督，不是谁监督谁。我这个人不擅做思想工作，又碰上你这个倔脾气，让我怎么说呢？"

"齐区长，您接着说。"石顺诚不好意思地笑了笑。

"这两次选举就像翻烧饼一样，结果截然不同。我现在算是搞明白了，群众一方面呼唤民主，另一方面注重发展。你怎么看？"

"你说，你说。"石顺诚敷衍道。

"群众渴望增收，企业渴望增效，这个领头人非你莫属。石总，这是广大群众的意愿，也是区委区政府的希望，你应担起这份重任……"

"照齐区长这么说，我只剩干下去这一条路了？"石顺诚不快地问道。

齐区长叹了口气，说："南大街村这片沃土，是生你养你的地方，这里的父老乡亲都是你的亲人。他们把你推选上来，不是为你功德圆满送牌匾，而是让你带领他们走上致富之路。"

这话让石顺诚心里一沉。

"鑫盛公司，是你和南大街村村民共同的家。你不能因为一时的委屈，而辜负了乡亲们的殷切期望；更不能因为一时的怨愤，让你们辛辛苦苦建立起来的企业就此衰败。"

"我不是不想干，而是没法干。"石顺诚无奈地说，"就拿这次选举来说，三比三，岂不是谁说了也不算数。"

"政府不可能一直给你们当和事佬，企业还是你们自己说了算。你和玫瑰协商一下，另外选出一名高层管理人员出任董事会董事，以解决董事会人数不合规的问题。"

"协商？这是双方势力日后在董事会上对决的大事。"石顺诚反驳道，"选择谁，我说了算数？"

"石总，董事会是为股东谋事、办事、干事的，不是目标和利益不同的甲方乙方。这种单方双方、你方我方、己方对方一类的说法，以后最好不要再用。"

"知道啦。"石顺诚转移话题，"按票数，应递补张建胜为董事。"

"我征求过肖玫瑰的意见，她不同意。至于不同意的原因，你应该能理解。"齐区长瞧了石顺诚一眼，说道，"我建议增补宋祺祥为董事会董事，肖玫瑰没有反对也没有同意，说是考虑考虑。"

"宋祺祥？"石顺诚心里豁然开朗，问道，"肖玫瑰会同意？"

"我说了，协商解决。你是明白人，企业的事情终究需要你们自己来解决，我们只能在一旁敲敲边鼓，最多两面都敲一敲。"

"不让我分双方，您却要分两面。"石顺诚得理不饶人，激将道，"齐区长，您就不要卖关子了，肖玫瑰在您面前到底许了什么愿？"

"该说的我都说了，还是那句话，企业的事，你们自己解决。"关键时刻，齐区长止住话头，"谭区长让我捎句话：明天上午他在办公室等你。肖玫瑰也让我捎句话：她随时恭候你大驾。"

"石总，你说的 AA 制，是什么意思？"

"我一个大男人，你一个女人，而且是新当选的公司董事，了不得的大人物。不管是你去我家还是我去你家，不管是你请我吃饭还是我请你吃饭，一旦被人瞧见，那谣言还不带着花环、扎着翅膀满世界飞呀！"

222

"你这人不老，脑细胞的岁数倒是不小。"

"嘿嘿。"

"石总，你找我有什么事？"

"我找你？想得美。"石顺诚眼睛一瞪，说道，"齐区长说你随时恭候大驾，我敢不来吗？"

"这个齐区长……"肖玫瑰咽下嘴里的菜，不忿地说道，"你瞪我干啥？你是老大哥，不能总是欺负老妹儿……"

"耶，耶，可不敢这样称呼，隔墙有耳。"

肖玫瑰扑哧笑了："呃，你让我先说？那我就说了。这一年多来，我之所以领着群众闹事，是为了……"

"过去的事，就不要再提了，还是说眼前要紧的事吧。"石顺诚不客气地打断道，"先说董事会缺员的事，你打算让谁补进来？"

肖玫瑰思索一下："我听你的。"

"你既然当了董事，按惯例应安排职务，你想干什么？"

肖玫瑰不假思索："我听你的。"

"瑞芝和碧玉缺乏管理经验，应先到子公司任副职，行吗？"

肖玫瑰又是不假思索："我听你的。"

"为了保持企业的稳定，现有中高层管理人员一律不做调整，行吗？"

肖玫瑰迟疑一下："我听你的。"

"除了董事会工作报告中提及并经股东大会审议通过的惠民措施外，其他任何口头承诺，一律无效，你同意吗？"

肖玫瑰犹豫一下："我听你的。"

肖玫瑰一反常态的顺从，出乎石顺诚的意料，也让他疑窦丛生。石顺诚抽着烟思索着。

　　看着石顺诚不再言语，肖玫瑰有些紧张。看似步步退让，实则是以退为进，这是她与幕后高人商量的计策。那个幕后高人认为：肖玫瑰不具备领导和管理企业的能力，如果石顺诚不干或者不领头干，肖玫瑰就难逃搞得企业群龙无首和搞得企业混乱衰败的责任。所以，肖玫瑰一再示好和十分顺从，诱使石顺诚领头干下去。

　　"我看，你当董事长比较合适。"石顺诚说。

　　"你真坏！"

　　"你说得对，坏人不能当董事长。"

　　"你好，你好，行了吧。"

　　"那么，你当副总经理，行吗？"

　　"行啊。"肖玫瑰爽快地答应道，"我说了，我听你的。"

　　"关于增补董事会董事的事，既然你不同意增补张建胜为董事，那么就只有宋祺祥了。你考虑好了没？"

　　"齐区长，怎么啥话都给你说……"

　　"你就不要埋怨齐区长了。如果不是齐区长，我才不会来找你。"

　　"唉，自古以来，你们男人就不信任女人，可我们女人偏偏相信你们。"肖玫瑰莫名其妙地说了一句，接着又说道，"宋祺祥人不错，又有能力。既然你这个大男人同意他进董事会，我这个小女人不同意也是白搭。"

　　"瞧你这话说的，我可没有让你同意。"

　　"谁说我不同意了！"肖玫瑰禁不住感叹道，"自从当上这个破董事，我就好像变成了童养媳，处处都要忍气吞声。"

"我原来还担心你转变不过来，没想到你转变得如此快。"石顺诚笑眯眯地说道，"这人呀，要随着身份地位的变化而转变。通俗地说，就是由屁股指挥脑袋。"

"你才是屁股指挥脑袋！"肖玫瑰愠怒道，"咱俩在一起工作，今后谁也不准骂谁。"

"刚夸你聪明，怎么又糊涂了。我的意思是，既然当了董事，就不能像普通股东那样想说什么就说什么，想干什么就干什么，必须讲原则，讲素质，讲担当，讲奉献。不仅能干好工作，还要能承受各种委屈。"

"你少说了吗？"肖玫瑰抢白一句，又关切地问道，"谁当总经理？"

"宋祺祥，不仅善于经营管理，而且善于解决难题……"察觉肖玫瑰神色有变，石顺诚赶紧打住，而后问道，"怎么？你不同意？"

"没有。"相比宋祺祥自己的职位低了不少，肖玫瑰有点失落，但她马上察觉到这样回答会带来误解，随即表态道，"只要不是张建邦，谁当我都没意见。我不懂管理也不懂经营，刚才是担心当不好副总经理。"

石顺诚不相信但也不想追究，他要趁此机会，商定一些关键性问题。

"关于你许下的那些承诺，不是想难为你。为什么这样做？等你了解了公司的情况后就明白了。"

"我这人是马大哈，不是小肚鸡肠。"肖玫瑰大大咧咧地说道，"你说怎么干我就怎么干，肯定不给你添麻烦。"

"那好。"石顺诚突然严肃地说道，"你我刚建立起来的这点信任来之不易。今后，只要是咱们共同商定的事，必须落实，务必做到口径一致，不准擅自更改。行不？"

"哟，咋不行呢？行。"

"你能不能做到？"石顺诚紧盯着肖玫瑰的眼睛。

肖玫瑰的脑子飞快地转了两圈，人们常说"两害相权取其轻，两利相权取其重"，这种时刻，当然要先顺从他，等到……

"你到底能不能做到？"石顺诚的一声厉问，打断了肖玫瑰的沉思。

"你那一会儿火辣辣、一会儿恶狠狠的眼睛，能不能别总盯着我？"肖玫瑰可不想这么轻易就让他得逞了，"我都被你吓得忘了你问的是什么了。"

"今后，只要是咱们共同商定的事，必须落实，务必做到口径一致，不准擅自更改。你能不能做到？"石顺诚只好重复说了一遍。

"我保证做到！"肖玫瑰的回答严肃认真，但又小声嘟囔道，"约法几章都行，只要你能做到，我就能做到。"

石顺诚不理会她的流里流气，起身准备离开。

"你等等。"肖玫瑰急急地说道，"你好像少说了一件事，张建邦怎么办？"

"怎么啦？"石顺诚问道。

"难道齐区长没有给你说？"肖玫瑰不相信地说道，"我和他闹得跟仇人一样，今后怎么在一起工作？"

"这……"石顺诚笑了笑，说道，"既然你已经找了齐区长，你就还找他吧。"

实际上，这件事也一直困扰着石顺诚。他打算保留张建邦的待遇，并让其接替宋祺祥担任仓储物流园的总经理。

肖玫瑰出了饭店就去找齐区长，她提议区政府调派张建邦去其他企业工作。齐区长、谭区长同意了肖玫瑰的提议。

听了齐区长的安排，张建邦当场既没表示同意也没表示反对。走出区政府大门，他长长叹了口气，五分钟后他给齐区长打电话，只说了一句话：从明天起我裸退，不再担任鑫盛公司的任何职务，也不去其他企业担任职务。

九月四日下午三时，鑫盛实业有限公司第三届董事会第一次会议在鑫盛商务大厦举行。

一进会议室，宋祺祥就觉得可笑。迎门一侧，坐着肖玫瑰、穆瑞芝和史碧玉；另一侧，坐着石顺诚、李佩珍和肖百合。中间的会议桌，像是棋盘上的楚河汉界，把双方分为两个阵营。

"宋总，你坐这儿。"肖百合起身说道。石顺诚也热情地说道："来，早就给你留好了座位。"

宋祺祥向二人报以微笑，顺势瞧了瞧神色严肃的穆瑞芝和史碧玉。

会议最终决定，增补宋祺祥为董事会董事，并任总经理，石顺诚任董事长、肖玫瑰任副董事长。

肖玫瑰的职务之所以出现变化，是因为她向齐区长抱怨职务低，不利于工作。因此齐区长向石顺诚提出建议："撤村改制遗留问题不少，交给肖玫瑰处理比较妥当。"

群众工作，一直以来都是李佩珍在做。齐区长认为，撤村改制遗留的问题与股东的利益休戚相关，肖玫瑰与股东之间的关系较融洽，如果交给她处理，并且以副董事长的身份出面解决，将会事半功倍。

齐区长的提议点醒了石顺诚：一是不应该把肖玫瑰边缘化，而是应该发挥她的长处挑重担；二是不应该利用宋祺祥来制约肖玫瑰，而是应该让他轻装上阵搞经营；三是应该让李佩珍协助肖玫瑰工作，以防止肖玫瑰信口开河，乱了规矩，乱了人心。

"我低估了齐区长。这个人不简单啊，平时不显山不露水，危急时刻三言两语就把问题解决了。"宋祺祥感叹道。石顺诚也感叹道："我原来也瞧不上他，现在才发现他虑事全面。"

最后，会议进入发言表态阶段，肖玫瑰第一个表态：

"今天，我作为公司的一名董事坐在这里，心情十分激动，感谢大家对我的信任。我不懂企业管理，也不懂企业经营，在座各位都是我的老师，我保证虚心学习，尽快提升自己的能力，以适应工作的需要。既然大家同意把创收增效和改善民生作为今年的两项中心工作，那么我们就应该齐心协力，不辜负广大股东的重托，创造更多的经济效益，提高股东的生活水平。最后，我再多说两句，这一年多来，我说过的话和做过的事，无论是对还是错，都请大家不要记在心上。如果我说过的话，伤害到了在座的谁，我在此表示最诚挚的歉意，希望不要影响到今后的工作。我就说这么多，谢谢大家！"

穆瑞芝发言更短，内容基本和肖玫瑰说的一致，唯一的新意是穆瑞芝在发言中说："股东们希望新一届董事会思想有新变化，工作有新起色。"

早就听说史碧玉不善言辞，宋祺祥以为她会最后一个发言，说不了几句，没想到她却准备了发言稿。

"我十六岁就参加队里的劳动。建利群宾馆的时候，正逢寒冬大腊月，我挺着七八个月的大肚子，挑着七八十斤重的担子，爬上爬下，手冻裂了，脸冻破了……"

碧玉从她参加集体劳动说起，讲述人生经历，讲述人生感悟，讲述人生奉献……东拉西扯十几分钟才转入正题。听得在座的各位人人心烦，李佩珍打起了哈欠，肖百合直翻白眼……

"肖董事长说得对，我们必须以崭新的姿态投入工作中。"史碧玉的嗓门突然变大了，"那么，我们该如何做呢？我认为我们必须改掉过去的坏毛病，切实做到以下五点：一是必须创新，不能墨守成规，应该改变过去落后的工作方法；二是必须为民，不能高高在上，应该改变过去坐在办公室瞎指挥的情况；三是必须惠民，不能冷漠无情，应该尽快解决群众的诉求；四是必须民主，不能搞一言堂，应集思广益；五是必须能干，不能搞一团和气，应该罢免那些不称职的人员。"

如此张狂，这不是明说上一届董事会的不是吗，宋祺祥担心石顺诚发火。

"大家说得都很好，都有干好工作的决心和信心。"石顺诚没有理会史碧玉，泰然自若地说道，"新一届董事会成立了，大家议议如何宣布？"

"石总，这有什么好议的？！"李佩珍语气僵硬地说道，"按照惯例，召开党员和干部会议就行了。"

"凡事都按惯例，永远不可能进步。"史碧玉直冲冲地说道，"我刚才还说干工作必须创新，不能墨守成规……"

肖玫瑰笑眯眯地说道："新一届董事会，是第一次通过全体股东选举产生的。老百姓都知道喜事新办，咱们更应该有新气象，不能一成不变，应该让全体股东都知道……"

瞧着肖玫瑰得意的样子，肖百合很心烦，气哼哼地说道："难道，你还想召开股东大会……"突然察觉宋祺祥用脚尖轻轻地碰了自己一下，肖百合随即不再言语。

"股东们盼着新一届董事会早日成立。"肖玫瑰的情绪不受干扰，依旧满脸微笑，"我建议召开全体员工大会，通过员工的口，把新一届董事会的情况传递给广大股东。"

"你们知道现在公司有多少员工？"李佩珍自问自答道，"五百七十一名，开一次全体员工大会并不像想象中那么简单。"

"上下沟通情况，没必要停产开会。"肖百合冷笑道，"你们最擅长编消息发短信，何不再编一次，手指头一点，一分钟之内家喻户晓。"

穆瑞芝不太高兴，嘟囔道："谁也没说停产开会呀。"

史碧玉更不高兴，辩驳道："谁编消息啦？我们发的消息，全部是真实的。"

肖百合毫不让步，讥讽道："谁编谁不编，天清楚，地知道。"

李佩珍更不妥协，助威道："一点小事，停产开会，挣不到钱，喝西北风啊。"

史碧玉眼睛一瞪，生气道："董事会成立，新领导任命，怎能算小事？"

李佩珍眉毛一竖，抢白道："你说怎么办，难道还要敲锣打鼓发布告？"

穆瑞芝脸色一变，指责道："不管怎么说，董事会成立，新领导任命，是大事，应该让全体员工知道，更应该让广大股东知道。"说着，瞧了瞧肖玫瑰。

李佩珍听出话外音，追问道："你是说，你和史碧玉的任命要在大会上宣布？"

穆瑞芝一愣，反问道："不在大会上宣布，在哪儿宣布？"

李佩珍冷冷一笑，大声道："按照惯例，你在哪个子公司任职，就在哪个子公司班组长以上管理人员会议上宣布。"说着，用手指点了点桌子。

史碧玉冰冷一笑，高声道："张口一个惯例，闭口一个惯例，那是你们的惯例，不是我们的惯例。"说着，用手指敲了敲桌子。

李佩珍一推笔记本，怒道："没有规矩不成方圆，你们不能不讲规矩。"

肖百合一丢签字笔，支持道："当了董事就是领导，你们不能不守规矩。"

"好啦，好啦，都说够了吧？"石顺诚说道，"咱们是为群众干事的，目标是一致的，责任是一样的，今后不要再用'你们''我们'这样的词语了。"

宋祺祥一直在悄悄观察石顺诚和肖玫瑰，他渐渐看出了端倪，也看出了矛盾所在——两人在宣布新一届董事会成立的方式上意见不一。为了树立威信，穆瑞芝、史碧玉要求在员工大会上宣布，肯定是和肖玫瑰事先商定好的。

但是，让宋祺祥不解的是，性格温柔、很少发脾气的肖百合，今日为何一反常态，不顾与肖玫瑰的姐妹关系，句句相争，步步不让。

宋祺祥越听越忧虑。照此下去，董事会就是一盘散沙，如何开展工作？

"人家说，三个女人一台戏。依我看，四个女人一锅粥。"

听石顺诚如此说，四个正在争吵的女人反倒笑了起来。"一会儿吵，一会儿笑，你们四个老——哦，加起来二百岁了，传出去不怕人笑掉牙。"

"石总，要是加上我呢？"肖玫瑰指着自己，笑道，"二百五！"

顿时，穆瑞芝、史碧玉笑得前倒后仰，李培珍、肖百合也笑得捂着肚子。

"唉，你们这些女人真是让人猜不透。"石顺诚既好笑又好气地摇头，"好啦，玫瑰，说说你的想法。"

"宋总，让你看笑话了。"肖玫瑰确实会说话，而且说得好听，"石总不好意思叫老娘儿们，我叫。生产队的老娘儿们就是这样，说说笑笑，吵吵闹闹，反倒显得不外气。我刚才之所以不敢争论，是害怕吓破石大侠的苦胆。"

玩笑开到了石顺诚身上，几个女人又大笑起来。

"按农村的习惯，大老爷们下令，老娘们要听，那我就谈谈我的想法。"肖玫瑰巧妙地转入正题，客客气气地商量，"我，瑞芝和碧玉都是新人，听说一些员工还不认识宋总。因此，我想，在不影响生产的前提下，能不能去各个子公司开会宣布，上下熟悉一下，便于今后工作。如果不合适，佩珍、百合，你俩认为什么方式比较好？"

听到肖玫瑰如此说，李佩珍和肖百合也不好意思再反驳，二人只是淡淡一笑。

"这倒是一个好办法，我看可以一试。"石顺诚扭头问道，"佩珍、百合，你俩怎么看？"

既然董事长都说了可以一试，两人便点头同意了。

"佩珍，具体的会议行程你来安排。"话未落音，石顺诚脸色一变，严肃地说道，"回去后，每人准备一篇短小精悍的发言稿，发言时间不要超过三分钟。这次发言，要让全体股东知道，新一届董事会是一个团结的集体，新任董事会董事都是干事的人。任何人都不要评价上一届董事会的工作，更不要指责上一届董事会的成员。谁还有想法，随时可以找我谈。散会。"

史碧玉不服气地翻了个白眼。

商务宾馆和物业公司是员工大会的第三站。肖玫瑰没有准备发言稿，但话一出口，宋祺祥就知道依然是她在前两次员工大会上的那套说辞——感谢信任支持，强调团结稳定，保证履行职责，决心不负众望，努力搞好经营，积极造福股东等。

肖玫瑰的发言刚结束，就听一个男人大喊道："说过的话，还算不算数？不算数，说得再好听也没用！"

"算数？老娘儿们的毛病，被窝里放屁——独吞！"全场一阵哄笑。

这次喊声来自前面，宋祺祥看清楚了，是两个五六十岁的男员工。

"空头支票，谁要？"一个头发花白的老员工拿出一沓白纸，周边员工纷纷争抢，"不要急，不要挤，一人一张，擦屁股管用。"

宋祺祥瞥见肖玫瑰脸色发红，史碧玉脸色发青，穆瑞芝脸色发白。

"坐下！都给我坐下！"石顺诚指着头发花白的老员工，怒喝道，"白头翁，你要是喝多了，就给我到外边凉快去。"

石顺诚气哼哼地点上香烟，望着逐渐安静下来的会场，迟迟没有说话。足足过了三分钟，他才按灭了烟头。

"我刚才已经讲了，你们既然没听清楚，我就重复一遍。"石顺诚大声说道，"鑫盛公司属于全体股东，不是什么人的私产，更不是什么人的金库！无论谁要股份，无论谁要好处，一律得全体股东说了算！所以，除了股东大会上通过的惠民措施外，任何人的表态，不管是口头许诺，还是文字承诺，一律无效！谁有意见，会后可以找我提。"

寂静的会场上，大家你瞅瞅我，我瞅瞅你，没人吭声。

石顺诚把目光转向李佩珍。李佩珍急忙拿过话筒，照着发言稿念了起来。接下来是史碧玉发言，她是商务宾馆的副总经理，因此特意把她安排在李佩珍的后面发言。

史碧玉铁青着脸，结结巴巴地念完发言稿。话音刚落，底下就响起不满的叫喊声："讲的全是废话，讲的全是空话！""言而无信，不如推倒重来！""重选，重选……"

石顺诚不得不再次站起来，不满的喊叫声逐渐停了下来。

宋祺祥这才明白，石顺诚为什么不同意召开员工大会。作为南大街村土生土长的人，石顺诚十分了解村民的情况。他既担心肖玫瑰等人利用员工大会美化自己，攻击张建邦，同时也担心反对肖玫瑰的人利用员工大会寻衅滋事，进而造成企业内部两派对立，企业新一轮的不稳定。

穆瑞芝发言后，是宋祺祥发言。石顺诚特意介绍了宋祺祥的工作经历以及取得的业绩。

"不用多说，宋总的功劳大家都知道。"石顺诚的话音刚落，下面一名男员工便大声说道。紧跟着，"白头翁"晃晃悠悠地站

234

起来，说道："要不是宋总干得好，赚钱多，还不会有人抢食吃、偷嘴呢。"

"'白头翁'，你今天的话不少啊？要不，我的座位，让给你来坐。"石顺诚的话音未落，另一名老员工站起来嚷道："'白头翁'，你说得太好啦，偷嘴的都是家猫！"

"'劳仙儿'，大白天的，你梦游呢？"石顺诚用手一指"劳仙儿"说道。整个会场哄然大笑，"劳仙儿"赶紧坐下来闭眼装睡。石顺诚紧接着说道："下面，大家欢迎宋总经理发言。"

顿时，会场上掌声如雷，员工们是发自内心地喜欢宋祺祥。

散会以后，肖百合紧走两步赶上宋祺祥，问道："宋总，感觉怎么样？"

"我正想听听你有什么感觉？"宋祺祥反问道。肖百合直言道："听着比较痛快，想想不是太好。"

"你真的这样想？"宋祺祥不敢相信，说，"不管谁对谁错，股东不能分成两派，更不能针锋相对，这样闹下去会毁掉鑫盛的。"

"你可能还不了解情况。"肖百合解释道，"今天在会上起哄的，多数是中间派，少数还是闹事的骨干。如果是支持张总的人，她们早就蹦起来了，肯定闹得不可收拾，就是石总也控制不住局面。"

"石总能够挑这个头，已经很不容易了。"宋祺祥婉转地劝说道，"肖总，团结稳定是当前的首要任务，大家不能各行其是，你和李总熟悉股东的情况，遇事应该多支持他，多帮帮他。"

"宋总，你的意思我明白。"肖百合一笑，说道，"说心里话，看见她们得意忘形的样子就心烦，听见她们自以为是的言辞就恼火。但是，今天看见她们在台上尴尬甚至狼狈的样子，我又有点同情她们，同时也很震撼。"

"震撼？"

"听着老员工的牢骚声，我想了很多。"肖百合捋捋额头的散发，激动地说道，"看似在向公司要好处，实际上是担心公司的未来，这种情绪令我震撼；彼此同在台上，群众肯定不会厚你薄我，这种期望令我震撼；老百姓眼里揉不得沙子，大家给你鼓掌，这种敬重之情令我震撼。"

"是啊。"

"大家一同坐在主席台上，我才意识到我和她们是一个整体。"肖百合表情复杂地一笑，接着说道，"今后，我们谁也不能再看谁的笑话。"

"行啊，肖总。你不仅聪明能干，而且识大体顾大局。只要咱们齐心协力，鑫盛就有希望。"

"但愿如此。"肖百合不无忧虑地说道，"希望我姐她们也能意识到这些，否则，明天的员工大会可能会更热闹。"

宋祺祥一惊，问道："为什么？"

肖百合低语道："我听见碧玉通知瑞芝，要和玫瑰商量什么事。"

"百合，不能再这样闹下去了。"宋祺祥担忧地说，"明日，鑫盛宾馆和小商品城是最后一站，这两处老员工最多。你和李戈、马景福，能不能做做老员工的思想工作，不能再闹下去了。"

"我试试看。"肖百合面露难色，"马景福是老资格，他可能不会听我的。"

"欺人太甚！"史碧玉大声说道，"完全是有预谋、有组织的，张建胜欺人太甚。"

"是不是张建胜挑唆的，还难说。"穆瑞芝虽不同意史碧玉的说法，但也很生气，"那几个老男人，是借酒发疯。"

"你俩能不能小声点？"肖玫瑰说道，"是不是还嫌丢人丢得不够？"

穆瑞芝小声嘟囔道："我听得心里难受，都坐不住了。"

史碧玉也小声嘟囔道："要不是在主席台上，我早就和他们干上了。"

穆瑞芝突然计上心来："回头，我找'白头翁'问问谁摆的酒摊。"

史碧玉立刻赞成："对，查清楚是谁，不能轻饶了他。"

"问什么问？"肖玫瑰没好气地说，"他们都比咱们的资格老，你能惩罚谁？你敢处罚他们，他们就敢找你拼命。"

穆瑞芝的担心油然而生："明日大会再是这样，该怎么办？"

史碧玉一拍大腿，说道："豁出去不干，我也不能再受这种窝囊气。"

穆瑞芝又生一计："咱们出面不合适，最好找老员工帮忙。"

史碧玉立刻赞成："这倒是个办法。"

"不行。"肖玫瑰冷静地说道，"有些人，尤其张建邦，巴不得咱们同他们闹起来，而且闹得动静越大越好。"

史碧玉不甘心地说："这口气，我咽不下去。"

"咽不下也得咽，不然你就憋着。"这话说得有些难听，肖玫瑰又好声安慰道，"碧玉、瑞芝，一直这样闹下去，对谁都不好，而且也不能解决问题。"

听肖玫瑰这样说，两人便不再说话。

肖玫瑰思考片刻，说道："咱们现在也是公司董事。如果再鼓动人闹事，首先受伤害的是咱们。"说着，乏力地坐在花坛边上。

这话说得有道理，两人无奈地叹了口气。

"哎哟，石顺诚说……"肖玫瑰精神一振，本想说"屁股指挥脑袋"，但一想有点不雅，忙改口道，"从今往后，咱们不能再站在自己的角度，而是要站在群众的角度思考问题，寻找解决问题的办法。"

这时，肖玫瑰的手机响了起来。

"真是邪乎，说曹操曹操就到。"肖玫瑰接完电话，接着说道，"明天会上，不管谁说难听话，不管说得多难听，你俩都不能发火。至于下一步怎么办，我回去再仔细想想。"

史碧玉一撇嘴，穆瑞芝却面露微笑，大事当头，她需要请教那个足智多谋的"幕后高人"……

第十四章　欲除异己扩势力　新旧观念大碰撞

"最近，许多群众要求安排子女工作，解决家庭的实际困难。石总，群众的事无小事，咱们应尽快解决。"

石顺诚瞥了一眼肖玫瑰。

"还有，下到普通员工，上到中层领导，年龄普遍较大，青黄不接的局面比较严重。女职工大多四十多岁了，男职工大多五十多岁了，像'白头翁'这样退休返岗的工人也不在少数。"

石顺诚眉头一皱。

"石总，为了鑫盛的长远发展，我们必须补充新鲜血液。"

石顺诚脸色一沉。

"哟，商量工作，你吊什么脸呀。"

"我吊脸了？没有啊。"

"瞧你那脸绷得僵硬，瞧你那眼闪着凶光，好像我欠你钱似的。"

石顺诚的脸色确实难看。他早就察觉到肖玫瑰是打着解决股东子女就业的幌子，企图以新换老，铲除异己，培养势力。

"肖总，千万不能混淆股东与村民的概念。董事会解决股东子女的就业问题是应该的，原村民要求解决历史遗留问题也是应该的。但是，原村民子女就业的问题，应该主要靠他们自己解决，咱们不能大包大揽。"

"你这话，我就不爱听了。"肖玫瑰争辩道，"现在，公司三分之二的员工是外来人。外来人能在公司上班，村里父老乡亲的子女，为什么就不能来公司上班？"

"你是领导，怎能分外来人和本村人？这个分法，不利于企业的稳定。自村办企业成立以来，我们就是本着南大街村村民优先的原则，只要南大街村村民愿意来公司工作，只要符合公司的招聘条件，同等条件下都会优先聘用。"

"我说不过你。"肖玫瑰不得不让步，悻悻地问道，"那么，该怎样解决股东子女的工作？"

"你和佩珍先统计一下各子公司需要的人数，然后咱们再进一步商量。"石顺诚边说边站起身，"我还有事，要出去一趟。"

目送肖玫瑰出了门，石顺诚立刻打电话给宋祺祥。

"石总，我同意你的分析，肖玫瑰动机不纯，这提议中掺杂着私心。"听石顺诚说完，宋祺祥说道，"不过，这也符合肖玫瑰的个性。"

"你这话什么意思？"

"她这个人，既要强又要面子。老员工大闹会场，让她颜面尽失，她肯定不会忍气吞声。"

"宋总，我该怎么对付她？"

"石总，你这话有点不对头啊。你像防贼一样防着她，今后怎么相处，更不要说共事啦。"

"肖玫瑰十分精明，我都搞不清她哪一句是实话。宋总，我现在是尝够了当一把手的滋味，也体会到为啥建邦一瞧见她就来气儿。"

　　"如果换位思考呢？"

　　"我可是站在股东的角度看待问题。"

　　"我是说，能不能换个角度看待肖玫瑰？"

　　"怎么看？"

　　"公司青黄不接的情况确实严重，安排股东子女就业，不仅有利于解决股东与企业之间的矛盾，而且也为企业添加了新鲜血液，有利于企业的长远发展，肖玫瑰的建议不能说没有道理。"

　　"但是，你也应该看出来了。"石顺诚停顿了一下，说，"说白了，她既想报复老员工，又想取得群众的信任，培植个人势力。"

　　"石总，我知道你的处境，左右要兼顾，事事要平衡，既不愿意老员工伤心，也不愿意辛辛苦苦建立起来的企业受损，更不愿意让某些人沽名钓誉。但是，如果有人暗里鼓动闹事，防也防不住。"

　　"她们是人还是鬼，我现在并不在意。"石顺诚疑惑地问道，"听你这么说，斗不是办法，是不是要和？"

　　"和，和的是心。各有所虑，各行其是，怎能和得起来？我夹在中间也不好受。董事会上，你们之间的争执越来越少，彼此的心却越离越远，我很是担忧，也很着急。当务之急，我们要解决董事会内部的团结问题，可我也知道这不是一蹴而就的事儿。"

石顺诚深深地叹了口气，随手把烟头儿丢进了纸篓。

宋祺祥的思路是以尊重换好感，以好感换理解，以理解换信任，以信任换共识。但这需要时间，并不能解燃眉之急。宋祺祥也叹了口气。

突然，两人被一股焦味儿惊醒了，石顺诚慌忙用脚踩踏纸篓中的废纸，宋祺祥端起茶水倒进了纸篓。

"石总，不能乱了方寸。"

"听了你的这番话，我真的是不知所措了。"

"嘿嘿，你这几脚，倒提醒了我。"宋祺祥高兴地说，"既然斗无好法，和无良策，我们何不疏，以退为进？"

"你叫我认输？"石顺诚急了，愤然道，"放在两个月以前，不用你劝，我就不干了，但是现在不可能。眼看她们拉帮结派，祸害企业，就是老百姓不再拖着腿，就是齐区长不再扯着袖，我也会干到底，决不会让她们胡作非为。"

"石总，建邦吃亏就吃亏在急躁上。"宋祺祥解释道，"我不是叫你认输，而是说疏导。咱们面临的问题宛如黄河洪峰，一浪接着一浪，这时，我们不能堵，只能想法疏导。"

石顺诚先是发愣，而后惊讶，最后大笑："好办法！明里顺着她们，暗里盯着她们，等她们的狐狸尾巴露出来，咱们再名正言顺地收拾她们。"说着，高兴地掏出烟。

"你——"虑之不同，行则相反，屡劝无效，难抑心烦，宋祺祥的火气嗖然而升，愤然道，"你能不能等我说完再吸？"

石顺诚一愣。

"大家都是由股东选出来的，都想为股东们干点事，我们应该充分利用这一共同点，先把心扭向一个方向，先把力拉向一个地方，把股东们关心的事做好。"

石顺诚又一愣。

"我们在工作中要求同存异，逐步增进互信，增进团结。咱们不能再这样闹下去了，企业不能在这样乱下去了。"最后，宋祺祥恳切地说道，"石总，你考虑考虑，这样是不是对公司更有利？"

先解决股东关心的事，一边开展工作，一边解决董事会内部的问题，这或许是个好办法，石顺诚思索着……

为了解决员工青黄不接的状况，董事会研究决定在股东及其子女中公开招聘一批新员工，条件如下：

1.性别：不限；

2.年龄：三十岁以下；

3.学历：高中及以上。

鑫盛公司刚成立时，南大街村人大都瞧不起村办企业，几乎没人愿意到村办企业工作，因此石顺诚估计此次来应聘的人不会超过十五个。可他万万没有想到，前来应聘的竟然有五十三人，而且百分之七十是本科、大专毕业生。

石顺诚有些担心。肖玫瑰等人四处鼓动，说公司是股东的，管理岗位就应该是股东的，退休人员应该全部回家，把岗位让给年轻人，年轻就是本钱，识字就是人才，回来就有职务，上班就有前途，等等，造成许多年轻人辞掉外头的工作回来应聘。

石顺诚有些吃惊。这些应聘者不仅受教育程度高，还有七名党员和十二名团员。

石顺诚又有些忧虑。年轻人争强好胜，大量的年轻人进入公司，会不会引发企业新一轮的不稳定？

瞧着面前这沓厚厚的求职者履历表，石顺诚有些哭笑不得。

在新员工欢迎大会上，石顺诚介绍完企业概况，又提了几点要求。肖玫瑰则主要讲了这次招聘的意义，也提了几点希望。正当李佩珍准备宣布新员工的工作时，史碧玉插话道：

"我说几句。正如肖总所说，你们肩负公司的希望，也饱含父母的期望。每当看见你们这些朝气蓬勃的年轻人，我就想起自己的青春时代……石总、肖总，咱们也应该听听年轻人的心声，看看他们是怎么想的。"望着激动的史碧玉，宋祺祥比较紧张，好在她没说什么过激的话语。

石顺诚、肖玫瑰对视一眼，点头同意。

主持会议的李佩珍随即说道："大家不要不好意思，谁先带个头？"

"报告领导，我先来。"李罡站起来说道，"鑫盛公司在父辈们的手中，历经风雨，从小到大，从弱到强，发展到如今的规模十分不容易。我虽然不是鑫盛公司的股东，但是作为股东子女，对鑫盛公司充满美好的期望，保证在今后的工作中，服从领导，勤奋工作，完成任务，多做贡献。发言完毕。"

李罡是退伍军人，他嗓门洪亮，透着一股阳刚之气，石顺诚非常满意。

掌声刚落，一个羞怯的男声响起：

"尊敬的各位领导，我叫齐政。首先，感谢公司领导对我们这批新员工的关心，我们定当努力工作，以回报公司领导的厚望！"

齐政是史碧玉的外甥，身材不高，皮肤微黑。

"我生在南大街村，长在南大街村，非常热爱生我养我的这片沃土，一直想为南大街村做点什么。所以，当新一届董事会发出召唤时，我毫不犹豫地回来了，希望能为鑫盛的发展壮大，奉献自己的微薄之力。伙伴们，我们即将奔赴工作岗位，在奋斗的路上，你我携手共进，我相信鑫盛公司的明天将更加灿烂！"

石顺诚听后不断地点头，他认为齐政的感情十分真挚。

坐在前排的陈婕，也想站起来发言，她抬头看了一眼二婶肖玫瑰。张妍见状随即站了起来。

"正如齐政所说，过去的南大街村，现在的鑫盛公司，不仅是祖辈们的家，也是我们的家。只有对家怀有深厚感情的人，才会关心家，才会爱护家，才会为家而奉献。为了把这个家建设得更加美好，祖辈们日夜操劳，无畏地奋斗。"

张妍是张建强的女儿，张建邦的侄女。她的声音十分激动，尾音带着颤抖。

"鑫盛公司是由几百个小家庭组成的大家庭。这个大家庭，与我们可谓是息息相关。大家庭衰败了，小家庭岂能幸福。所以，在座的每一个人，都要树立起以企业为家的意识，奉献自己的聪明才智。不能营私，不能舞弊，更不能把'大家'视为'小家'，把公司视为个人的私产。"

石顺诚听后不住地点头，张妍的话虽然婉转，但寓意鲜明。

"各位领导，我们五十三个人怀着共同的初衷加入鑫盛公司，通过半个月的培训，我们彼此成了无话不谈的朋友，面对即将到来的工作分配，我们又成为一个赛场上的竞争对手。竞争，不可怕，可怕的是不公平。"

石顺诚终于听出了点门道，这小丫头的话柔中带刚，前面一再铺垫，接下来才是她真正的意图。

"希望各位领导，不要把我们当成私有资产，不要把父辈的恩怨强加到我们的头上。我们为鑫盛公司的强大而来，我们为鑫盛公司的未来而来，我们有自己的理想和抱负，在今后的工作中，希望各位领导，不要干预我们之间的友情。这就是我们的心声。大家说，是不是？"

"是！"

"我们是不是想要——一个公平的竞争平台？"

"是！"

"我们是不是希望——不要损害我们的友谊？"

"是！"

落座后，张妍和陈婕相视一笑。这开心的笑容，让石顺诚心头一颤，也让肖玫瑰发出无奈的叹息。

夏日炎炎，张建胜的高血压病犯了，正在输液。史碧玉突然打来电话：外聘员工罢工了！

今日上午，史碧玉听见几个女员工在大声聊天，其中外聘员工王睿的嗓门最高。

"这是什么地方，吵吵什么？"史碧玉推门而入，大声批评道，"《公司守则》第七条，不得大声喧哗，你们不知道？"

"瞧瞧你们择的菜。"史碧玉数落道，"你们两个是公司股东，怎么能和外来人一样，不知道节俭？"

女员工们不吭声，任凭史碧玉数落。

"公司是你们的家，没有家你们怎么活？我最讨厌那些没心没肺、没情没义的白眼狼。尤其外来员工，上岗前没有经过正规培训，一点都不懂得感恩。"

外来女工王睿实在是听不下去了，端起菜筐就走。

"王睿，干什么？"

"去洗菜。"

"回来！我还没说完呢。"

"史总，你说的，我们都懂。"王睿口齿伶俐地说道，"感恩太阳，给我们带来温暖；感恩蓝天，给我们带来纯净；感恩父母，赐予我们生命；感恩师长，启迪我们的人生；感恩企业，为我们提供发展的空间和实现自我价值的平台；感恩老板，哦，你不是老板，是领导，那么，我们衷心感谢领导的关怀和教育。"

女员工们想笑又不敢笑，一个个憋得脸通红。

"王睿，昨天你抱怨工资没有新员工多，今天……"史碧玉厉声训斥。王睿"咣当"一声放下菜筐，扭头就走："这活儿没法干了。"

听史碧玉汇报完情况，张建胜拔下输液管，就往商务宾馆赶。

今天中午，有五个会议三百多人就餐，一旦不能按时开饭，顾客投诉是小，影响声誉是大。来到宾馆后厨，看到一切正常，张建胜松了一口气。

"你，通知行政、财务和后勤人员，全部来餐厅帮忙。"

"你，把保卫科长叫来。"

…………

"张总，我干点什么？"随着一个个"命令"的下达，张建胜身边只剩下史碧玉一人了。看张建胜没反应，史碧玉又说道："要不，我去后厨吧？"

"后厨，有厨师长呢。"两人共事数月，史碧玉一直称呼张建胜为"老张"，突然改称"张总"，张建胜一时还不习惯："餐厅归你管，协调好就行。"

"喂，你找我？"急匆匆赶来的保卫科长"白头翁"问道。张建胜严肃地说："你安排人员，把宾馆的大门给我看好，不准有人堵门。"

"大门……""白头翁"的话刚出口，就被张建胜打断："哪来那么多废话，我叫你怎么干你就怎么干。"

接到命令的新员工和行政人员都来到了餐厅，肖玫瑰也尾随其后。看到肖玫瑰，张建胜心底不由一沉，硬着头皮迎了上去。

"听说你这里需要帮忙，我过来看看。"肖玫瑰边说边捋起袖子，顺手拿起一件白色工作服穿上，端起装满一次性餐具的塑料箱，来到餐桌前麻利地摆放碗筷。张建胜赶紧劝阻道："肖总，让他们干吧。"

"没事。餐厅的活儿，我干过，比他们熟悉。"二十多年前，肖玫瑰在利群宾馆当过服务员，工作相当娴熟。"人手不够的话，我再通知总公司科室的人来帮忙。"

"餐厅的人手，应该问题不大。"张建胜迟疑一下，说道，"客房部走了二十几个人，我担心应付不过来。"

肖玫瑰凝眉一想，说道："我打电话给百合，看她那边能不能派些人手过来。"说罢，就拨通了肖百合的电话。

张建胜刚松口气，肩头猛然被人拍了一下，回头一看是"白头翁"。

"拍什么拍，没规矩。"

"白头翁"一笑："王睿和两个女工找你，让我挡在大门外了。她们让我转给你一封信，你接不接？"说着，亮出一封信。

"不接！"张建胜火了，"好好的一群孩子，全让你们老家伙教唆坏了。"

"我们真不知道。""白头翁"忙收敛笑容，说道，"刚才，我还劝她们呢，再大的委屈也不能这样闹啊。"

张建胜心烦地转过身去。

"白头翁"附耳说道："老张头，黄土埋半截的人啦，说蹬腿就蹬腿了，能饶人处且饶人吧。"瞧见肖玫瑰走来，"白头翁"扭头走了。

"张总，百合已经派人过来了，十一名新员工，都派过来了。百合让我转告你，你需要用多少天，他们就在这里干多少天。"

张建胜的眼睛湿润了。

下午，董事会专门开会研究商务宾馆的问题，宋祺祥出差在外，没有参加。会上，石顺诚当众宣读了外聘员工的信。

尊敬的公司领导：

我们三十七个人，最长的干了五年，最短的干了两年，我们视公司为家，我们的心随着公司的脉搏跳动，公司顺我们跟着高兴，公司乱我们跟着发愁。

249

今天，我们采取这种方式来抗议，实属无奈。我们不是为了钱，而是为了捍卫我们的尊严。我们处于公司的最底层，是公司最辛苦的基层员工。但我们不怕苦，也不怕累，我们最怕遭受不公平的待遇，遭遇歧视。虽然我们是外来务工人员，但我们也视这里为家。环境不如意，工作不顺心，我们可以辞职，但我们没有选择辞职，而是选择罢工。这是因为，我们既舍不得这个家，更不忍心看着它毁掉，我们希望以此引起公司领导的重视。

我们丢下工作，损害了公司的利益。对此，我们致以歉意并请公司领导谅解。

信很短，但句句耐人寻味。听完，史碧玉松了一口气，信中没有提及她。

"这信写得文绉绉的。"李佩珍率先说道，"张总说得不错，他们对企业还是有感情的。"

"是啊。"肖玫瑰也有同感，"难怪张总不忍心处罚他们。"

"无规矩不成方圆，不处罚怎么行？"穆瑞芝强硬地说道，"其他人就算了，领头的必须辞掉。"

"你知道是谁领的头？"李佩珍不屑地问。

"还能是谁？肯定是王睿。"穆瑞芝答道，"我早就听说她了，有名的刺头儿。"

"谁领的头并不重要，"石顺诚高声说道，"关键是人家想表达的意思。"

大家停止争论，都抬起头看向石顺诚。

"这是在向我们表达：鑫盛公司的环境不好，人分三等，事分内外。更甚者鑫盛公司的领导们还没有意识到，还自我感觉良好。"石顺诚敲着桌子激动地说道，"既然人家把鑫盛当作了家，把咱们当作了家长，那不如咱们从家长的角度来思考一下。"

听石顺诚如此说，肖玫瑰担心地瞥了一眼史碧玉。

"我兄妹四人，姐姐是老大，我派行老二，妹妹是老三，弟弟最小。我们在一起玩耍经常闹气。弟弟哭了，我妈抱着亲：'谁又惹你了？我打他。'妹妹哭了，我妈蹲着哄：'谁惹你了？我骂他。'我哭了，我妈俯身劝：'谁敢惹你？我吵他。'姐姐哭了，我妈随意地说：'谁能惹你？我说他。'这种事你们应该都遇见过。"说完，石顺诚自个嘿嘿笑了起来。

话中有话，没人跟着笑。

"大家如小家。在鑫盛这个大家庭里，在座各位好比是家长，股东员工好比是弟弟，外来员工好比是姐姐，确实存在着地位不同的情况。"

确实如此，大家内心一沉。

"为了方便，咱们习惯把员工分类，这本来不算什么大事。可是，久而久之，某些领导的思想观念却发生了变化，把股东员工当成了自己人，把外来员工当成了外人，外来员工在公司的地位越来越低。"说完，石顺诚扫了一眼史碧玉。

史碧玉紧张起来。

"这是非常危险的，这就从根本上掐断了维系大家庭的基础。有些人认为，他们好比出嫁的姐姐，暂住几天终归要回婆家。有些人认为，他们好比逃荒的难民，讨口饭吃终究要离去。所以，他们只盯着外来员工从公司领取多少工资，从未考虑过他们为公司创造了多少效益。"

史碧玉羞愧地低下了头。

"三个月前，鑫盛公司五六百名员工中，股东员工不到二百人，其中三十岁以下的股东员工只有八个人，青黄不接的情况十分严重。玫瑰首先意识到问题的严重性，并提出招聘建议。所以，这次我们一下子招进了五十多人。听起来人数不少，但实际上够用吗，能满足企业发展的需要吗？"

话题转移，史碧玉稍感放心。

"目前，企业内最辛苦的工作，基本上都是由外来员工在做。随着不断发展，今后外来员工将担负更大的重担，甚至成为主力军。如果今天咱们把外来员工当成廉价劳力，肆意伤害他们的感情，任意侵犯他们的权益，今后谁还愿意来鑫盛工作？"

这番话点醒了在座的每一个人。

"一念之差误事，一策之差误企。我们的思想观念必须转变。"石顺诚轻轻一叩桌面，加重语气说道，"股东就是股东，企业就是企业，两者必须分清。工作中，所有员工一律平等，任何人不得享有特权，这一点，作为企业的领导者，我们必须认清，务必做到。"

肖玫瑰想起招聘新员工的初衷，心里有些不安。

"在座的各位都是聪明人，大道理就不用我多讲了吧。"石顺诚严肃地说道，"从今往后，任何人都不能再为员工分类，什么股东员工、股东子女员工、外聘员工等这些叫法，不得再在公司里出现。这项规定，希望董事会成员带头执行。大家有什么意见？"

"我说几句。"肖玫瑰接过话，说道，"听了石总这番话，深受启发。我认为，我们应该把这些员工请回来。"

石顺诚和史碧玉不约而同地盯着肖玫瑰。

"同时不追究任何人的责任。但要有个期限，超过这一期限，就视同自动离职。"

"玫瑰的办法，我看可行。"李佩珍说道，"这样就有利于缓和员工与企业之间的矛盾。"

"张总，"肖百合建议道，"可以把这些人调到我们宾馆。"

"还是尽量留在原单位吧。"肖玫瑰抢先说道，"石总，我去吧？做做他们的工作，争取尽快让他们回来上班。"

处理这种事，不仅需要口才，还需要耐心。石顺诚原本打算让李佩珍去处理，没料到肖玫瑰主动请缨。他迟疑一下，点头同意了。

第十五章　高风亮节暖人心　急功近利惹是非

　　雪越下越大。石顺诚来到"白头翁"居住的楼下，雪水浸透了鞋袜，裤腿结着薄冰。

　　"哎哟，你怎么来了？""白头翁"一惊，"喂，你们看看，谁来了！"

　　六七个老员工一拥而上，争着帮石顺诚拍打身上的雪。

　　"天太冷了，想找'白头翁'喝两杯。"石顺诚把随身携带的酒菜摆放到桌子上，而后歉意地说，"没想到你们都在，东西带得有点少了。"

　　"你这不是打我的脸吗？来家还能没酒喝呀。""白头翁"高兴地调侃道，"哟，石总你想喝死我啊？带了三瓶酒。"

　　"嗬，石总还想撑死你呢，带了两只烧鸡。""劳仙儿"笑着说道。"老拐儿"拿起酒，说道："好酒！'白头翁'，你小子真有福气啊。"

　　二两酒下肚，"白头翁"悄声问道，"石总，你找我有事？"

　　"没事，酒瘾犯了。"石顺诚摇摇头，说道，"数你年龄大，从你开始，我给大家敬一圈酒。"

"岂敢，岂敢。""白头翁"大声说道，"大家都静一静。'老拐儿'，还有你'劳仙儿'，这酒不要钱，你俩的老命还要不要？想死，回家喝。"

正在相互灌酒的"老拐儿"和"劳仙儿"，放下了酒杯。

"顺诚想敬大家酒，先敬谁呢？""白头翁"眼睛扫着大伙儿，说道，"你，还是你？要不从'老拐儿'开始？""老拐儿"连忙摆手推辞。"你不敢？那就是'劳仙儿'啦。"

"劳仙儿"也连忙摇手推辞。

"我谅你也不敢。""白头翁"得意地说道，"'老拐儿'，还是你的主意好，他那墓碑上刻什么来着，既省钱又省事。"

"呃，是这个。""老拐儿"一边比画，一边说道，"刻只兔子呗。"

大家哄然大笑。石顺诚在"劳仙儿"手下当过记工员，他想笑没好意思笑，只是咧咧嘴角。

那年夏天，"劳仙儿"看菜地，夜里起来小解时瞧见月光下菜叶旁有一只小白兔，于是蹑手蹑脚地摸过去。没想到小白兔很狡猾，总是差半步捉不住，气得他从村北菜地追到村南硝滩，最终随着小白兔一起掉进一人多深的硝坑里。幸亏看瓜园的人救了他。过后他才知道，那只小白兔应该是民间俗称的"疲劳仙儿"。

"你还说我呢，你墓碑上的字更省钱，更简单。""劳仙儿"用手比画着说道，"你的墓碑上，一竖一横，只刻一个字母——L。"

大家又都大笑起来。

"老拐儿"的绰号来自初中时的英语课。当时，他正在做美梦，英语老师一个粉笔头飞来，他吓得立马站了起来。老师指着黑板上的字母"L"问他。他看了好一会儿才大声念道："拐，拐，拐杖的拐。"笑出眼泪的女老师很是"体谅"他，教鞭向外一指，大声说道："请出去站着吧，'老拐儿'同学。"

"好啦，好啦……""白头翁"的话还没说完就被"老拐儿"打断了，"'白头翁'，你的墓碑上，应该雕刻一只……"

似乎是想到了什么，"老拐儿"突然停住了，尴尬地张着嘴巴，其他人也面露难堪之色。石顺诚不知如何解围才好。

"白头翁"是村里的第一个司机，开过手扶拖拉机、胶轮拖拉机、东方红拖拉机、客车和大货车，驾驶技术首屈一指，而且为人忠厚。因此，老书记让他当石顺诚的师傅。

石顺诚刚学会开车时，喜欢把油门踩到底，遇到小沟小坎也不减速。有一天，他开车撞死了一只绵羊，"白头翁"赔了人家三十元钱。为了让石顺诚改掉"开快车"的坏毛病，"白头翁"还给他讲述了一段自己的经历。

一九七三年冬天，"白头翁"开车去驻马店市购买五头耕牛，与他一起去的有老书记和陈二山。返程时，因为感冒发烧，老书记坐进了驾驶室，年近六旬的陈二山独自守在车厢里照看耕牛。解放牌卡车的后厢板比较低，耕牛总是往后退，陈二山不得不举棍驱赶。由于车速过快，越坎时，汽车一个颠簸，耕牛向前一冲一顶，把陈二山顶出了车外。幸亏后面有车追上来告知，"白头翁"才知道出了事。

陈二山脊椎受了重伤，从此卧床不起，这一躺就是十二年。"白头翁"自责不已，老书记虽一再劝慰，但也无济于事，短短三天时间，他的一头黑发就变得雪白。

临死前，陈二山再次提起那件事，他并不是怨恨老书记和"白头翁"，而是恨自己成了家人的累赘。后来肖玫瑰与陈二山的儿子陈海波结了婚，她则认为，如果老书记不贪图享受，如果"白头翁"不把车开得这么快，公公陈二山就不会被甩下车。

"咳，咳咳。""白头翁"干咳几声，解嘲道，"现在提起墓碑，一个个嘻嘻哈哈，可是不出十年，你们，包括我，想起'死'字就会害怕。尤其你'老拐儿'，如今吃青菜比吃肉多，不就是为了多活几年，好找你的小白兔呀。"

"哈哈哈……"大家都大笑起来。

"好啦。""白头翁"以东道主的身份说道，"冰天雪地的，顺诚来得不容易，咱们一起敬他一杯吧。"

"不行，不行。"石顺诚赶忙站起身，举起酒杯，说道，"在座的都是我的兄长，还有我的师傅，应该是我敬你们。"

"劳仙儿"起身举杯道："你能来，俺们就知足了。"

一名老员工紧跟着起身道："建邦要是能像你这样，不至于选不上。"

另一名老员工起身举杯道："人都下去了，不要再埋怨了。"

"这话说得好，谁家的孩子没犯过错呢。"'白头翁'很是激动，举杯的手微微颤动，"顺诚，从你进门，我们就知道你的来意。这杯酒，算是大伙儿的表态。今后，你就放宽心，没有过不去的沟沟坎坎，好光景在后面呢。"

"对！""老拐儿"说道，"石总，你放心，我不会给你添麻烦。春节一过，我就回家抱孙子。"

"谢谢，谢谢。"石顺诚动情地说道，"这杯酒，咱们一起喝，祝各位健康长寿，也祝咱们鑫盛公司兴旺发达。"

"好，干！""白头翁"第一个扬起脖子，其他人跟着一饮而尽。

一个星期前，鑫盛公司出台了《关于退休人员返聘管理的办法》，决定限期辞退全部返聘人员，以后会根据工作需要重新返聘。该办法表面上明确了返聘标准、返聘岗位、返聘年限和返聘办法等，实际上就是为年轻员工腾位置。

将要辞退的这几十名老员工大都是企业骨干，能够独当一面。如"劳仙儿"，干了一辈子水电工，技术过硬，为企业节省了不少维修资金。再如"白头翁"，当过车队队长，干过汽修厂厂长，精通业务。再比如"老拐儿"，厨艺精湛，敢于创新，二十世纪八十年代中期利群宾馆美名远扬，是当时市里举办大型会议的首选之地，"老拐儿"功不可没。

因此，无论是从感情上，还是从工作上，石顺诚都不忍心此时辞退这批功臣，但为了企业长远发展考虑，他又不得不辞退他们。

临近下班，石顺诚突然接到肖玫瑰的告急电话：一些老员工对公司的决定十分不满，要求公司发放"贡献补助金"，他们现在正聚集在"白头翁"家里商量呢。石顺诚一听急了，打算带领董事会成员上门做工作，可马景富外出考察了，宋祺祥又不能出面，女将们不便和"老爷们"打交道。他只好只身前来，也就出现了开头那一幕。

"顺诚，我不是图多挣几个钱赖着不退，而是总觉得心里不踏实，有点不放心。""白头翁"恋恋不舍地说道，"唉，六十五岁的人了，早晚都要退下来，有什么不踏实的，有什么不放心的？细细想来，建邦也好，你也好，都比我们干得好，是该放宽心，是该回家享福喽。"

"现在的年轻人，让人捉摸不透。""劳仙儿"有些耿耿于怀，"你说他不能干吧，也算能干；你说他不能吃苦吧，也算能吃苦；你说他不孝顺吧，也算是孝顺……"

"你这话，不是白说嘛。"一名老员工说道，"不管是谁家的孩子，都是咱南大街村的人，总不会使坏心吧。"

"这倒是实话。""老拐儿"说道，"火车跑得快，全靠车头带。有石总把着舵，问题不大。不过，石总挑的担子，今后可是不轻啊。"

"可不是嘛，我看着就发愁。""劳仙儿"把刚才没有说完的话补充完，"顺诚老弟，别的帮不上你，我们只能做到不给你添麻烦。"

"对。"另一名老员工赞成道，"不会添麻烦，不会添麻烦。"

"人活着都要讲良心。"又一名老员工说道，"我昨天还对儿子说，你敢不听领导的话，你敢找顺诚的麻烦，回家我就打断你的腿。"

听着老员工的话，石顺诚彻底放心了。这时，宋祺祥打来电话说食品公司干部队伍出了问题，自己正在做岳厂长的工作，希望他尽快过来一趟。

石顺诚闻之大惊，立刻通知肖玫瑰、李佩珍来物流园商讨对策。

食品公司的员工大多外聘而来，临近退休的人员有三十余人，内部返聘人员只有会计、出纳和一个卤肉师傅。

在研究《关于退休人员返聘管理的办法》的会议上，李佩珍担心导致误解，建议标明不包括外聘人员，但肖玫瑰认为不必要，石顺诚和宋祺祥也认为不必要，因为文件开篇已经表明了适用范围，而且公司早已明文规定不得使用内部、外部、外聘之类的词语。但令人没料到的是穆瑞芝竟自行其是。

　　返聘人员离岗后，必然腾出相应的岗位，董事会虽没有下达"提拔年轻干部"的文件，但明眼人都知道，公司肯定会选拔年轻有能力的人来填补空缺。趁此机会，穆瑞芝找了一些心仪的员工谈心。世上没有不透风的墙，不出三天，"股东当家""干部大换血"的谣言便传遍了整个食品厂，人心浮动。

　　今天早上，食品厂的宣传栏里赫然张贴着一张"委任状"，上面罗列了一长串解聘和聘用人员的姓名和职务，第一行就是岳厂长。岳厂长知道后，愤然扯下"委任状"，此时情绪激动的外来员工早已堵住了办公楼的大门。经岳厂长一番好言相劝，员工们才返回生产车间。而后岳厂长拿着"委任状"去找宋祺祥诉苦。

　　"委任状"落款为"新生小母狮生命有限公司"，石顺诚不知何意，便看向了肖玫瑰。肖玫瑰苦笑着说道："这，这事跟我可没有关系，不知道是哪个小人扣屎盆子。"说着，把"委任状"气呼呼地塞给了李佩珍。

　　"这个落款，什么意思？"李佩珍问道。

　　"你是真不知道还是装不知道？"肖玫瑰气愤地说道，"小就是肖，母就是穆，狮就是史。你瞧瞧，这不是指桑骂槐？！"

　　"指桑骂槐？"李佩珍又看了一遍"委任状"。

　　"新生就是鑫盛，生命有限就是说寿命不长。"肖玫瑰气急败坏地说道，"这些人占着茅坑不拉屎，还嫌别人臭……"

"既然跟你无关，你气什么？我叫你来，是商量对策的。"

"还能怎么办？就那么两三个人，把瑞芝叫过来，一问就明白是谁干的了。"

难道"委任状"的制作者是财务部经理？李佩珍心里一凉，他可是张建邦的亲戚。

"明白什么？没有笔迹，监控盲区。"石顺诚没好气地说道，"再说，就是搞明白了又有什么用？关键是如何稳定人心，不是杀一儆百，以儆效尤。"

"石总，坐下来说吧。"宋祺祥劝说道，"肖总，石总知道这事与你无关，可是怎么解决，还是咱们几个人的工作。"

马要认路，人要识劝，肖玫瑰顺势收敛怒容。

"我和宋总刚才已经商讨过了，咱们再议议是否可行。"石顺诚收住火气，说道，"眼下是春节销售旺季，生产任务重。因此咱们应尽快把问题解决了，不要影响生产。在没谈具体办法之前，我先说点题外话。"

瞧见石顺诚的眼神转过来，肖玫瑰紧张地坐直身体。

"玫瑰，咱们在一起工作不是一天两天了，彼此的性格，应该都了解了。这一届董事会建立已经132天，咱们之间的合作，可以说是比较融洽的。"

听石顺诚这样说，肖玫瑰感到有些紧张，她左手扯着衣角，右手紧攥着茶杯，脸上虽然带着笑意，但难以掩饰慌乱的眼神。

"一个家庭，离不开当家人；一个企业，离不开核心领导。企业的领导核心，是由志同道合的人组成。咱们四个人，作为鑫盛公司的领导核心，是当之无愧的，是不可或缺的。"

肖玫瑰惊讶地张大了嘴，石顺诚真能把自己当成志同道合的人？李佩珍惊讶地瞪大了眼睛，肖玫瑰虽然是公司的领导，但怎能算是志同道合的人？只有宋祺祥脸色如常。

　　"玫瑰，你知道最令我头疼的事是什么吗？近两年来，面对股东和村民们的各类诉求，合理的，不合理的，甚至还有胡搅蛮缠的，他们几乎占去了我全部精力。你来了以后，担负起群众工作，稳定了局势，我深知不容易。"

　　受到石顺诚的夸奖，肖玫瑰不好意思地冲李佩珍微微一笑。

　　"我尤其佩服你的是，能够不计前嫌，不念亲疏，秉公处理，以理服人。我当干部多年，深知做到这一点不容易。这也说明你对群众有真感情，对企业有真感情。哦，这还说明你是一个守信用的人，记得当初在……"

　　"石总，你今天是怎么啦？尽说些没边没沿的话……"肖玫瑰赶紧截住石顺诚的话，她可不想让其他人知道当初他们在饭店里做的约定。

　　"玫瑰干得确实不容易。"李佩珍想明白了，态度也就变了，"石总、宋总，你们可能不知道，那些人难缠得很，女的哭，男的骂。说实话，我一看见他们心里就发怵，可玫瑰一点都不怵。那个'老铁蛋'，一直赖在办公室不走，玫瑰好话说尽，最后骂了一顿，他才灰溜溜地走了……"

　　"佩珍，你要是再说，我可坐不住了。"不好意思的肖玫瑰赶紧岔开话题，"石总，既然我们是志同道合的同志，是不是要给我派什么艰巨任务，你就直说吧。"

　　"我的话还没说完呢。"石顺诚说道，"玫瑰，你当领导的时间不长，却给了我三个意外：没想到你这么有见识，如聘用

262

股东子女的事；没想到你这么务实，如辞退返聘人员的事；没有想到你这么能干，如请回罢工员工的事。"

"什么见识，什么务实，什么能干，石总，你不是在骂我吧？"肖玫瑰的脸唰地一下红了，"石总，我这个人头脑简单，想到哪儿说到哪儿，没有一点正性，你该批评就批评。"

"呵呵，你又给了我一个意外，没想到你这么谦虚。"石顺诚笑着说道，"我这是夸你呢。我相信，只要咱们四个人拧成一股绳，就一定能干成事，一定不会辜负全体股东的期望。玫瑰，是不是这个理儿？"

这话说得好，李佩珍、肖玫瑰、宋祺祥都很激动。

"士为知己者死。"肖玫瑰敞开心扉道，"石总、宋总、李总，只要你们信得过我，我保证有话说在当面，有事干在前面，决不计较个人得失，跟着你们把鑫盛做大做强。"

"不是跟着，而是一起！"石顺诚纠正道。

肖玫瑰改正道："对对，一起把鑫盛做大做强。我这个人，一激动就控制不住，石总，你能不能不挑我的语病。"

几人笑了起来。

"哟，快三点半了。"石顺诚看了看手机，说道："通知其他人，四点准时召开董事会。"

"石总，冰天雪地的，半个小时，他们可能赶不过来。"肖玫瑰建议道，"解决这种问题越快越好，咱们能不能先干？"

"这……"

"我给瑞芝、碧玉解释。"看石顺诚有些犹豫，肖玫瑰立马说道。

"那好，佩珍也把情况告诉百合和老马。"石顺诚又夸奖肖玫瑰道，"我说得不错吧，玫瑰给咱们董事会带来了一股青春的活力。"

"石总，你今天到底怎么啦？"已经站起身来的肖玫瑰，这会儿又坐了下来，假装生气地说道，"今天不说清楚，我就不走了。"

"走吧，老妹儿。"李佩珍一把拉起她，笑道，"说得再清楚，又有什么用，你俩早过了手牵手逛公园的年龄，就死了那份心吧。"

第十六章　严律己自我加压　为民益铲除病灶

黄灿灿的迎春花沐浴着朝阳，绿莹莹的柳枝随风摆动，今年的春天格外明媚。石顺诚、宋祺祥二人感到从未有过的欣慰和舒畅。

鑫盛公司日趋稳定，效益稳中有升。最重要的是员工满意，股东赞赏，上下一心，干劲十足。

"春节期间，我一直在考虑我们未来的发展方向。社会大环境变化这么快，尤其习总书记提出的中国梦，如今已成为激励中华儿女团结奋进的精神旗帜。昨晚，我被中国梦兴奋得一夜没睡，这不，一早就找你来聊聊。宋总，你心里怎么想的？"

这个问题涵盖的内容十分丰富，宋祺祥一点思想准备都没有，他微微一愣，随口答道："这可是事关发展的大事啊！"

"这确实是一件大事，事关鑫盛的未来。"石顺诚凝眉说道，"这次不能再像以往那样单纯地制定某些发展任务和效益指标了，要做详细的规划。"

"是啊，中国梦不仅是理想、是目标，更反映在每个人的生活中。石总，你心中是不是已经想好了？"

"一点思路都没有。"石顺诚摇了摇头,叹道,"说心里话,想法还没有感触多呢。"

"说来听听,说不定这就是好的想法。"

"处理穆瑞芝用人问题的那天,我曾说肖玫瑰有一种青春的活力,这不是客气话也不是奉承话,而是一种实实在在的感触。如果不是她,咱们的工作可能还是按部就班,股东的福利待遇可能还是增长缓慢。不管她的初衷好坏,但结果有利于群众稳定、干群团结和企业未来,也为企业发展奠定了思想基础。"

宋祺祥有些不解,揣测着石顺诚这番话的深意。

"过去,我认为建邦倔强、武断和蛮干,现在想想那是魄力的体现,认准的事情从来不怕挫折,天大的困难也敢往前冲。建邦在这方面确实比我强多了,老书记看人确实很准。"

一下子从肖玫瑰跳到张建邦,宋祺祥的思路有点跟不上。

"肖玫瑰的思路活跃,干法新颖,处事果敢,但是这算不上是魄力,只能算是大胆和聪明。这因为,咱们在一个环境里待久了,容易造成思想麻木和习以为常,她则正好反之。因此,似乎一直是她在推着咱们前进。"

一下子又从张建邦跳回到肖玫瑰,宋祺祥的思维也不得不紧跟着转移。

"建邦是一把手,咱俩是他的助手。他的思路和决策,给咱俩带来巨大的压力,劝又劝不动,推又推不掉,只能激发出全部智慧,帮他出谋划策去完善、去落实,去实现一个又一个看似不能实现的目标。"

再次跳回到张建邦,宋祺祥有些无奈,瞧了瞧稍显激动的石顺诚。

"建邦不干了，那种无处不在的压力就没有了。我现在担心，当肖玫瑰适应了这里的环境，她带来的活力也会逐渐淡去。"

石顺诚的担心不无道理，宋祺祥心头一沉。

"与建邦、玫瑰相比，我谨慎有余，韧劲不足。遇事往往先想到困难，如果认为不能干，就不再坚持。我并不是怕困难，而是担心能力不足，费心费力不说，还白白浪费了股东们对我们的信任，这也正是困扰我作出决定的原因。"

宋祺祥这才明白了，石顺诚是在剖析自己的不足，在寻找发展的动力。

"这些天，公司上下都在谈论中国梦，我感到一股无形的压力压在心头。我一直以为自己有胆有识，可现在事到临头，我却犹豫不定。看来，公司接下来该如何发展，还得你拿主意。"

走累了的宋祺祥顺势在路边长椅上坐了下来，石顺诚也坐了下来。

"石总，你分析得很到位。确实，若不是建邦，商务大厦、物流园等可能都建不起来；若不是肖玫瑰，鑫盛也不会这么快稳定下来。但现在你既然是一把手，就应该放开手脚，大胆作出决策。"

石顺诚听后，微微一笑。

"依我看，故步自封，坐吃山空，肯定不行；举措泛泛，效果平平，肯定也不行。这个发展规划既要脚踏实地，又要振奋人心。"

看到石顺诚掏烟，宋祺祥停住了话。石顺诚不好意思地笑了笑，示意宋祺祥继续说。

"至于下一步该如何走，我有一个初步想法……我们一定要紧跟时代脚步，紧扣股东关心的问题，凝聚人心。"

经过数次讨论，在石顺诚等人的努力下，鑫盛公司的九年发展规划终于编制完成，并向全体股东公示。就在大家踌躇满志准备甩开膀子大干一场时，又一次群体事件爆发了。

"石总，回来啦。杜老板怎么样？"

"命是保住了，可惜瘫痪了。"

"杜老板的生意呢？"

"交给他女婿孬蛋啦。"

"真是乐极生悲啊！"宋祺祥感叹道。杜老板因订单大增，一高兴多喝了几杯，没想到引发了旧疾。

宋祺祥看到石顺诚手里拿着厚厚的材料，问道："是不是要安排什么任务？"

"不是任务，是找你商量。你先看看。"石顺诚说着，把手中的材料递给了宋祺祥。

"你真要捅这个马蜂窝？"宋祺祥接过材料一看，大吃一惊，"这次闹事的可是有三四百人啊，不再等等？"

石顺诚长叹一声，说道："咱们等不起啊。再等下去，闹事的人只会越来越多，九年发展规划就成了一句空话。"

"是不是有人说了什么？"

"你可真厉害。"石顺诚一笑，说道，"前几天，我探望张良弼，他的话对我触动很大。他说如果没有军阀混战，造成国弱民穷，人心涣散，日寇就不敢侵略我国。是啊，如果没有内忧，就不会有外患。因此，我们这次一定要一劳永逸地解决撤村改制所遗留的问题，给企业创造稳定的发展空间。"

石顺诚的决心，引来宋祺祥佩服的目光。

看到宋祺祥投来的眼神，石顺诚笑着问道："宋总，你说这病人，为啥比咱们想得多、想得远呢？"

宋祺祥没有回答他的问题，而是问道："看来，你是已经拿定了主意？"

"我思来想去，也只好这样做了。"

"石总，这次咱们得罪的可不是几个几十个人，而是一两千的南大街村村民，包括你的亲人，是不是再好好想想，以防发生不测事件。"

"两个结果，我都想到了。"石顺诚坦然一笑，"论公，最坏的结果是票决失败，带来新的不稳定，但是可以积累解决问题的经验。论私，最坏的结果就是落个四面皆敌的下场。"

宋祺祥神色严峻，埋着头，拧着眉，思考着。

"至于你说的不测，"石顺诚淡然一笑，"乡里乡亲的，又没有杀父之仇夺妻之恨，他们能拿我怎么样。"

"那好。"宋祺祥抬起头，语气坚定地说道，"既然你已经决定了，那我第一个表态支持你。"

"宋总，不需要你的公开表态，只要你能理解我就行。"

"你……"宋祺祥瞬间明白了，双眼含着泪花说道，"顺诚，你需要我怎么配合？"

"股东大会在广大股东的心中具有神圣而崇高的地位，绝不能为了解决老问题而产生新问题。我想，还是坚持民主有序和依法办事的原则，实行会下票决的办法，不知是否可行？"

"只要参会人数和票决人数，符合公司章程规定就不会存在问题。"宋祺祥赞同道，"你考虑得很对，如果会下票决失败，还可以召开股东大会补救。"

"撤村改制遗留问题繁杂，股东们需要时间去理解、去甄别。"

宋祺祥不假思索地说："我立即着手编写解决撤村改制遗留问题的实施方案。"

"许多股东认为撤村改制的遗留问题和自己没有关系，我担心投票率达不到法定要求。"

宋祺祥思忖一下，说道："我们可以增加一项议案，即股权的继承和转让，这也是全体股东都关心的问题。"

石顺诚眉头舒展开来，高兴地说道："有了这项议案，参加票决的人数肯定超过半数。"

"石总，还没过董事会这一关呢，不要过于乐观呀。"宋祺祥提醒道，紧接着又一连问了三个问题，"你征求肖玫瑰和李佩珍的意见了吗？打算什么时间召开董事会？打算什么时间启动？"

石顺诚答道："征求她俩的意见也是不同意，我看还是算了吧。三天后召开董事会，争取五月上旬动手。"说完，一口气喝干了杯子里的水。

"你是担心肖玫瑰？"

"她这个人，心地和品质并不坏，但是过于仗义，过于较真，尤其是有气必出，有仇必报。这次参加闹事的人，没少骂她……"

"有仇必报？"宋祺祥恍然道，"你担心那个人会借机作怪？！"

"那个人已经死了。"

"死了？"宋祺祥惊讶地问，"你知道是谁？"

石顺诚压低声音说："前几天，参加李文康的葬礼，在墓园我瞧见了肖玫瑰。她悄悄地在一座坟墓前放了一束花，等她走后我就过去瞧了瞧。"

"哦，"宋祺祥也压低了声音，"这个人是谁？"

"这个人死于2012年秋天。"石顺诚轻声感叹，"如果这个人不死，肖玫瑰的思想可能不会转变得这么快，企业的稳定和发展可能不会这么顺利。所以，我说她的心地和品质并不坏。"

"肖玫瑰为什么会听这个人的话呢？"

"这……不清楚，不清楚。"

"陈家和张家有仇？"

"哪来的仇？"

"那么，这个人和老书记有仇？"

"这怎么说呢……在农村，彼此不和，动过拳脚，在有些人眼里是过节儿，但在另一些人眼里就是仇恨。"

石顺诚显然是在推辞，宋祺祥不好再问，担心地说道："照此看来，解决撤村改制等历史遗留问题，要处处当心呀。"说着，深深地叹了口气。

四月二十八日，星期二，中雨转小雨。

宋祺祥和肖玫瑰刚入座，放下手机的石顺诚便说道："宋总，区环保局刘局长刚来电话。真是吃饱了撑的，下雨天检查防尘工作，你赶紧回去接待一下吧。"

刘局长是石顺诚多年的朋友。宋祺祥知道，石顺诚是想让他回避。

如宋祺祥所料，石顺诚和其他董事各抒己见，结果是谁也没有说服谁，会议形成了僵局。

"是急办还是缓办，今天必须定下来。"石顺诚神色坚定，说话格外强硬，"休息二十分钟，都冷静思考思考。不行，下午接着开。碧玉，安排一下午餐。"

"唉，见过粘牙的，没见过像你这样粘牙的。"肖玫瑰嗔怨道。史碧玉边拿手袋边请示："石总，中午的工作餐，谁掏钱呀？"

"废话。"肖玫瑰不客气地说，"一顿饭，还能吃穷了你？"

"说得轻巧。"史碧玉也不客气，"一顿饭钱，就是一间客房一天的收入。要不，从我们上缴的利润里扣……"

石顺诚没好气地说："做梦，少缴一分也不行。要不，我在家给你们摆桌酒席？"话音未落，人已走出了会议室。

"不逞能了吧？自讨没趣。"肖玫瑰笑了。史碧玉也笑了："这男人的更年期，反应是不是比女人还厉害？太不识玩儿了。"

"这件事，明摆着弊大于利，石总这样坚持下去没意思嘛。"穆瑞芝说道，"肖总，你能不能劝劝他？"

可令人没想到的是，不要说是肖玫瑰，就是李佩珍和肖百合，也敲不开石顺诚的办公室。被拒于门外的三人紧张起来，今天的会议可能会不欢而散。

二十分钟后，会议再次开始。肖百合瞧了一眼石顺诚，见他神色还算正常，稍稍放了点心。

"事由我引起，还是我先说吧。"石顺诚见人都到齐了，开口说道，"经过两届董事会近五年的努力，公司与股东之间的矛盾已基本解决，公司效益稳步增长。这一点，我想没人不同意吧？"

大家都点了点头。

"近半年来，时常来公司哭闹的，虽然都是原南大街村的村民，但他们不是鑫盛的股东，而这次闹事的也是这部分人。"石顺诚看了看大家，继续说道，"这次闹事的人中有坐过牢的，有吸毒的，还有放高利贷的，的确是人见人怕的马蜂窝。"

史碧玉听后，不由倒吸一口凉气。

"一旦捅了这个马蜂窝，后果不堪设想。有可能会遭到报复，人身安全会受到威胁。"

说得这么吓人，肖百合有点费解：石顺诚到底是在寻求支持，还是打算放弃？

"可是，大家有目共睹，这个马蜂窝越长越大，破坏力也越来越大，已经成为影响企业健康发展的毒瘤。如果再不捅了它，用不了多长时间就会毁掉我们辛苦建立起来的一切。这话，绝不是危言耸听。"

石顺诚慢悠悠地喝了口水，似乎在留时间给大家思考。

"既然危害巨大，就必须除掉。"看时间差不多了，石顺诚开口说道，"咱们已经在一起工作了两年，请你们相信我的判断——现在正是解决撤村改制遗留问题的最好时机。你们放心，铲除这个马蜂窝，从头至尾都由我自己动手。但是，各位董事，我需要你们的理解，我需要你们的支持，我石顺诚恳请你们授予我权力！"

铮铮之言，拳拳之心，无私无畏的恳求之声，催人泪下。肖百合热血冲顶，就在她张口欲言的瞬间，桌子"啪"地一响，随着一声叫"好"声，一人霍然而起。

"站着是死，坐着也是死！"肖玫瑰吼道，"石总，我跟你一起干！"

"早动手就早动手，我同意。"马景福也激动地站了起来。

"你们先坐下，我的话还没有说完。"石顺诚示意大家先坐下，"我恳请你们授权，就是为了动手时名正言顺。我说自己动手，对外而言，是我一人在做，但具体工作肯定离不开你们……"

"你这话说得太外气了。"肖玫瑰激情未消，"不能让你一个人承担责任。"

"你不要太激动嘛。"石顺诚稳重地说，"我之所以要一人承担责任，是因为我们要最大限度地维护股东的利益。万一票决失败，将由你们出面来稳定大局。"

"这……"肖玫瑰接受不了。

"玫瑰，以大局为重。"石顺诚不给她争论的机会，紧接着说道，"现在开始表决。"

不难看出，石顺诚想趁热打铁，争取一次通过。

"我同意。"肖百合第一个表态。

这次董事会参会董事共六人，李佩珍的态度很关键。

"佩珍，"肖玫瑰提醒道，"大家都等你呢。"

"等我？"李佩珍有些茫然，最后她一咬嘴唇，低声道，"我弃权。"

"啊？"肖玫瑰有点不敢相信。李佩珍连忙解释道："我主要考虑……"

"佩珍，没事。"石顺诚立即阻止道，"你的意思我理解。"

"你呢，碧玉？"肖玫瑰话音刚落，史碧玉便大声说道："弊明显大于利，我不同意。"

两人同意，一人反对，一人弃权，马景福不是董事会成员，没有表决权，因此就剩下穆瑞芝一人了，会场气氛陡然紧张起来。

"咳，咳咳。"穆瑞芝清了清嗓子，不紧不慢地说，"经再三考虑，我认为现在动手，利大于弊，我同意。"

肖玫瑰脸上浮现出笑容，石顺诚绷紧的神经也松了下来。

"那接下来，咱们再商讨一下具体的解决方案。"

当天下午，宋祺祥不听石顺诚的劝阻，坚持在决议上签下"同意"二字。

四月三十日上午，考察完集资楼建设情况后，企业管理股东代表咨询小组、集资建房股东代表民主议事小组、公司中层以上管理人员等二百余人会聚在鑫盛宾馆大会议室里，聆听法律专家宣讲《中华人民共和国公司法》。

宣讲结束后，石顺诚作了总结发言，区区数百字，寓意深刻：

"通过这次学习，我们应该都弄清楚了公司与股东的关系：股东是公司存在的基础，是公司的核心要素，没有股东就不可能有公司。公司是最为广泛高效的经济组织形式，集合资源和分散风险，跨越血缘和地缘，凝结个体生命的能量，开启人类经济生活乃至现代文明的新篇章。没有公司，股东就会成为无依无靠的游民。"

股东和公司的概念及其辩证关系是法律专家讲述的要点，石顺诚又进一步做了解释。

"我们常说公司如家胜似家。既然公司是家，那么股东就是家的一员。作为家的一员，就应该爱护家，维护家的和谐与安宁。这也是股东的责任。"

这话含义颇深，暗示着有什么大事要发生，人们顿时紧张起来。

"前天，董事会表决通过了关于尽快解决撤村改制遗留问题的决议。今天，我号召广大股东行动起来，维护自己的合法权益，行使自己的民主权利，确保公司稳定发展。等五一节假期过后，董事会会公布解决遗留问题的方案。"

石顺诚的总结发言，犹如一滴水溅入沸腾的油锅，引起人们的热议。这边有人在大声争论：

"有错必纠，这是党的政策……""你说的事能算错？说白了，那是小鸡站在门槛上，想两头叼食。""村里安排人家当占地工，没有人头股就算了，为什么没有工龄股？""那时的占地工，有户口，有工资，有面子，我想当还当不上呢。""可不是嘛，工厂倒闭了，他们想回来抢饭吃，没门。""你们说话太难听了吧。""谁说话难听啦？这是理儿……"

那边有人在小声嘀咕：

"看样子，俺姐和你爹的事都要黄啦。""不会吧？同类情况的，最少有一百人。""你没听出来？石顺诚讲的珍惜和爱护，是啥意思……""那就集体去闹，俺爹七十多岁了，政府也不敢怎么样。""今天上的是法制课，你以为他是没事找事……"

楼梯口，几个女人聚在一起：

"她怎么还不过来，要不问一问石总。""你找挨骂呀？他敢明说是他挑的事，就等着哪个倒霉的鸡蛋碰石头呢。""呃，碧玉过来了，我叫她。""你傻啊？咱们跟着她，找个没人的地方再问……"

宋祺祥想不明白——石顺诚为什么提前放出口风，而且明显带有导向性质，这不是引火烧身吗。看来，这个五一假期，谁也别想过舒坦。

五月四日上午九时，鑫盛公司董事会发布了《关于股东票决审议南大街村撤村改制遗留问题的公告》《关于股东票决审议"股权继承转让条例"提案的公告》，并以短信的方式告知全体股东。

五月四日下午四时，董事会张贴了《关于股东票决审议南大街村撤村改制遗留问题的实施方案》《股权继承转让条例（讨论稿）》，并召开动员大会。

春苑小区的告示栏前，聚集了几十名原南大街村村民。

"只说他们打算怎么办，为什么不提咱们的要求。""他们心中有鬼，根本没把咱们当回事。""这个方案不征求群众的意见就执行，一点也不讲民主。""谁敢不给我股份，我就找谁拼命。"……

"金枝，你说怎么办？"

"还能怎么办？天上不会掉馅饼，不闹啥也得不到。"金枝是闹事者的领头人，"铁蛋哥，你给咱们的人打电话，五点钟在总公司门口集合。"

"天这么晚了，堵门没啥用吧？"铁蛋无精打采地踩灭烟头。

"铁蛋哥，再不努把劲儿，可真的没机会了。"金枝连说带劝，"他们正在开大会，正好趁着人多施加压力，只有让他们知道咱们的厉害，才有希望解决股份问题。"

金枝二哥和铁蛋的情况一样，都是在还没有撤村改制时，把户口迁移到了外边。

"好，我打电话。"铁蛋似乎来了精神，"你带人先走，我随后就到。"

令金枝没有想到的是，铁蛋竟然把电话打给了石顺诚。

"金枝带着一伙人去公司闹事了。"

"你是谁？"

"我的声音，你听不出来？"

"老铁蛋？"

"嘿嘿。"

金枝带着一伙人大呼小叫地来到商务大厦。

参加动员会的股东鱼贯而出，大家说笑着从金枝他们身边走过。金枝原在鑫盛宾馆的同事，现公司监事会监事陶红走过来，递给她一份文件，说了句"股东每人一份"，转身走了。

一百多人，只有金枝是股东，这份唯一的文件立刻引起了众人的关注。

文件的第一页是《中华人民共和国公司法》中有关股东权利、义务的条款，后面依次是《关于股东票决审议南大街村撤村改制遗留问题的实施方案》《股权继承转让条例（讨论稿）》和修改意见反馈表，最后是《原南大街村民反映撤村改制遗留问题汇总表暨股东票决票样》《股权继承转让条例提案暨股东票决票样》。

《原南大街村民反映撤村改制遗留问题汇总表暨股东票决票样》分反映问题类别、问题简介、具体诉求、诉求人数和是否同意等几大项。

第一类是退伍转业人员申要股份的诉求，分别为身份界定时限前两年正在服兵役后来退伍、身份界定时限前两年正在服兵役后来提干、身份界定时限三年以上在部队服役后来退伍。

第二类是统招在校学生申要股份的诉求，分别为身份界定时限前四年内户口随迁的本科生、身份界定时限前三年内户口随迁的大专生、身份界定时限前两年内户口随迁的中专生。

第三类是为了子女上中学和小学购买城市户口导致身份转变，现在申要股份的诉求。

第四类是股东转为城市户口，要求公司报销个人购买城市户口费用的诉求。

第五类是身份界定时限后三个月内、半年内和一年以上新生儿申要股份的诉求。

第六类是农业户口迁移人员申要股份的诉求。这是金枝最为关心的一类。分别为身份界定时限前三个月内、半年内和一年以上。

这该怎么办呢？即使把身份界定时限提前半年，二哥也不够资格呀！金枝长叹一口气，接着看文件。

反映问题汇总说明：申要人头股、工龄股、在村务农补助、入社财产补助等问题登记在册人数为1779人，其中503人的诉求是两项或两项以上，请公司1035名股东本着高度负责的精神，本着实事求是的原则，认真评判、认真审议原南大街村村民申诉的上述58类211个问题，做好投票表决的准备。

汇总说明中的一个数字——1779，引起了金枝的思考。

如果再增加1779名股东，鑫盛公司又将陷入举步维艰的境地。如果这1779人也享受股东待遇，对现有的1035名股东公平吗？这1779人中，有些人确实受了委屈，不解决肯定不公平。那么，到底怎么做，才算公平呢？

金枝有些气馁，无力地站在路边，瞧着那些争看文件的村民，她根本没有注意到铁蛋一直陪在她身边。

"他们怎么还不上来？"李佩珍有些着急。

"金枝似乎有点骑虎难下。"肖玫瑰一直盯着楼下。

"我怎么看不出来？"石顺诚起身来到窗前。

"你是正人君子嘛！"话一出口就招来石顺诚的不满，肖玫瑰随即笑道，"我也领头闹过事，她此时的心情我能理解。你瞪我干吗？"

宋祺祥不解地瞥了一眼肖玫瑰。

"宋总，你不知道这只老狐狸多么狡猾。"肖玫瑰依然笑着说道，"我带着群众反映问题，他就安排我分管群众工作，这不明摆着打击报复嘛，专门欺负老实人。"

"那你还干？"李佩珍替石顺诚打抱不平，"你肯定以为有什么好处。"

"佩珍，打人不打脸，骂人不揭短呀。"石顺诚顺手拉把椅子坐下，"那个时候，肖大董事长认为自己可以包打天下。"

"逞能，好像天下就没你不知道的事！"肖玫瑰不服软，反讥道，"挡门的筛子打鱼的网，你这人吃饭不长肉，全长成心眼啦。"

"我长心眼了，你长知识了，行吧？"石顺诚挂起免战牌。宋祺祥却来了兴致，接话道："肖总，等着也是等着，又没有外人，说说你为什么接了这份差。"

"说说就说说，我不像某人死要面子。"肖玫瑰可不吃亏，狠狠瞪了石顺诚一眼，无所谓地说道，"当初，我认为撤村改制存在诸多问题。"

石顺诚坐直身体，侧耳倾听。

"比如，同样是大姑娘变成小媳妇，嫁到外村的没有股份，嫁到村里的就有股份；土生土长的村里人离了村就没有股份，逃荒要饭的外地人进了村反倒有股份；足月分娩过了身份界定时限的孩子没有股份，剖官产提前出生的孩子却有股份；保家卫国服兵役的退伍军人没有股份，刑满释放人员回村反倒有股份，可正在服刑的人员又没有股份……"

石顺诚一笑，莫名其妙地递了一支烟给肖玫瑰。

"我不吸烟，你不要讨好我。我心想，既然有这么多不公平，我就把它搞公平，不就是多费点脑子嘛。所以，我认为分管群众工作，是好事。"

原来如此，宋祺祥的兴致更高了。

"当我接触了更多群众，听到更多的诉求后，我才明白想要做到人人满意根本不可能。如果照这样发展下去，公司不出问题才怪。既然不能做到人人满意，我就开始敷衍他们，直到有一天有人骂醒了我。那人指着我的鼻子大骂：你们家几代前也是外来户，你当着公司董事却不给老子解释清楚，还他妈一再推诿，算什么玩意。从此，我改变了工作态度。"说完，肖玫瑰深深地叹了口气。

"玫瑰，你不要过于自责。"石顺诚安慰道，"依我看，只要大多数人认可就是公平的。比如，身份界定时限延迟一天，那么为何不能延迟两天呢？可是一旦延迟了两天，那三天呢，四天呢……所以，凡事只能寻求相对公平，那种人人都认为的公平是不存在的。"

"这个道理，我明白。"肖玫瑰说道，"只是，一想到那些应该解决而解决不了的问题，心里就感到内疚。唉，我不是埋怨谁，如果撤村改制时能考虑周全一些，兴许现在就不会有这么多的问题。"

"撤村改制，那是摸着石头过河。实践证明方向是正确的，增产创效是显著的，股东获利是丰厚的……"

"石总，你多心了。"肖玫瑰不满意地打断道，"我不是否定撤村改制工作，你给我上什么课？"

"嘿嘿。"石顺诚深有感触地说，"玫瑰，我的心情和你一样，再怎么说他们也都曾是南大街村的村民啊。可是，咱们也不能因为这，而乱用权力啊。"

肖玫瑰点了点头，不再说什么。

"他们好像在商量什么。"李佩珍起身朝楼下看了看，又反身坐下，"僵持在这里，总不是办法。"

"算啦，给金枝他们找个台阶下吧。"石顺诚安排道，"佩珍，你通知办公室，把《致原南大街村村民的公开信》提前贴出去，明天再群发短信。"

三天时间过去了，来公司核实情况的原南大街村村民不足百人，而打电话询问详情的股东却超过百人。

这几天，石顺诚一直在区里参加人大代表会。回来后，他径直来到肖玫瑰的办公室。

"股东们有什么反应？"石顺诚问道。

"呃，情绪普遍高涨，没人不愿意投票。"肖玫瑰回答。

"就这一句？"石顺诚皱了皱眉头。肖玫瑰咧咧嘴道："哟，你黑着个脸给谁看呢？"

"咱们说正事，说正事。"石顺诚讨好地说道。肖玫瑰这才高兴地说："许多股东原以为这是一件小事，但是五一节过后，亲戚相逢，村民相见，人人嘴上不离撤村改制，尤其看了下发的文件，才明白这是关系自己利益的大事，纷纷表示一定参加投票。"

"其他股东呢？"石顺诚又问李佩珍道。

"石总，他们都是村里的老人儿，对企业的感情深，态度普遍积极，投票热情很高。老村干更是赞成早点解决问题，就连在深圳照看孙女的杨素娥，都要赶回来投票呢。"

"这么说的话，情况比咱们预想的要好？"

"不是一般好，而是一派大好。"肖玫瑰眉飞色舞地说道，"这几天来公司了解情况的群众，说话也热乎了，变化真是太大了。以我看，不管这次票决结果是否遂他们心愿，都不会发生过激的事。"

"我也是这样看的。"李佩珍说道，"一些人私下议论，民主表决的事，任何人都推翻不了。问题解决了，那是命好；没有解决，那是运气差。这两天我一直在想，群众的思想为什么变化这么快呢？"

"只要股东们摆正自己的位置，想不变化都难。"石顺诚高兴地说。

"我明白了。"李佩珍感叹道，"只要全体股东团结一心，没有什么问题不能解决，没什么困难不能克服，那些心怀叵测的人就难有作为。"

"玫瑰，现在还不能松劲儿。"石顺诚提醒道，"再有一个星期就要票决了，现在下结论还为时过早，咱们不能掉以轻心。"

"我知道，你就放心吧。"肖玫瑰用力一挥手，很有把握地说道，"按你的要求白天上班，晚上家访，接触群众多了，我心里就踏实多了。我相信，这次票决一定能够顺利通过。"

五月十六日上午，投票开始。在鑫盛宾馆、商务宾馆、丽苑小区和春苑小区分别设了投票点，投票过程顺利，没人骚扰滋事。票决结果与预料的一致。

一直守在办公室的石顺诚松了一口气，点上一支香烟，拿出手机查看短信。

第一条短信来自张建邦："魄力过人，敢于担当，敬佩之至。"

第二条短信来自穆瑞芝："石总，股东同意身份界定期间服役退伍军人和统招在校学生享受股东待遇，实属意外之喜，解我多年之忧。我们全家衷心感谢您。"

第三条短信来自肖玫瑰："侠客传奇如真，可赞；苦海求生似真，可谢。"

第四条短信来自铁蛋："生是南大街村的人，死是南大街村的鬼。我今天终于当上了股东，谢谢石总。"

铁蛋嘛，什么意思？略一思忖，石顺诚顿时明白了，《股权继承转让条例》全票通过，铁蛋可以通过股权转让当上股东。

原来，《股权继承转让条例》中规定：股权属于企业内部股权，不得社会流转，股权继承分割限定范围为直系亲属，股权转让馈赠限定范围为股东及股东后代和原南大街村村民及村民后代，否则由公司回购纳入集体股权。

第五条短信来自宋祺祥。宋祺祥和他一样，一直守在自己的办公室里。